D1664087

*Für A.,*
*der unsere Welt von morgen erleben wird.*

»Schön, Sie zu sehen«, sagt Admiralin Colette.

Und doch macht sie dazu eine verdrossene Miene – wie üblich. Ich weiß nicht, ob sie wirklich verärgert ist oder ihre schöne Stirn nur in Falten legt, um die eigene Autorität zu betonen. Mir ist aufgefallen, dass die höheren Offizierinnen dazu neigen, so ein unzufriedenes Gesicht zu ziehen. Wie einst die Männer, als sie es noch bis in die oberen Dienstgrade schafften. Als ich durch den Laufgang in die Kommandantur ging, habe ich die Porträtgalerie mit den strengen Mienen ihrer Vorgänger gesehen.

»Stehe zu Befehl, Admiralin.«

»Wir sind hier nicht in der Öffentlichkeit, Sie dürfen ein wenig lockerer sein. Setzen Sie sich doch«, sagt sie und lächelt mir zu.

Muss ich noch hinzufügen, dass Admiralin Colette ein warmes, ein beinahe strahlendes Lächeln hat? Ich sehe sie heute zum zweiten Mal lächeln, seit sie meine Vorgesetzte ist, also seit mehr als zwei Jahren. Ihr silbernes und bronzefarbenes Haar ist in einem tadellosen Dutt zusammengeführt, was das lange Oval ihres Gesichts freilegt, ihre Züge, die so regelmäßig sind, dass man sie für eine Androidin halten könnte. Aber nein, wenn sie mir zulächelt, graben sich kleine Falten in ihre Augenwinkel, und das zeigt ja wohl, dass sie ein Mensch ist.

»Sicher fragen Sie sich, weshalb ich Sie kommen ließ, ohne über Lieutenant Jessica, Ihre direkte Vorgesetzte, gegangen zu sein.«

»Ich gebe zu, dass es mich ein wenig erstaunt, Admiralin.«

Und *erstaunt* ist noch vorsichtig ausgedrückt. Als einfacher Rekrut habe ich es nie direkt mit einem höheren Offizier zu tun und erst recht nicht mit der Admiralin, die ganz an der Spitze unserer militärischen Organisation steht. Außerdem liege ich in allen Tests unterhalb des Durchschnitts meines Jahrgangs, und so habe ich wirklich keine Erklärung dafür, hier in diesem Raum zu sitzen.

Sogleich fühle ich mich eingeschüchtert. Ich versuche es zu verbergen, aber das ist nicht so leicht – einer der Nachteile, wenn man jung ist; man reagiert dann einfach emotionaler.

Hinter ihr, durch das große ovale Bullauge, sehe ich unseren blauen Planeten, der sich langsam um sich selbst dreht, bedeckt von der grauen Watte seiner Wolken, die hin und wieder aufreißen und den Blick auf das dunkle Blau eines Ozeans freigeben. Diese einzigartige Farbe hat dem Planeten seinen Namen gegeben.

Die Admiralin lässt den Zeigefinger über das Display ihres Schreibtischs fahren. Ich sehe, dass sie ein Dokument überfliegt.

»Tatsächlich habe ich auch Lieutenant Jessica konsultiert, aber ebenso sehr verließ ich mich auf Athena.«

Athena ist unsere zentrale Intelligenz. Sie und ihre Vorgängerversionen haben seit meiner Geburt alles über mich zusammengetragen; ich selbst habe nur Zugriff auf eine vereinfachte Fassung meiner Akte. Die vollständigen Unterlagen sind der Admiralin zugänglich, die jetzt ihren Blick vom Display hebt und mir ins Gesicht schaut. Sie hat schöne graue Augen, und es heißt, dass sie noch ihre natürliche Iris hat und keine genetisch verbesserte, wie es hier üblich ist.

Die Admiralin mustert mich eingehend.

»Haben Sie wirklich keine Ahnung, weshalb ich Sie herbestellt habe?«

»Nein, Admiralin.«

»Lieutenant Jessica hat Ihnen also nichts gesagt … Da muss ich doch annehmen, dass sie etwas gegen Sie hat. Aber das habe ich auch schon aus ihrem Bericht über Sie abgeleitet.« Und sie zeigt auf das Display.

Sie hat völlig recht, natürlich hat Lieutenant Jessica etwas gegen mich, aber ich halte lieber den Mund. In meiner kurzen Laufbahn beim Militär habe ich gelernt, dass es einen teuer zu stehen kommt, wenn man vor einem Offizier etwas Schlechtes über einen anderen Offizier sagt, auch wenn er es zu billigen scheint.

Mein Schweigen verrät der Admiralin, dass sie aus mir nichts herausbekommen wird. Sie lächelt wieder.

»Und der Grund? Können Sie mir eine Erklärung dafür liefern, dass Lieutenant Jessica Ihnen nicht wohlgesinnt ist?«

Der Grund ist: Vor einigen Wochen ließ mich Lieutenant Jessica eines Abends in ihre Kabine rufen. Ich habe Unwohlsein vorgetäuscht. Drei Tage später die gleiche Anfrage und von meiner Seite die gleiche Entschuldigung. Die anderen haben mir gesagt, ich sei ein Idiot; es habe schließlich nichts Entehrendes, seiner Chefin auf diese Weise zu Diensten zu sein, ganz im Gegenteil! Ich bin ja nicht aus Prinzip dagegen, aber im Blick von Lieutenant Jessica, in ihren brüsken Bewegungen, ihrer ätzenden Ironie liegt etwas, das mir schon immer missfallen hat. Manche meiner Kameraden stellten sich nicht so an, und es hat sich für ihre Beurteilung ausgezahlt.

»Ich weiß nicht«, sage ich. »Es ist wahrscheinlich eine Frage der Sympathie.«

»Der Sympathie? Haben Sie etwas getan, was sie verärgert haben könnte?«

»Soweit ich mich erinnere, nicht …«

Die Admiralin muss schon wieder lächeln.

»Also wirklich – exzellent. Sie bestätigen mir, dass ich damit richtig lag, gerade Sie auszuwählen.«

»Mich *auszuwählen*?!«

Einen Moment lang denke ich, dass mich die Admiralin aus dem gleichen Grund in die Kommandantur kommen ließ wie Lieutenant Jessica in ihre Kabine. Ich spüre, wie ich rot werde. Obwohl die Admiralin beinahe doppelt so alt ist wie ich, fühle ich doch, dass ich für ihren Charme nicht unempfänglich wäre.

Sie bemerkt meine Verlegenheit.

»Aber nein«, sagt sie lachend, »nicht aus *diesem* Grund habe ich Sie herbestellt …«

»Entschuldigen Sie bitte, Admiralin.«

»Schon gut. Aber haben Sie wirklich keine Ahnung, worum es geht?«

»Nein.«

Sie lässt ihren Pilotensitz herumschwenken und weist auf unseren Planeten.

»Wie wär's, wenn Sie dorthin aufbrechen?«

Auf die Erde zurückkehren! Das ist das große Projekt der Kolonie seit mindestens einer Generation.

Da ich nicht weiß, wer diese Erzählung liest – und ob überhaupt jemand sie eines Tages lesen wird –, sollte ich hier vielleicht ein paar Dinge erläutern.

Wir leben auf dem Mars. Zu Beginn waren wir eine

kleine Ansiedlung von Wissenschaftlern, aber seit beinahe einem Jahrhundert sind wir vermutlich alles, was von der Menschheit übrig geblieben ist.

Wir alle haben in der Schule gelernt, wie die letzte bekannte Zivilisation auf Erden endete. Infolge von Klimakatastrophen und wirtschaftlichen Verwerfungen waren ganze Landstriche verödet. Das führte zu Migrationswellen und regionalen Kriegen zwischen Ländern, die sich um Wasser und Rohstoffe stritten. Aber eines Tages löschte eine thermonukleare Bombe eine Hauptstadt des Ostens aus. Es war ein Attentat, man hatte die Bombe dort platziert, sie war nicht von einer Rakete gelenkt worden. Das betroffene Land hatte gute Gründe zu der Annahme, ein rivalisierender Staat habe das Attentat ausgeheckt oder jedenfalls jene unterstützt, die es ausgeführt hatten. Und so ließ ein General der Armee dieses Landes unter Umgehung der üblichen Entscheidungsprozesse drei Marschflugkörper abfeuern. Der Präsident der Vereinigten Staaten von Europa rief zu Frieden und Mäßigung auf, aber schon bald schnitt ihm ein neuerliches Attentat (diesmal ein gewöhnliches) das Wort ab. Danach wurde alles immer schlimmer, weitere Raketen zogen ihre perfekten Bahnen, jedes Land beschuldigte ein anderes, sie abgeschossen zu haben, und schon bald konnte niemand mehr jemanden beschuldigen, denn die radioaktiven Wolken und der nukleare Winter waren gekommen und hatten der menschlichen Zivilisation ein Ende gesetzt – und zugleich der Klimaerwärmung, obgleich man die doch für unumkehrbar gehalten hatte.

Vom Mars aus hatte die Kolonie diese Apokalypse mit Schrecken und Fassungslosigkeit verfolgt. Das Leben auf dem Mars war beängstigend klaustrophobisch, aber dennoch erträglich, wenn man stets daran dachte, dass man nach ein paar Monaten oder Jahren wieder auf die Erde zurückkehren konnte, um in einer ganz und gar unvirtuellen Realität dem Gesang der Vögel zu lauschen und dem Murmeln der Bäche. Aber nun war die Erde nicht mehr unsere Welt, und seither nennen wir sie nur noch den blauen Planeten, als wollten wir sie von ihrer tragischen Vergangenheit reinigen und ihr einen neuen Anfang ermöglichen.

Es war auch eine Katastrophe für den Fortschritt von Wissenschaft und Technik. Bis dahin hatte die Kolonie stets von dem profitiert, was die Forschung weltweit auf allen Gebieten hervorgebracht hatte, aber nun konnte sie nur noch auf sich selbst zählen – wie eine Universität, der man für immer jeden Kontakt mit der restlichen Welt verboten hatte.

Da man aber die mutmaßlich besten, sorgfältig ausgesuchten Individuen hierhergeschickt hatte und die künstliche Intelligenz bei der Einrichtung der Kolonie schon ziemlich weit fortgeschritten war, hatte es glücklicherweise nicht an Kreativität gefehlt, wenn es darum ging, sich anzupassen. So hat sich in weniger als fünf Generationen eine kleine Gesellschaft herausgebildet, die recht gut funktioniert und weiterhin Neuerungen in Wissenschaft und Technik hervorbringt.

Ich würde nicht sagen, dass bei uns alles rosig wäre, aber zumindest ist alles perfekt organisiert für eine Gemeinschaft von ein paar Hundert Menschen, die wie in einer Blase leben, die sie vor der giftigen Marsatmosphäre schützt.

Das jedenfalls ist die optimistische Sichtweise, und doch sind ziemlich viele Leute nicht richtig glücklich in der Kolonie.

Weshalb das so ist? Weil alles schon vorherbestimmt ist, sorgfältig geplant mit Athenas Hilfe; nichts geschieht hier unerwartet. Außer vielleicht in unseren Liebesbeziehungen, die sind der letzte Bereich, in dem uns noch so etwas wie Abenteuer bleibt. Oder vielmehr ist es Athena, die uns diesen Freiraum belassen hat, denn sie könnte unfehlbar jene Person bestimmen, die am besten zu uns passt, sei es für eine Affäre oder eine dauerhafte Beziehung. Aber man hat beschlossen, dass uns ein Bereich bleiben soll, in dem es Freiheit gibt und Unvorhersehbares. Allerdings geht es selbst dort nicht gerade riskant zu: Für den Fall von Liebeskummer stehen uns sehr effiziente Desensibilisierungstherapien zur Verfügung. Nach ein paar Sitzungen können Sie an der Person, die Sie beinahe verrückt gemacht hat, mit einer Gleichgültigkeit vorbeilaufen, in der sogar ein wenig Abscheu liegt.

Und übrigens: Wenn Sie genervt sind von der Liebe und all ihren Bekümmernissen, können Sie auch ein Medikament einnehmen, das alles Verlangen in Ihnen beseitigt, ohne dass es Ihre Leistungsfähigkeit im Geringsten mindert. Dann haben Sie endlich absolut Ruhe in Herzensangelegenheiten und können sich ganz und gar Ihrer Arbeit widmen und allen Dingen im Leben, die Sie wirklich interessieren.

Wenn es Ihnen aber zu langweilig wird, können Sie die Therapie absetzen, und schwupps, geht es wieder los, und Sie beginnen davon zu träumen, jemanden in die Arme zu schließen.

Alles in allem sind wir also nicht unglücklich, jeder geht einer Tätigkeit seines Zuschnitts nach, aber außer den Forschern, die eine Leidenschaft für ihr Fach hegen, den Militärs, die ganz in ihre Kriegsspiele vertieft sind, und den

Ehrgeizigen, die in der Hierarchie aufsteigen wollen, langweiligen sich hier etliche Leute. Ich zum Beispiel.

Selbst wenn wir die schönsten Landschaften aus der Zeit vor der Apokalypse in virtueller Realität durchstreifen können, fehlt uns der echte Kontakt mit der Natur, den wir nie hatten. Wie übrigens die letzten Erdenbewohner, denn die Umwelt war bereits so heruntergekommen und die Unsicherheit so gewachsen, dass die meisten Leute die Metropolen nicht mehr verließen.

Deshalb träumt hier jeder oder zumindest fast jeder von dem großen Projekt der Kolonie: Eines Tages wollen wir auf den blauen Planeten zurückkehren und uns dort ansiedeln. Das wäre endlich ein echtes Abenteuer! Bestimmt nicht ohne Risiken, aber auch mit den Freuden des Unvorhergesehenen und – so denken manche – der Freiheit.

Ich glaube ja, dass diese Leute ein bisschen zu viel träumen, denn weshalb sollte Athena ihre Herrschaft auf dem blauen Planeten nicht fortsetzen wollen?

Jedenfalls wissen wir, dass die radioaktive Verstrahlung entgegen der pessimistischsten Voraussagen schon lange gesunken ist und in Ozeannähe wieder ein angenehmes Klima herrscht.

Aber warum sollte die Admiralin gerade mich für ein so wichtiges Projekt ausgewählt haben, mich, Robin Normandie, gewöhnlicher Rekrut, ohne militärische Karriere und sehr mittelmäßig in den Tests?

»Athena hat Sie ausgewählt«, sagt sie und hebt den Blick vom Bildschirm. »Und außerdem werden Sie nicht der Erste sein. Wir haben schon ein paar Zomos losgeschickt.«

Ich kann es kaum fassen. Zomos sind Berufssoldaten; sie werden für eine Rückkehr zur Erde ausgebildet, ganz anders als ich. Worin könnte ich ihnen vor Ort nützlich sein?

Und jetzt hat die Admiralin ein verschmitztes Lächeln auf den Lippen.

»Möchten Sie wissen, was Athena über Sie denkt?«

Nach meiner Begegnung mit der Admiralin beschließe ich, bei Yû vorbeizuschauen.

Ich finde sie in der virtuellen Realität, die sich in einem Helm mit undurchsichtigem Visier verbirgt. Er zeigt ihr Bilder, die ich nicht sehe, und maskiert ihr Gesicht – nur nicht den nachdenklich wirkenden Mund (den ich, das muss ich leider zugeben, noch immer küssen möchte) und ihr hübsches Kinn. Sie hält sich sehr gerade und sitzt auf ihren Fersen in einer Position, die bei ihren japanischen Vorfahren verbreitet gewesen sein muss. Ich weiß nicht, ob sie gerade meditiert oder arbeitet. Der Helm übermittelt die Aktivitäten ihres Gehirns direkt an Athena. Das ist eine Technologie, die auf der Erde schon fast fertig entwickelt war, als die Apokalypse kam. Wir haben eine Weile gebraucht, um sie wiederzuerlangen.

Yû ist eine der Programmiererinnen von Athena.

Sie ist unter den besten 0,1 Prozent, was die intellektuelle Leistungsfähigkeit angeht, und unter den besten zwanzig Prozent bei den sportlichen Leistungen, natürlich hochgerechnet auf ihre Gewichtsklasse, denn sie ist federleicht. Und sie ist die Frau, die ich liebe. Falls Sie poetische Metaphern mögen: *Ein Regenwurm, der in einen Stern verliebt ist* – so fühle ich mich manchmal mit Yû.

Sie hat gehört, wie ich beim Eintreten ihren Namen aussprach, aber ihren Helm hat sie aufbehalten.

»Ich gehe fort«, sage ich.

Nun nimmt sie doch den Helm ab, und zum Vorschein kommt ihr neuer Haarschnitt, mit dem sie aussieht wie eine Mangaheldin. Und als ich das Funkeln ihres Blickes unter dem Bogen der Augenlider sehe und ihre Oberlippe, die immer ein wenig bebt, als wollte Yû gleich anfangen zu weinen (in Wahrheit aber weint sie nie), da spüre ich einmal mehr, wie verliebt ich in sie bin.

»Wohin gehst du denn?«

»Ein bisschen frische Luft schnappen.«

Ich versuche, witzig zu sein, aber ihre Augen werden immer größer.

»Etwa auf den blauen Planeten?«

»Ja. Admiralin Colette will mich da hinschicken.«

»Aber warum denn?«

»Damit ich rauskriege, was mit den Zomos passiert ist. Die Admiralin hat eine Abteilung zur Erde geschickt, aber sie senden keine Nachrichten mehr.«

Yû hockt schweigend da, wendet ihren Blick aber nicht von mir ab.

»Die Zomos sind nicht zurückgekommen, aber dich schickt man dorthin?«

»Ja.«

»Ganz allein?«

»Ja.«

Yû schlägt die Augen nieder und denkt im Schutz ihrer gesenkten Lider nach.

»Gehst du ... gehst du unseretwegen fort? ... Wegen mir?«

Und ich sehe, wie sie mich ausforscht – sie will wissen, ob ich ihr die Wahrheit sage oder den wahren Grund meines Abschieds vor ihr verberge. (Was ich ja auch gerade tue.)

»Nein, überhaupt nicht, das ist nicht wegen uns. Und glaub mir, ich hoffe sehr, von der Reise zurückzukommen!«

»Sagst du mir auch die Wahrheit?«

»Ja, ich versichere es dir. Ich habe große Lust darauf, die Erde zu entdecken.«

Dass Yû und ich uns getrennt haben, ist bald sechs Monate her. Oder eigentlich hat Yû beschlossen, dass sie mich verlassen muss.

Aus Gründen, die ich nicht erklären kann, war ihr Embryo nicht in gleichem Maße genetisch verbessert worden wie meiner. Das lässt sie so altern, wie es damals die Menschen auf der Erde taten, ungefähr vier Mal schneller als ich. Ich bin nicht unsterblich, aber mit jedem Lebensjahr, das sie abschließt, bin ich nur drei Monate gealtert. Als wir uns kennenlernten, waren wir gleichaltrig, aber heute zählt sie ein paar biologische Jahre mehr als ich, obgleich sie immer noch jung ist. Ich bin bereit, sie für immer zu lieben, aber sie hat beschlossen, dass es nichts bringe, wenn wir zusammenblieben; sie wollte später nicht leiden müssen.

»Lieber mache ich die Yû von heute unglücklich«, sagte sie mir, »wenn ich dadurch die Yû von morgen glücklich machen kann.« Das ist ein Beispiel für einen einfachen Satz aus ihrem Mund. An die anderen habe ich mich gewöhnen müssen wie an eine neue Sprache.

Ich weiß, dass sie jetzt mit Kavan zusammenlebt, einem grenzgenialen Ingenieur, der im selben Rhythmus älter wird wie sie.

»Und wann wirst du zurück sein?«

»Im Laufe des Jahres, denke ich mal.«

Ich hoffe, dass mein Optimismus aufrichtig klingt.

Sie will etwas sagen, hält es aber zurück.

»Es ist lieb von dir, dass du bei mir vorbeigeschaut hast«, sagt sie schließlich, »aber weißt du, eigentlich wäre es nicht nötig gewesen.«

Am Ende des Satzes zittert ihre Stimme.

»Yû ...«, sage ich.

Ich gehe auf sie zu und schließe sie in die Arme. Sie lässt mich gewähren.

Ihre warme Wange legt sich an meine, und ich spüre, wie ihr Herz ganz nah an meinem schlägt.

»Auf jeden Fall ...«, flüstert sie mir ins Ohr.

»Was denn?«

»Auf jeden Fall kann es für die Zukunft nichts ändern«, seufzt sie, »nicht für dich und mich.«

»Mach dir keine Sorgen, Yû.«

»Auf Wiedersehen«, sagt sie und dreht sich von mir weg.

Ich verlasse den Raum.

Im Fortgehen habe ich gerade noch die durchscheinende Perle gesehen, die an der Spitze ihrer hübschen Nase saß. Eine Träne.

Yû, Licht meines Lebens, ich werde dich immer und ewig lieben.

Und ich habe dir verschwiegen, weshalb ich bereit bin zu dieser Mission.

Um Yû zu sehen, habe ich das Kommandoschiff verlassen und die Große Kuppel durchquert. Sie überspannt den größten Teil der Weltraumkolonie und ist mit atembarer Luft gefüllt. Die Große Kuppel hat wirklich gewaltige Ausmaße, aber vom Kosmos aus gesehen, ist sie nur eine paradiesische kleine Blase, die auf einer Eishölle sitzt – der Marsoberfläche, auf der das Fehlen von Sauerstoff und die kosmische Strahlung jede Form von Leben unmöglich machen. In meiner Kindheit existierte die Große Kuppel noch nicht, aber heute ermöglicht sie es, einen Spaziergang wie früher auf der Erde zu machen. Die Ingenieure haben sie von einer Version zur nächsten sogar noch weiterentwickelt, damit sie die Farben annimmt, die der Himmel hat, wenn man ihn zu verschiedenen Tageszeiten von der Erde aus betrachtet. Sogar das Vorüberziehen der Wolken und den Lauf der Jahreszeiten haben sie einprogrammiert.

Ich will jetzt nicht alle Aspekte des Lebens in der Kolonie beschreiben, sondern einfach erwähnen, dass Körperkraft bei uns unnütz ist – bei allen Anstrengungen assistieren uns Roboter –, damit man keine Risiken eingeht und angesichts einer so lebensfeindlichen Umgebung unbedingt auf alle Einzelheiten achtet. Nicht zuletzt deshalb haben im Lauf einiger Generationen Frauen alle wichtigen Positionen besetzt.

Die Zomos haben wir trotzdem behalten.

»Nur für den Fall der Fälle«, sagte damals Admiralin Bérangère, nachdem sie die Macht übernommen hatte. Das war nach der Großen Rebellion, in der jeder dritte Bewohner der Kolonie ums Leben gekommen war. Ausgebrochen war sie infolge einer Auseinandersetzung zwischen einem Admiral unseligen Angedenkens und dem Vizeadmiral – den beiden letzten Männern, die diese Positionen innegehabt hatten.

Admiralin Bérangère hatte bereits vorausgesehen, dass die Rückkehr auf die Erde eines Tages möglich sein würde. Allerdings würden die Gesellschaften der irdischen Überlebenden, die man dort anträfe, nicht unbedingt sanftmütig sein – und zu allem Überfluss wahrscheinlich noch von Männern angeführt.

Und so beschloss man, die Zomos zu behalten. Sie haben vermutlich am meisten Ähnlichkeit mit dem, was man auf Erden einst als »Spezialeinheiten« bezeichnete; allerdings haben wir ein paar genetische Verbesserungen vorgenommen, was ihre Körperkraft und Aggressivität angeht. Die Zomos bringen ihre Tage damit zu, sich in diversen Sportarten und Kämpfen zu trainieren. Wenn sie in einem Laufgang auftauchen, hört man schon von Weitem ihre Ausrufe und ihr raues Lachen. Die meisten hier mögen sie nicht, was ich ziemlich ungerecht finde. Ich habe sogar einen Freund aus Kindheitstagen, Stan, der Zomo geworden ist.

Auch ihn muss ich noch aufsuchen.

Ich finde ihn im Trainingsraum für den Nahkampf ohne Waffe, wo er gerade mächtig auf einen anderen Zomo eindrischt. Beide tragen Helme und Protektoren mit Mikrochips, die all ihre Bewegungen aufzeichnen, damit man sie später auswerten kann. Sie können aber auch das Ende eines Kampfes auslösen, sobald die Wucht eines Treffers zu Schädigungen zu führen droht.

Genau das ist gerade passiert, als ich ankomme. Der mit den Mikrochips vernetzte Computer hat ein Signal ertönen lassen, um den Kampf zu stoppen, aber Stans Gegner, der sichtlich angeschlagen ist, versucht wieder auf die Beine zu kommen und ruft: »Nein! Wir hören nicht auf, los, weiter geht's!«

So sind sie, die Zomos.

Stan nimmt seinen Helm ab und kommt mir entgegen.

Er ist ein schönes Exemplar der Gattung Mensch, auf die kriegerische Art. Seine Muskeln füllen den Kampfanzug harmonisch aus. Sein entschlossener Blick unter geraden Brauen, das energische, von einem Grübchen gezierte Kinn und die hohlen Wangen eines Athleten ohne Fettanteile lassen ihn so aussehen, wie er wirklich ist: ein Elitesoldat mit der Gabe zum Kommandanten.

Ich weiß, dass er ziemlich oft in die Kabinen der Offizierinnen gerufen wird. Dennoch herrschen strenge Regeln: nie mehr als zweimal nacheinander mit derselben Person und, was ihn betrifft, höchstens fünf Nächte pro Monat. Nachdem sexuelle Beziehungen zwischen Militärangehörigen jahrzehntelang verboten gewesen waren (was stets unterlaufen wurde), gelangten Athena und ihre Vorläufer schließlich zu den genannten Empfehlungen. Man hält sie für optimal, um Rivalitäten und enge Bindungen, die dem Funktionieren der Truppe schaden könnten, so weit wie möglich zu vermeiden. Stan ist zufrieden damit, er liebt die Abwechslung und verspürt überhaupt keine Lust, sich an jemanden zu binden, es sei denn, an seine Kumpel unter den Zomos – und auch an mich, seinen einzigen Freund, der kein Zomo ist.

»Was machst du denn hier, Rob? Wie geht's dir?«

Ich berichte ihm von meinem Besuch bei der Admiralin und meiner künftigen Mission.

Mein Freund macht ein noch erstaunteres Gesicht als Yû.

»Die Zomos sind nicht zurückgekommen, und ausgerechnet dich schickt man dorthin?«

Genau das hat auch Yû gesagt, und ich weiß nicht warum, aber es nervt mich langsam.

»Du bist doch nicht mal Berufssoldat«, fügt Stan hinzu.

Ja, anders als er, der sich alle Hoffnungen auf eine Karriere machen darf. Dank seiner vorzüglichen Evaluationen (sowohl für seine Leistungen als auch für seine Menschenführung) kann Stan darauf hoffen, die höchsten Dienstgrade zu erklimmen; sein Handicap, ein Mann zu sein, wird dadurch kompensiert, dass die höheren Offizierinnen eine Vorliebe für ihn haben.

Vielleicht träumt er sogar davon, eines Tages Vizeadmiral zu werden – oder warum nicht gar Admiral, der erste seit mehreren Generationen?

Weil Stan unter seiner rauen Schale ein feinfühliger Freund ist, spricht er eine Sache nicht aus, aber ich weiß, dass er daran denkt: Und außerdem, mein armer Rob, bist du nur ein *Neutrum*!

Mit meinen Testergebnissen bin ich wirklich nichts anderes. Meine Fähigkeiten reichen nicht aus für die hochqualifizierten Jobs in der Weltraumkolonie, von denen die meisten mit Forschung oder Programmieren zu tun haben.

*Neutrum* ist ein besseres Wort als Nichtsnutz, aber jeder hier weiß, was es bedeutet. In den fortgeschrittenen Gesellschaften auf der Erde hatten die meisten Neutren bis in die erste Hälfte des 21. Jahrhunderts Arbeit finden können, denn damals entsprach die Mehrzahl der Jobs noch ihren Fähigkeiten. Allmählich aber hatten die Fortschritte in Robotertechnik und Künstlicher Intelligenz diese Menschen immer nutzloser gemacht. Dabei hatten sie keinen anderen Makel, als durchschnittlich zu sein oder ein wenig unter dem Durchschnitt zu liegen. Die wachsende Zahl nutzloser Menschen hatte auch die mächtigen sozialen Konflikte und Migrationswellen hervorgerufen, durch die auf der Erde ein gewalttätiges und instabiles Lebensumfeld entstanden war.

Die Kolonie hat es gelernt, im Umgang mit ihren Neutren klüger zu sein, spätestens nach der Großen Rebellion, an welcher die Neutren beträchtlichen Anteil gehabt hatten und die ausgebrochen war, nachdem der damals herrschende Admiral sie in eine abgetrennte Zone der Kolonie hatte verbannen wollen.

Um die Neutren nicht mehr auszuschließen, weist man ihnen seither die Rolle von Assistenten an der Seite begabterer Individuen zu.

Und trotzdem kursiert in der Kolonie ein böser Witz: *Neutrum* + $1 = 0$.

Es gibt auch ein paar Tätigkeiten, die noch nicht vollständig automatisiert wurden, damit man bei ihrer Ausführung das Gefühl hat, nützlich zu sein. So drosselt man beispielsweise die Roboter, um den Neutren noch ein wenig Spielraum zu lassen.

Aber die Vorstellung, eines Tages als persönlicher Assistent oder Aushilfstechniker unglaublich toll zu sein, erweckt in mir keinen wirklichen Enthusiasmus.

Zum Glück lässt man uns viel Zeit, für Hobbys, für die wir besonders talentiert zu sein glauben, auch wenn Athena schon vorhergesehen hat, dass nie etwas Großes daraus wird. Bei mir sind es das Studium der Weltgeschichte und das Schachspiel.

Ich gehöre zu einer der letzten Generationen von Neutren. Dank der Fortschritte in der Gentechnologie wird es eines Tages in der Kolonie kein einziges mehr davon geben.

Manchmal, wenn auch selten, kommt es zwischen Neutren und Höherbegabten zu Liebesbeziehungen, etwa zwischen Yû und mir, und auch zu Freundschaften, wie Stan und ich sie pflegen.

»Aber warum schicken sie gerade dich zur Erde?«, fährt Stan fort, und es klingt beinahe zornig. »Du wirst dort inmitten von Wilden sein, vielleicht von Kannibalen. Weshalb schicken sie nicht wieder uns Zomos, diesmal vielleicht eine Kampfeinheit?«

Denn die Admiralin hat mir verraten, dass man einen Trupp von zwölf Männern zur Erde geschickt hatte, und zwar unter der Führung von Lieutenant Zulma, einer Art von weiblichem Pendant zu den Zomos (ich kenne sie, denn sie ist mehrmals im Schachklub aufgetaucht – mit dem einzigen Ziel, Yû anzubaggern). Nach einigen beruhigenden Nachrichten, die sie bei ihrer Ankunft auf einer Insel abgeschickt hatten, war von den Zomos kein Lebenszeichen mehr eingetroffen. Auch die automatische Übermittlung ihrer medizinischen Werte war zum Erliegen gekommen.

»Die Admiralin hält es für eine fehlerhafte Denkweise, eine größere Truppe hinschicken zu wollen. Es hat schon einmal nicht funktioniert, und jetzt *noch mehr vom Gleichen*?«

»Es kotzt mich an, wenn Menschen versuchen, einen auf Künstliche Intelligenz zu machen«, sagt Stan.

Ich schaue ihm eindringlich in die Augen, um ihn zu warnen. Hier weiß man doch nie, wann unsere Gespräche mitgeschnitten werden, und da ich gerade aus dem Büro der Admiralin komme, wird meine Unterhaltung mit Stan mit Sicherheit aufgezeichnet. Aber da er auf allen Gebieten so tolle Ergebnisse hat, weiß er natürlich auch, dass man ihm ein paar Unverschämtheiten durchgehen lässt. Zu Beginn hatten die Leute Angst vor den Überwachungs- und Speichersystemen, deren Daten von Athena verarbeitet werden. Bald aber entdeckte man, welche Vorteile es hat, von automatisierten Systemen bewertet zu werden: Die subjektiv gefärbte Note eines Vorgesetzten hat wenig Einfluss – wie man ja am unvorteilhaften Bericht sehen konnte, den Lieutenant Jessica über mich abgegeben hat.

Athena hat keine wechselnden Stimmungen und lädt dich nicht ein, zu ihr aufs Zimmer zu kommen.

»Okay«, sagt Stan, der mein kleines Warnsignal empfangen hat. »Aber warum ausgerechnet du?«

»Ich habe eine Begabung für Sprachen.«

»Für Sprachen ... Aber für *welche* denn?«

Die gleiche Frage hatte ich der Admiralin gestellt.

*Nach Robins Besuch schaffe ich es nicht mehr, mich zu konzentrieren.*

*Statt mit der Arbeit voranzukommen, habe ich das Gefühl, Kreise in tiefem Sand zu ziehen.*

*Gefühle sind nicht gerade hilfreich beim Programmieren von Algorithmen.*

*Athena spürt das vermutlich. Sie schickt mir kleine Nachrichten wie »Bist du müde, meine kleine Yû?« oder »Mach doch mal eine Pause!«.*

*Athena gelingt es, mit mir zu sprechen wie eine gute Freundin – so stark ist sie geworden. Ich habe gelesen, dass man in der Anfangszeit von »starker« und »schwacher« Künstlicher Intelligenz sprach; heute hat die Unterscheidung gar keinen Sinn mehr.*

*Am Ende nehme ich den Helm ab und gehe in den für »Techies« wie mich reservierten Raum, um einen Kaffee zu trinken.*

*Und dort stoße ich auf meine beste Freundin, auf Alma.*

*»Na, sag mal, was ziehst du denn für ein Gesicht?«*

*»Robin hat vorbeigeschaut ...«*

»Ach, der schon wieder ...«

»Er wird bald zu einer Mission auf die Erde aufbrechen.«

Alma wirkt genauso überrascht, wie ich es vorhin war.

»Was? Robin Normandie?!«

»Ja, er. Und warum auch nicht?«

»Ähm ... ja ... warum nicht? Aber wieso gerade er?«

Alma konnte Robin noch nie leiden – oder vielmehr, sie mochte es nicht, dass ich in ihn verliebt war. »Er ist für dich nicht gut genug«, sagte sie mir die ganze Zeit, »und weißt du, am Ende wird er dich betrügen. Ich habe nie verstanden weshalb, aber die Frauen mögen ihn.«

»Admiralin Colette und Athena haben ihn ausgewählt.«

»Gut, dann müssen wir das nicht weiter diskutieren.«

»Weißt du, sie fanden beide, dass Robin der Beste für diese Mission sei.«

»Ja, ja.«

»Ich bin also nicht die Einzige, die etwas Gutes an ihm findet!«

»Nein, natürlich hat er seine guten Seiten ...«

»Für mich war es ein seltsames Gefühl, ihn so wiederzusehen.«

»Ja, sicher, du und er, das lief ja eine ganze Zeit ...«

»Und jetzt bricht er zur Erde auf.«

»Eine verdammt harte Mission.«

»Die Zomos sind nicht zurückgekommen. Und er ... er soll ganz allein hinfliegen ...«

»Yû, bitte, nun fang doch nicht an zu weinen ...«

Alma schließt mich in die Arme. Eigentlich sollte mich das trösten, aber es funktioniert überhaupt nicht. Emotionaler Sturm, Tränen.

*Dieses Miststück von Athena wird eine Weile auf mich warten müssen.*

In der Kolonie wird seit Generationen nur Englisch gesprochen. In den ersten internationalen Besatzungen, die man hergeschickt hatte, beherrschte jeder diese Sprache, und die Zeit auf dem Mars war zu kostbar, als dass alle erst einmal die Muttersprachen ihrer Teamkollegen hätten erlernen können. Und inzwischen sind alle diese Sprachen aus der Mode gekommen, außer bei ein paar Leuten, die beschlossen haben, in der Freizeit die Sprache ihrer Vorfahren zu lernen. So hält Yû es mit dem Japanischen.

Aus diesem Grund verstehe ich auch nicht, wie die Admiralin mich für »sprachbegabt« halten kann – nie habe ich eine andere Sprache erlernt als die eine, die ich seit meiner Kindheit spreche.

»Athena«, sagte sie nur und lächelte. »Ihre Resultate in verschiedenen psychometrischen Tests liegen nahe an denen, die Athena von den sprachbegabtesten Erdbewohnern in ihrem Speicher hat. Die Morphologie Ihres Temporallappens bestätigt dies. Im Übrigen muss es Ihnen ja selbst schon aufgefallen sein, dass Sie ein feines Gehör haben.«

Daran ist sicher etwas Wahres. Ob die Admiralin weiß, dass sich meine Freunde schon seit der Schulzeit schieflachen, wenn ich Vorgesetzte imitiere?

»Ähm, ja ... ich erinnere mich, dass ich ziemlich gut war, als wir uns in der Schule ein bisschen mit Musik befasst haben. Und meine Lieblingslieder kann ich mühelos vor mich hinsingen.«

»Das und anderes«, sagte sie.

Also wusste sie Bescheid über meine Imitationen.

Habe ich tatsächlich ein Talent für Sprachen? Plötzlich durchströmt mich ein Glücksgefühl: Ich habe eine Begabung! Ich, das *Neutrum*!

Zugleich aber mache ich mir ziemliche Sorgen, wenn ich an das Verschwinden der Zomos denke. Wie könnte ich es besser machen als sie?

»Besser, weil anders«, sagte Admiralin Colette. »Sie wissen, wie man Konflikte dämpft. Sie haben etwas an sich, das Sie beliebt macht.«

Offensichtlich haben die seit meiner Kindheit erhobenen Daten mehrere Situationen angezeigt, in denen ich Streitigkeiten schlichtete. Und ich selbst habe mich nie in eine Keilerei gestürzt. Obwohl ich nur ein Neutrum bin, wurde ich oft zum Klassensprecher gewählt. All das hat Athena also aufgespürt und verarbeitet.

»In der Praxis sind Sie vermutlich ein guter Unterhändler. Athena sagt das jedenfalls voraus.«

»Das würde aus mir keinen guten Zomo machen«, warf ich ein.

»Genau. Wir haben bereits Krieger entsandt, ausgerüstet mit modernster Technik, automatischen Übersetzungsprogrammen und Waffen.«

Nichttödliche Waffen, dachte ich.

Bei den Zomos ist das ein Gegenstand hitziger Diskussionen. Um zu vermeiden, dass sich wiederholt, was in der Weltgeschichte so oft vorgekommen ist – Massaker an Indigenen durch besser bewaffnete Neuankömmlinge –, hatte die Kommandozentrale beschlossen, dass die Zomos keine tödlichen Waffen mitführen sollten, sondern Schallgewehre oder solche mit elektromagnetischen Wellen, die einen trotzdem auf hundert Meter Entfernung nieder-strecken können. Nach Ansicht der Zomos war diese be-schränkte Ausrüstung einer der Gründe für den Fehlschlag der Mission. Ich glaube nicht so richtig daran; nichttöd-liche Waffen können sehr wirkungsvoll sein, und bei Ur-völkern erregen sie gewiss Furcht und Schrecken.

Und dann glaube ich auch nicht an ein plötzliches und unerklärliches Verschwinden. Zomos! Perfekt ausgerüstet, wie sie waren, hatten sie doch bestimmt Zeit gehabt, die Marskolonie darüber zu informieren, was mit ihnen ge-schehen war, und vielleicht sogar zu melden, wem sie auf der Insel begegnet sind.

Ich versuchte, mehr darüber zu erfahren.

»Hat man denn keine anderen Daten empfangen, die etwas über den Grund ihres Verschwindens aussagen?«

Die Admiralin schwieg einen Moment.

»Nichts, was Ihnen von Nutzen sein könnte«, sagte sie ohne jedes Lächeln und zeigte mir damit, dass ich ein we-nig zu weit gegangen war.

Als unser Gespräch sich dem Ende zuneigt, kommt mir eine Idee: Was wäre, wenn ich mich der Mission ver-weigerte? Immerhin bin ich nur ein Wehrpflichtiger, der bald wieder in sein ziviles Leben als Neutrum entlassen wird; ich brauche keine militärische Karriere abzusichern. Und weil wir uns nicht im Krieg befinden, würde mir eine Ablehnung nur eine leichte Strafe einbringen, schlimms-tenfalls die Verlängerung meiner Dienstzeit um ein paar Monate oder ein mühseliges Praktikum in einem Berg-werksregiment.

Im Vergleich zu der Gefahr, wie die Zomos von der Bild-fläche zu verschwinden und Yû niemals wiederzusehen, ist das ein Klacks.

Und so versuche ich, den Coup zu landen: »Admiralin Colette, eigentlich ...«

»Ich bin noch nicht fertig«, erwidert sie.

»Ich wollte nur sagen, dass ...«

»Ich bin noch nicht fertig«, wiederholt sie, diesmal in strengerem Ton.

Und ich halte den Mund.

»Sie sind kein Rebell«, schließt sie und schaut dabei auf ihren Bildschirm. »Aber in Ihrem Jahrgang haben Sie trotzdem die schlechteste Punktzahl in ›Respekt vor Autoritäten‹.«

»Aber ... aber ich habe mich der Autorität doch nie entgegengestellt!«

»Nein, denn Sie mögen keine Konflikte, und bis jetzt hat man Ihnen wahrscheinlich nur vernünftige Befehle erteilt ...«

Nicht immer, denke ich und habe dabei Lieutenant Jessica vor Augen.

»... aber Athena hat trotzdem herausgefunden, dass Sie wenig Respekt vor der Macht haben. Das wäre für Sie ganz sicher wenig hilfreich, wenn Sie eine militärische Laufbahn verfolgen wollten.«

»Das ist, wie Sie wissen, auch gar nicht mein Wunsch, und überhaupt ...«

Plötzlich zögere ich. Selbst wenn ich vielleicht wirklich keinen großen Respekt vor Autoritäten habe – wie könnte ich der Admiralin auf höfliche Weise absagen? Wie würde ich sie davon überzeugen, dass ich dieser Mission nicht gewachsen bin?

Aber sie lässt mir nicht die Zeit, meinen Satz zu beenden.

»Sie stehen einer jungen Wissenschaftlerin ziemlich nahe, glaube ich – Yû Mishima?«

Ich bin sprachlos. Weshalb diese Anspielung auf Yû mitten in einem Gespräch über eine militärische Mission? Ich fühle mich ganz durcheinander. Noch ein Beweis dafür, dass ich nicht besonders intelligent sein kann.

»Wir waren einander sehr verbunden …«

»*Wir waren einander sehr verbunden*«, wiederholt die Admiralin in spöttischem Ton. »Vor lauter Lektüre der alten Autoren reden Sie nun schon so wie sie!«

Diesen Vorwurf macht man mir häufig. Was kann ich dafür, wenn ich hier einer der ganz wenigen bin, die noch Bücher von vor der Apokalypse gelesen haben, und wenn ich ihre Sprache, die oft viel schöner als unsere ist, ins Herz geschlossen habe?

»Immerhin haben Sie wirklich einen guten Geschmack«, meint die Admiralin. »Sie ist schön wie ein Engel, und ihr Gehirn ist eines der besten in der ganzen Kolonie.«

»Sie lebt jetzt mit einem anderen«, sage ich.

»Ja, auch darüber bin ich auf dem Laufenden.«

Die Admiralin schaut mich an. Vermutlich kann sie von meinem Gesicht ablesen, dass ich Yû noch immer liebe.

»Sie wissen vielleicht, dass wir an einem streng geheimen neuen Genprogramm arbeiten.«

»Nein.«

»Das beruhigt mich – wenigstens ein paar Geheimnisse lassen sich hier noch hüten!«

In Wahrheit habe ich schon Gerüchte über dieses Projekt gehört, aber ich habe auch eines gelernt: Mit einem Vorgesetzten soll man nie über ein Projekt sprechen, ohne den genauen Sachverhalt zu kennen.

»Sie wissen ja, dass wir es schon seit einiger Zeit hinbekommen, die menschliche Lebensdauer zu verlängern, indem wir auf die Frühphasen der Embryonalentwicklung einwirken. Sie sind übrigens eines der besten Beispiele dafür.«

»Ja.«

Meiner Meinung nach bin ich nicht gerade ein tolles Beispiel. Als die Forscher mitbekommen haben, dass es ihnen bei mir gelungen ist, den Alterungsprozess zu stoppen, müssen sie sich doch die Haare gerauft haben: »Was für eine Verschwendung – wir haben das Leben eines *Neutrums* verlängert!« Bei Yû war es sicher genau umgekehrt; sie müssen sehr betrübt gewesen sein, als sie sahen, dass das Verfahren in ihrem Fall nicht funktionierte.

»Nun haben wir ein neues Programm gestartet. Unser Ziel liegt darin, das Altern von Erwachsenen zu stoppen oder wenigstens zu verlangsamen.«

Die Admiralin legt eine kleine Pause ein, als wollte sie mir Zeit lassen zu erahnen, was dies für die Zukunft der Kolonie bedeuten könnte.

»Aber in wie vielen Jahren wird es da Resultate geben?«

Den Gerüchten zufolge steckt dieses Programm noch in den Kinderschuhen und ist weit davon entfernt, Ergebnisse zu liefern.

»In wenigen Monaten«, sagt die Admiralin. »Es hat einen unerwarteten Durchbruch gegeben … und Ihre Frage«, fügt sie in verärgertem Ton hinzu, »lässt mich annehmen, dass Sie doch Bescheid wussten über das Programm.«

Ich versuche gar nicht erst, es zu leugnen.

»Wir können erst einmal nur mit sehr wenigen Versuchspersonen beginnen. Zusätzlich zu Athena werden alle höheren Offiziere und wichtigen zivilen Funktionsträger eine Liste der Personen erstellen, die für die Kolonie von höchstem Wert sind. Natürlich hat da jeder seine Lieblingskandidaten …«

Und als ranghöchste militärische Kraft werde die Admiralin natürlich ein entscheidendes Wort mitzureden haben, wenn man die Liste erstellt.

»Ich verstehe«, sage ich.

Durch das Bullauge erblicke ich unseren blauen Planeten, und erneut geben die Wolken den Blick frei auf die glitzernde Oberfläche eines Ozeans.

»Sie wissen, dass ich stets Wort halte«, setzt die Admiralin hinzu.

Und das stimmt auch; sie hat sich diesen Ruf im Lauf ihrer ganzen Karriere erworben.

»Also, Rekrut Robin Normandie, melden Sie sich freiwillig für diese Mission?«

Von diesem Teil unseres Gesprächs habe ich Yû nichts erzählt.

Wenn meine Mission schlecht ausgeht, möchte ich nicht, dass sie sich verantwortlich fühlt für mein Verschwinden – ihr ganzes neues Leben lang.

Ich habe etwa hundert Stunden in den Lernmaschinen zugebracht und darin sogar geschlafen, um mich mit den verschiedenen polynesischen Sprachen vertraut zu machen, die Athena gespeichert hat.

Die einzigen Zeichen menschlicher oder nachmenschlicher Aktivität, die man seit einem guten Jahrhundert ausmachen kann, stammen nämlich alle von kleinen Inseln des Pazifischen Ozeans, und auf einen dieser Festland-Konfettischnipsel hat man auch die Zomos geschickt.

Die Übersetzungscomputer der Zomos waren mit diesen zum Teil gewiss untergegangenen Sprachen programmiert, und vielleicht ist auch dies – neben dem aggressiven Auftreten der Zomos – ein Grund für das Fehlschlagen der Mission.

Die Kommandozentrale (und damit Athena) hat es für richtig befunden, mich mit den ehemaligen Sprachen dieser Völker vertraut zu machen. So würde ich die heutigen Bewohner schneller verstehen können und womöglich nicht von der Bildfläche verschwinden – anders als unsere Spezialeinheiten.

Athena hat mir auch ein kurzes pädagogisches Programm zusammengestellt. Es dreht sich um die indigenen Völker, die zu Zeiten der großen Seefahrer und Entdecker auf diesen Inseln lebten. Sie geht nämlich von der Annahme aus, dass die Menschen nach der Apokalypse wieder in ihren Urzustand zurückgefallen sind. Durch Bilder aus alten Büchern habe ich also etwas über ihre Lebensweise gelernt, über Jagd, Fischfang und die Seefahrt in Einbäumen aller Größen. Wenig gelernt habe ich über ihre Sitten und Gebräuche, die heute allerdings auch nicht mehr dieselben sein dürften. Ich habe zwar Bilder von Harpunen und Keulen gesehen, die auch zu anderem als zum Jagen und Fischen dienen könnten, aber eigentlich war nichts davon eine Bedrohung für die Zomos, selbst wenn sie nur über nichttödliche Waffen verfügten.

Vor meinem Abflug musste ich mich mit Kommandantin Alma treffen. Sie ist die verantwortliche Offizierin für alle technischen Aspekte der Mission. Alma ist eine hübsche Brünette, die bei den Männern den Spitznamen »Pocahontas« hat, denn sie ähnelt der Heldin eines alten Animationsfilms aus Erdzeiten, den wir alle in unserer Kindheit gesehen haben, gehört er doch zum schulischen

Pflichtprogramm unserer Kolonie. Wir sollen damit für die Akzeptanz anderer Kulturen sensibilisiert werden, damit wir später nie in Versuchung geraten, uns denen, die technologisch nicht so fortgeschritten sind wie wir, als Eroberer zu nähern.

Alma ist Yûs beste Freundin, aber ich habe schon immer gespürt, dass sie mich nicht gerade ins Herz geschlossen hat. Und selbst bei unserem letzten Treffen vor dem Start wahrte diese Person die hierarchische Distanz, die ihr durch den Unterschied unserer Dienstgrade möglich ist: Sie ist die Kommandantin, während ich nur ein einfacher Wehrpflichtiger bin – und noch dazu ein Neutrum.

»Auch Ihnen werden wir keine tödlichen Waffen mitgeben«, verkündete sie in schroffem Ton, als wollte sie meinen Protesten vorbeugen.

»Kein Problem, Kommandantin, ich bin selbst eine tödliche Waffe.«

Aber sie reagierte nicht auf meinen Scherz und fuhr mit ihren Instruktionen fort.

»Sie werden über die ausgefeiltesten Kommunikationsmittel verfügen – über bessere als bei der vorigen Mission!«

Sie verkündet es mir so, als wäre es ein großartiges Privileg.

»Was war eigentlich die letzte Nachricht von den Zomos?«

»Ihre Raumanzüge wurden zerstört. Laut den zuletzt übermittelten Temperaturwerten sind sie verbrannt.«

»Mit den Zomos drin?«

»Das wissen wir nicht.«

Nun verstand ich, weshalb mir Admiralin Colette diese Details vorenthalten hatte.

»Auf jeden Fall müssen Sie Ihren Raumanzug immer und überall anbehalten, Rekrut Robin. Er wird uns ständig Ihre Koordinaten übermitteln und Ihre medizinischen Werte.«

»Damit Sie sagen können, ob ich blutig, medium oder schon verschmort bin?«

Einen Augenblick lang konnte sie sich noch zusammenreißen, aber dann lachte sie laut los, und ich sah alle ihre schönen Zähne.

Das ist einer meiner Tricks, der in den Tests nicht auftaucht: Ich schaffe es meistens, die Frauen zum Lachen zu bringen.

»Na schön, Alma«, sagte ich, »lassen wir die Formalitäten einen Moment beiseite. Was denkst du wirklich über diese Mission?«

Sofort hörte sie auf zu lachen und betrachtete mich mit einem finsteren Blick. Pocahontas war zornig.

»Du hast wirklich keinen Respekt vor der Autorität! Ich habe das schon im Bericht über dich gelesen.«

»In meiner Akte? Aber wie kannst du die gelesen haben?«

»Ach, eine kleine Sonderaktion …«

Wir schauten einander an. Es war nicht nötig, Yûs Namen auszusprechen. Sie ist die Einzige, die sich direkten Zugang zu Athena verschaffen kann.

Schließlich entspannte sich Pocahontas ein wenig. »Ich glaube, die Zomos haben eine Gefahrensituation falsch eingeschätzt. Eine Gefahr, die vermutlich von Menschen ausging. Wir haben Tonschnipsel von einer Auseinandersetzung zwischen ihnen und sprachbegabten Wesen.«

»Sprachbegabten Wesen? Könnte ich sie mir mal anhören?«

»Unter keinen Umständen, die Aufnahmen sind *top secret*, selbst ich habe keinen Zugang.«

Ich hatte den Eindruck, dass sie mich anlog.

»Schade, ich hätte herausfinden können, ob ich diese Sprache verstehe.«

Sie entgegnete nichts, aber ich spürte, dass sie verlegen war. Natürlich wäre es hilfreich gewesen, eine Vorstellung vom letzten bekannten Wortwechsel der Zomos zu bekommen. Aber wie so oft in der Kolonie ist sicher auch mein Gespräch mit Alma mitgeschnitten worden, und sie wollte mir einfach nicht zu viel sagen, damit man ihr das eines Tages nicht vorwerfen konnte.

Ich bin noch einmal zu Stan hinübergegangen, um ihn nach ein paar Tricks zu fragen, die meine Überlebenschancen auf der Erde erhöhen konnten. Schließlich ist er dafür ausgebildet worden. Am Ende habe ich mit ihm und seinen Kameraden zwei Tage verbracht, und im Großen und Ganzen fand ich die Zomos recht sympathisch. Sie haben alles getan, um mir die Grundbegriffe des Überlebens unter irdischen Bedingungen beizubringen. Als ich aufbrechen wollte, hat mir jeder die Hand geschüttelt, um mir Glück zu wünschen. (Sie tut mir immer noch weh davon; ich hoffe bloß, dass es etwas bringt.)

Bevor ich fortging, habe ich eine kleine Ansprache gehalten: Auch wenn ich kein Zomo sei, hielten wir hier doch alle zusammen, und ich würde nicht ohne ihre Freunde zur Kolonie zurückkehren. In solchen Reden bin ich ziemlich gut, und die Ovationen der Zomos waren so laut, dass mir fast die Ohren platzten.

Vor einigen Minuten bin ich in die Erdatmosphäre einge-
treten, und immer noch denke ich an Yû – werde ich sie
eines Tages wiedersehen? Und wird uns das endlich glücklich machen? Da zeigt mir ein Piepton an, dass man mit
mir kommunizieren will. Seltsamerweise ist auf meinem
Display gar nichts zu sehen. Dann erscheinen nur Schrift-
zeichen.

*Warum bist du fortgegangen?*

Yû? Aber das ist unmöglich, sie ist eine Zivilistin, sie hat
keinen Zugang zum militärischen Kommunikationsnetz.
Etwa eine Nachricht von Stan?

*Ich liebe dich.*

Nein, von Stan kommt das nicht.

Und plötzlich flimmert das Display, und es formt sich
das Bild meiner Yû, ein wenig verschwommen wie eine
Fata Morgana.

Sie lächelt mir zu, hat aber Tränen im Gesicht. Sie wischt
sie mit ihrer zarten Hand fort und setzt eine ernste Miene
auf. Die Bildqualität verschlechtert sich, und Ton kommt
überhaupt keiner.

Yû schaut auf ihre Tastatur und tippt einen Text.

*Irgendetwas stimmt nicht.*

Auch ich beginne zu tippen.

*Was denn?*

*Weiß ich noch nicht.*

Ihr Bild verschwindet. Und das alles wegen dieser ver-
dammten Erdatmosphäre.

Ich versuche, die Fassung zurückzugewinnen. Yû hat es
geschafft, in das militärische Kommunikationsnetzwerk
einzudringen! Und das, um mir eine Nachricht zu senden,
die so rätselhaft wie beunruhigend ist.

*Irgendetwas stimmt nicht.*

Ich müsste ernsthaft darüber nachdenken, aber dafür bleibt mir keine Zeit.

Eine weitere Serie von Pieptönen: Mein Radar signalisiert mir, dass sich eine Abwehrrakete nähert.

Diesmal bin ich nicht überrascht, denn als das Raumschiff mit den Zomos die Erde anflog, ist das Gleiche passiert. Man hat herausgefunden, dass der Flugkörper von einer ehemaligen Militärbasis auf einem Atoll abgeschossen worden war. Dort gibt es zwar keine menschlichen Aktivitäten mehr, aber die Abwehrraketensysteme haben überlebt – programmiert für die Ewigkeit, um rechtzeitig alles zu zerstören, was einem Atomsprengkopf ähneln könnte. Und mein kleines Raumschiff ähnelt einer solchen Rakete offenbar sehr.

Die elektronischen Gegenmanöver und die Ausweichbewegungen des Zomo-Raumschiffs hatten die vorige Abwehrrakete mühelos abgeschüttelt, und sie war im Pazifik untergegangen.

Ich löse dieselben Maßnahmen aus – oder vielmehr, mein Raumschiff macht es automatisch.

Zunächst scheint alles gut zu gehen. Dann aber fährt mir der Schrecken in die Glieder: Die Abwehrrakete ändert ihren Kurs und kommt erneut auf mich zugeflogen!

Seit der Ankunft der Zomos muss das Abwehrsystem gelernt haben, unsere Ausweichmanöver zu kontern! Athena hat nicht richtig eingeschätzt, wie weit die Künstliche Intelligenz in der besten Zeit des blauen Planeten schon fortgeschritten war!

Ist auch mein System lernfähig genug? Wird es mich retten?

Ich sehe die Rakete in schwindelerregendem Tempo auf mich zukommen.

Nein, ich will nicht abwarten, bis meine Künstliche Intelligenz aufwacht; ich treffe eine sehr menschliche Entscheidung – und kopple mich ab.

*Ich bin wütend auf mich selbst – wie bescheuert war das denn!*

*Gerade habe ich mit Robin kommuniziert, aber außer ihn zu beunruhigen, konnte ich gar nichts erreichen.*

*Ich wollte ihn so gern noch einmal wiedersehen …*

*Dafür habe ich mich in einen Kanal des militärischen Nachrichtennetzes gehackt.*

*Um die Yû von heute glücklich zu machen, habe ich der Yû von morgen vermutlich jede Menge Ärger organisiert.*

*Es sei denn, meine kleinen Manöver waren wirkungsvoll, und keiner von den Minderbegabten im Kommunikationsbereich hat mitbekommen, dass ich in ihren »maximal gesicherten« Kanälen umherspaziert bin.*

*Na schön, jetzt aber an die Arbeit.*

*Weshalb nur haben sie Robin zur Erde geschickt?*

*Also gut, Harmonie liegt ihm, und, warum nicht, sprachbegabt ist er auch; ich habe das alles in seiner Akte nachgeprüft.*

*Ich glaube, dass Admiralin Colette aufrichtig ist.*

*Aber Athena? Warum hat Athena diese Entscheidung akzeptiert?*

*Ich kann es nicht erklären, aber ich spüre, dass es noch einen verborgenen Grund geben muss, irgendein Geheimnis, vergraben in Myriaden ihrer Daten und Algorithmen.*

*Diesen Grund will ich finden.*

*Es ist für mich gar nicht so schwierig, mich in Athenas Labyrinthe einzuschleichen, schließlich habe ich viele ihrer Ebenen mit angelegt. Aber in Athena einzudringen, ohne Spuren zu hinterlassen – das ist wirklich knifflig.*

*Bis jetzt habe ich nichts gefunden, was ich über Robin nicht schon wusste: sein Persönlichkeitsprofil, das seiner Eltern, seine Resultate in Schule und Studium, seine Freundinnen vor mir (nach dem, was er mir gesagt hat, waren es bloß Sexgeschichten, aber ich hatte den Eindruck, die Sache mit einer gewissen Anna war ernster). Mir ist jetzt noch bewusster, wie beliebt er ist: Schon in der Schule war er immer Klassensprecher, und jetzt ist er Vertreter der Wehrpflichtigen. Trotzdem, warum schickt man einen solchen Menschen ganz allein los zu dieser Mission?*

*Kavan versteht nicht, warum ich nicht zum Abendessen oder ins Bett komme.*

*Ich habe ihm gesagt, dass man mir eine wichtige Aufgabe anvertraut hat: Ich soll wieder einmal die Synchronisation zwischen den technischen und den menschlichen Daten verbessern. Das stimmt übrigens sogar, aber ich habe noch nie so viel Zeit nonstop unter meinem Helm verbracht.*

*Er glaubt es mir.*

*Wird es mir gelingen, in Athena einzudringen, ohne dass sie es merkt? Es würde sonst umgehend der Kommandantur gemeldet. Körperliche Gewalt und unerlaubte technische Eingriffe sind die beiden Delikte, die in der Kolonie am härtesten bestraft werden.*

*Ich bin sicher, dass selbst auf Spitzenforscher wie mich eine längere Umerziehung warten würde – heftig genug, um mich neu zu konditionieren, doch natürlich ohne bleibende Schäden.*

*Aber ich habe schon Leute gesehen, die sich nach einer solchen Bestrafung in wahre Zombies verwandelt hatten. Man hat ihnen nur diejenigen Fähigkeiten belassen, die mit ihrer Funktion in der Kolonie verbunden waren, aber ihre Persönlichkeit war wie weggeschliffen.*

*Ich würde danach nie mehr Kummer und Schmerzen empfinden können – und also auch nicht mehr Gefahr laufen, unter dem Einfluss meiner Emotionen Fehler zu begehen.*

*Und an meinem Liebsten könnte ich künftig vorübergehen, ohne dass mein Herz schneller zu schlagen beginnt.*

*Wäre das alles in allem nicht sowieso besser?*

*Ja.*

*Nein.*

*Ja.*

*Nein.*

*Ich werde sehr, sehr gut aufpassen.*

Aus meiner an Fallschirmen baumelnden Landekapsel erblicke ich in der Ferne die Insel, die mein Bestimmungsort ist. Nun ist es nicht mehr nur ein Konfettischnipsel auf einer Landkarte, es ist eine richtige Insel, mit Vegetation bedeckt und von einer Handvoll grüner Bergspitzen gekrönt.

Aber ich kann weder die Schönheit der Landschaft genießen noch all die neuen Dinge – den Wind, das türkisfarbene Meer, den Himmel über mir –, denn ich erkenne bereits, dass meine Landekapsel und ich weit von der Insel entfernt aufsetzen werden. Die Abwehrrakete hat mich gezwungen, das Abkopplungsmanöver zu früh einzuleiten.

Oder eigentlich war ich es ja, der diesen Beschluss gefasst hat. Plötzlich kommt mir der Gedanke, dass sie mein Manöver in der Kolonie mit »Typisch Neutrum!« kommentieren werden. Wahrscheinlich habe ich eine riesengroße Dummheit gemacht, bestimmt wäre mein Raumschiff der Rakete am Ende doch noch rechtzeitig ausgewichen.

Außerdem wird meine Kapsel nicht schwimmen: Sie wurde entworfen, um ein Abkopplungsmanöver in großer Höhe zu überstehen – für eine Landung auf dem Mars oder benachbarten Himmelskörpern, auf denen es kein Meer gibt. Und da befiehlt mir ihre synthetische Stimme auch schon, abzuspringen, sobald die Kapsel nur mehr einige Meter über der Meeresoberfläche ist.

Ich finde mich im Wasser wieder, mit der aufblasbaren Rettungsweste, die die Ingenieure kurz vor meinem Start noch entworfen haben, zusammen mit einigen Ausrüstungsteilen zur automatischen Datenübertragung, die in meinen Raumanzug integriert sind. Aber dieser Schutzanzug ist zu schwer, die Schwimmweste kann ihn nicht tragen, die Ingenieure hatten keine Zeit mehr gehabt, für diese Mission etwas Ausgefeilteres zu konstruieren. Ich schaffe es gerade so, rücklings auf dem Wasser zu treiben, indem ich den Kopf in den Nacken lege und knapp über der Meeresoberfläche atme, aber schwimmen kann ich so nicht.

Ich muss Ballast abwerfen.

Bald sehe ich meinen Raumanzug unter mir als sanft wogenden dunklen Fleck, der tiefer und tiefer sinkt. Das letzte Band, das mich an meine Herkunft koppelte und an meinesgleichen.

Ich denke an Yû, der man sagen wird, ich sei verschwunden, und an ihre Tränen, die ich nicht sehen werde.

Jetzt gilt es zu schwimmen. Ich spüre, dass das salzige Meer mich besser trägt als das Wasser in den Schwimmhallen der Kolonie. Anfangs macht mir das Mut, und ich schwimme ein wenig zu schnell. Dann setzt die Erschöpfung ein.

Um meinen Kräften einen neuen Schub zu geben, denke ich an Mama.

Vor meinem Abflug bin ich sie besuchen gegangen.

Mama ist jetzt in Rente, sie hat keine Kinder mehr zu betreuen. Sie verfügt über ein kleines Zimmer, das recht weit von der Großen Kuppel entfernt liegt. Man bringt ihr das Essen dorthin, und eine Krankenschwester schaut von Zeit zu Zeit vorbei, um zu überprüfen, ob die aufgezeichneten medizinischen Werte ihrem tatsächlichen Zustand entsprechen. Sie leidet an einer Immunerkrankung, die in ihrer Generation häufig auftrat, weil man die Kinder damals nicht den guten alten Mikroben von der Erde aussetzte. (Bei den nachfolgenden Generationen hat man Abhilfe geschaffen.)

In der Kolonie haben wir keine Ärzte mehr, denn Athena hat den perfekten medizinischen Durchblick, und ihre Vorgängerversionen haben in Diagnostik und Therapie einen ungeheuren Erfahrungsschatz angehäuft. Allerdings findet man noch immer keinen Ersatz für eine qualifizierte Krankenschwester, wenn eine Infusion zu machen oder ein Verband zu wechseln ist. Uns verbleiben auch einige Chirurgen, die von Robotern assistiert werden.

Mama hat mich mit sechzig bekommen, sodass sie jetzt schon eine alte Dame ist.

»Mama«, sage ich, als ich ihr Zimmer betrete.

Sie wendet den Blick von dem virtuellen Bildschirm vor ihr ab. Dort zieht eine sehr schöne irdische Landschaft mit grünen Hügeln und Wäldern vorüber, und am Ufer eines Flusses liegt, eingebettet ins Grün, ein Schloss mit Türmen und Spitzen.

»Davon kann ich nie genug bekommen«, sagt sie. »Unser blauer Planet ...«

»Das war vor der Apokalypse.«

»Ja, natürlich. Aber dieses Schloss steht vielleicht noch.«

»Verloren inmitten riesiger Wälder.«

Nach der Einstellung jeglicher Landwirtschaft überzogen sich die gemäßigten Zonen von Neuem mit Wäldern, die heute vermutlich von Mutantenwölfen bevölkert werden.

»Als ich jünger war, habe ich mir vorgestellt, ich würde das eines Tages erleben – unsere Rückkehr zur Erde. Jetzt weiß ich, dass es zu meinen Lebzeiten nicht mehr geschehen wird.« Sie zeigt auf den Bildschirm. »Und so reise ich eben hier ...«

»Vielleicht wirst du es aber doch noch erleben, Mama ...«

Sie schaltet den Bildschirm aus und lächelt. Sie weiß genauso gut wie ich, dass unser großes Rückkehrprojekt noch in den Kinderschuhen steckt und dass man niemals Personen wie Mama hinschicken wird, deren Wochen, ja vielleicht Tage gezählt sind.

»Aber für mich ist es ein großes Glück, dass man meinen Sohn ausgewählt hat! Es macht mich so stolz.«

Mama scheint die Sache nicht zu beunruhigen, sie weiß nichts vom Verschwinden der Zomos und ist offenbar überzeugt, dass ihr geliebter Sohn jeder schwierigen Situation die Stirn bieten kann. Es sei denn, sie verbirgt ihre Sorgen vor mir.

Sie lächelt mir immer noch zu, und in diesem Lächeln liegt ihre ganze Güte und auch ihre heitere Gelassenheit. Mama hat das Leben immer so genommen, wie es eben war.

»Robin, mein Junge ...«

Sie streckt mir die Arme entgegen, und ich umfasse und küsse sie.

Ich habe immer gespürt, dass ich ihr Lieblingskind war. Aber weil Mama in ihrer Laufbahn mehr als fünfzig Kinder großgezogen hat, ist das vielleicht auch eine Illusion, die sie jedem von uns zu vermitteln verstand. Trotzdem habe ich das Gefühl, dass wir eine besondere Verbindung haben, obwohl ich das einzige Neutrum bin und alle meine Geschwister begabter sind als ich. Oder vielleicht, *weil* ich das einzige Neutrum unter ihren Kindern bin, wie Yû eines Tages bemerkte.

Ich nenne sie Mama, aber natürlich hat sie mich nicht zur Welt gebracht. Schon bei der Ankunft des Menschen auf dem Mars hatten die fortgeschrittensten Gesellschaften ihre Frauen vom Joch der Schwangerschaft befreit, jener ungleich verteilten Pflicht. Wie alle Bewohner der Kolonie seit einigen Generationen bin ich eine perfektionierte Form von dem, was man im 20. Jahrhundert Retortenbaby nannte. Nach den Tagen im Reagenzröhrchen bin ich in einer großen bauchigen Apparatur geschwommen, bis ich ein lebensfähiges Neugeborenes war.

Auf die Gebärmutter kann ein Menschenbaby verzichten, aber es braucht immer noch Mutterliebe, sobald es zu atmen beginnt. Man hat also die Frauen ausgewählt, die am besten befähigt schienen, jene Liebe zu spenden. Anfangs machte man sie durch Praktika auf der Säuglingsstation ausfindig, aber mit dem technischen Fortschritt ist das

Verfahren einfacher geworden und auch sicherer: Heute werden jene jungen Frauen ausgewählt, die beim Neuro-imaging die heftigsten Reaktionen aufweisen, wenn man ihnen ein Baby zu halten gibt. Sie haben dann die Wahl, entweder einer anderen Tätigkeit in der Weltraumkolonie nachzugehen oder Mütter zu werden, besser gesagt, Pflege-mütter.

Eine berufliche Veränderung ist später jederzeit möglich, aber Mama zählt zu den wenigen Frauen, die an ihrer Mutterrolle festhielten: Jedes Jahr nahm sie mehrere neue Babys auf, während ihre größeren Kinder im Alter von zehn Jahren fortgingen, um in der Kolonie eine kollekti-vere Erziehung zu erfahren.

Ich denke, dass Mama nicht nur mir, sondern auch ihren anderen Kindern viel Liebe gegeben hat, denn die meisten von uns haben später stabile Paarbeziehungen aufgebaut, was in der Kolonie nicht sehr verbreitet ist. Vermutlich verdanke ich meiner Mutter das Glück – oder den Fluch –, eine so feste Bindung an Yû entwickelt zu haben.

Als ich Mama verlasse, schaltet sie wieder ihren virtuel-len Bildschirm ein.

Und was ist mit dem Mann, den ich Papa nenne?

Mamas Ehemann. Schon in ihrer Generation heiratete man selten, aber Berufsmütter wurden dazu ermuntert, denn man war zu dem Schluss gekommen, dass die Prä-senz eines Vaters zwar nicht unverzichtbar war, aber doch nützlich für die psychische Entwicklung der Kinder.

Papa war Geologe und hatte seine Berufslaufbahn zu jener Zeit begonnen, als man bisweilen noch im Rauman-zug mit ausstieg, um die Roboter auf die Marsoberfläche zu begleiten. Er war ein friedlicher und ziemlich stiller

Mann. Gespielt hat er selten mit uns, aber er gab uns Lesetipps, und ich habe es ihm zu verdanken, dass ich heute einer der wenigen in der Kolonie bin, die vor der Apokalypse geschriebene Romane von vorn bis hinten durchgelesen haben. Auch habe ich alte Filme gesehen, die damals noch mit nichtvirtuellen Schauspielern gedreht wurden. Er liebte auch die Poesie, und ich habe ein paar Verse im Gedächtnis behalten, die er bei verschiedenen Anlässen hersagte.

Papa hat mir auch das Schachspielen beigebracht; er meinte, das sei für mich später im Leben eine Möglichkeit, der Realität zu entfliehen, wenn sie mir nicht gefällt. Wie sich herausstellte, war ich in diesem Spiel ziemlich gut, und es wurde für mich zu einem richtigen Hobby – wahrscheinlich zur Kompensation meines Minderwertigkeitsgefühls, weil ich doch nur ein Neutrum war. Ich hatte dieses Spiel und die Gabe, die Mädchen zum Lachen zu bringen.

Es lag übrigens auch am Schachspiel, dass ich Yû kennengelernt habe. Eines Tages kam sie in den Klub, um die Regeln zu lernen. Natürlich hätte sie es mit einem Computer schneller lernen können, aber in der Weltraumkolonie ermuntert man uns zu sozialen Kontakten, damit die Leute nicht ihre ganze Freizeit in virtueller Realität verbringen. Ich als Schachexperte sollte Yû das Spiel beibringen, aber schon nach drei Partien schaffte ich es nicht mehr, sie zu schlagen.

Und nebenbei hatte ich damit begonnen, sie zu küssen.

Papa spielte eine Menge Schach, und zwar gegen einen alten Computer, den man aus den Anfängen der Kolonie hinübergerettet hatte. Manchmal gelang es ihm, den Computer zu besiegen.

Er ist viel schneller gealtert als Mama, wahrscheinlich infolge der Strahlung, die er während seiner Ausstiege abbekommen hat, und der geringen Schwerkraft, die auf dem Mars außerhalb der Kolonie herrscht. Heute lebt er nicht mehr.

Aber an eines unserer letzten Gespräche werde ich mich immer erinnern. Als sein Ende nahte, hatte er das Bedürfnis, mir einige Ratschläge mitzugeben.

»Mein Sohn«, sagte er, »vergiss nie, mit deinem eigenen Kopf zu denken, vor allem, wenn alle Welt um dich herum eine Einheitsmeinung hat.«

»Aber Papa, ich bin doch nur ein Neutrum.«

Er zuckte mit den Schultern: »Oft sind es die intelligentesten Leute, die die größten Dummheiten anstellen.«

Ein anderes Hobby von Papa war nämlich die Weltgeschichte.

Die Insel, auf die ich zuschwimme, ist eindeutig nicht das Eiland, auf das man die Zomos geschickt hat und wo auch ich hätte landen sollen. Sie ist gebirgiger, und ihre drei ungleich hohen Gipfel scheinen direkt aus dem Meer emporzuwachsen.

Lieber nicht daran denken, was das für Folgen haben könnte. Ich brauche meine ganze Kraft fürs Schwimmen.

Je mehr ich mich nähere, desto deutlicher erkenne ich die hohen schwarzen Klippen der Insel. Die Wellen brechen sich an ihnen und lassen ihren Schaum hoch aufspritzen.

Basalt vermutlich, einige der polynesischen Inseln sind ehemalige Vulkane, die sich abgekühlt haben. Ich muss nur noch diese Steilküste ansteuern und werde dort hoffentlich eine zugängliche Stelle finden, um an Land zu gehen.

Nun bin ich schon mehr als eine Stunde geschwommen, und langsam geht es mir nicht mehr so gut. Mein Schutzanzug enthielt Drogen gegen die Erschöpfung. Ich hätte diesen Vorrat an Kapseln herausnehmen sollen, jetzt liegen sie auf dem Grund des Ozeans. Schon wieder so ein Fehler, wie ihn nur ein Neutrum macht!

Ich schwimme in einiger Entfernung parallel zur Küste, denn ich will ja von den Wogen und der Strömung nicht gegen die Klippen geschleudert werden. Das Wasser kommt mir jetzt kälter vor als zu Beginn, ein Zeichen dafür, dass ich auskühle. Ich hoffe noch immer, dass es mit der Steilküste bald ein Ende hat und ich an ein besser zugängliches Ufer gelange.

Und obwohl mich die Angst nicht loslässt, am Ende doch zu ertrinken, bin ich zur gleichen Zeit entzückt über das Blau des Himmels über mir, über die Farben des Meeres, ja sogar über den Geschmack des Salzwassers und die Schreie der Vögel, die ich hoch über meinem Kopf kreisen sehe.

Wenn ich sterben muss, wäre es trotzdem ein Glück gewesen, in meinen letzten Augenblicken den blauen Planeten kennengelernt zu haben.

Endlich sehe ich, dass sich die Küste allmählich abflacht.

Nun schwimme ich direkt aufs Ufer zu, das aus der Ferne aussieht wie ein Strand.

Die Wogen schlagen höher, der Meeresboden liegt schon nicht mehr weit unter mir. Ich versuche, ganz an der Oberfläche zu bleiben und den Schwung der Wellen auszunutzen, kurz bevor sie sich brechen.

Bald aber ist es nicht mehr zu schaffen. Eine erste Welle schlägt über mir zusammen, drückt mich unter Wasser. Ich tauche wieder auf und japse nach Luft – da verschlingt mich bereits die nächste.

Ich versuche zwischen den Wellen hindurchzuschwimmen und mich sinken zu lassen, ehe sie niederstürzen, aber bald kann ich nicht mehr.

Ich beginne den Kampf zu verlieren. Wo ist der Himmel? Ich bin unter Wasser, ich sehe nur noch einen großen flüssigen Vorhang vorbeiziehen, der das Sonnenlicht durchschimmern lässt.

Für einen Moment gelingt es mir, den Kopf über Wasser zu bekommen. Jenseits der Schaumkämme liegt ein heller Streifen Sand. Das verleiht mir neue Kräfte.

Aber jede neue Welle ist wie ein Feind, der mich endgültig zur Strecke bringen will.

Schließlich berühren meine Füße den Boden; halb schwimme ich, halb laufe ich, immer noch umhergestoßen von den Wellen, und dann erreiche ich den Strand und breche zusammen.

Ich richte mich noch einmal auf, denn ich habe Angst, dass mich das Meer wieder fortreißt. Und so torkele ich bis dorthin, wo der Sand trocken ist, und sacke erneut zu Boden.

Der Sand ist warm und einladend. Ich schlafe beinahe sofort ein und bekomme gerade noch mit, dass ich an einer kleinen flachen Bucht liege, die von einem herrlichen Wald gesäumt wird.

Als ich aufwache, steht die Sonne tiefer, der Wald vor mir ist tiefgrün, und der Sand hat einen schönen goldenen Farbton angenommen.

Was für ein Wunder! All die Filme, die ich mir über den blauen Planeten angesehen habe, alle Erfahrungen in virtueller Realität können diese Empfindungen nicht wiedergeben: den lauwarmen Sand unter meinen nackten Füßen, den Wind, der durch meine Haare streicht, die schillernden Farben des Meeres und des Himmels!

Ich beginne über den Strand zu rennen, schreiend vor Glück, jede Sekunde ist ein Entzücken, der Wind, der Himmel, das Meer!

Ja, die Rückkehr zur Erde ist eine große Freude! Und ich, ein Neutrum, mache sie für die Kolonie möglich!

Nach meinen Ängsten im Meer durchströmt mich plötzlich Optimismus. Ein paar Minuten in reinstem Jubel verstreichen, dann beginne ich wieder nachzudenken.

In diesen Breiten geht die Sonne ziemlich rasch unter; ich muss mich also bald entscheiden, wo ich die Nacht zubringen will.

In dem Einführungskurs, den Athena zu den Inseln dieser Region entworfen hatte, habe ich gelernt, dass auf ihnen nie irgendwelche großen Raubtiere beheimatet waren. Aber natürlich gab es keine Garantie, dass man in den schlecht dokumentierten Jahren vor der Apokalypse nicht welche eingeschleppt hatte, gar nicht erst zu reden vom furchteinflößendsten aller Raubtiere, dem Menschen, der auf einer benachbarten Insel womöglich die Zomos ausradiert hat.

Ich dringe in den Wald vor. Er wimmelt von Leben – Vögel aller Farben und Größen, die meine Anwesenheit nicht besonders zu erschrecken scheint, und kleine Amphibien, die vor meinen Füßen nur gemächlich Platz machen, ja sogar ein paar Nagetiere, die mein Herannahen beäugen, bis sie im letzten Moment ein wenig auf Abstand gehen.

Ich habe ihresgleichen bereits in alten Dokumentarfilmen oder in virtueller Realität gesehen, aber wenn ich sie hier einige Schritte vor mir erlebe, wie sie im Gras umherspringen und vor Leben und Neugier beben, flößt mir das ein Gefühl unaussprechlicher Freude ein. Zum ersten Mal entfaltet sich vor mir die Natur, und ich kann dieses Glück nur mit dem vergleichen, das einen überkommt, wenn man die Frau, die man liebt, zum ersten Mal in die Arme schließt.

Nicht weiter überraschend, würde mir meine Yû sagen, die viele der Psychologieabhandlungen, mit denen sie Athena füttern musste, selbst gelesen hat: Die Evolution hat uns so ausgelesen, dass wir Natur und Sex lieben. Wer diese beiden Leidenschaften hatte, konnte besser überleben und mehr Nachkommen hinterlassen als die anderen. An Sex fehlt es uns in der Kolonie nicht, aber an Natur ganz entschieden.

Dann kommt mir plötzlich ein nicht so lustiger Gedanke: Diese Tiere scheinen vor einem Menschen wie mir keine Angst zu haben – sollte die Insel vielleicht unbewohnt sein?

Ich bahne mir den Weg durch eine große Vielfalt von Baumarten, und ich erkenne fast alle. Athena hat gute Arbeit geleistet, und ich war ein fleißiger Schüler. Bald entdecke ich Palmen, unter denen abgefallene braune, haarige Kugeln liegen.

Als ich eine aufhebe, erkenne ich: Es ist eine Kokosnuss. Zunächst lässt sie sich nicht öffnen, so ganz ohne Werkzeuge. Schließlich spalte ich sie an einem Felsen. Dann genieße ich ihr knackiges und zugleich weiches Fruchtfleisch und ihre Milch, die mir wie eine Paradiesversion von Wasser vorkommt.

Ich setze meinen Marsch auf der Suche nach einem Nachtquartier fort und denke darüber nach, welche Folgen es haben kann, dass ich meinen geplanten Zielort so weit verfehlt habe. Wenn Kommandantin Alma sieht, wie mein Raumanzug von ihren Bildschirmen verschwindet, wird sie dann daraus schließen, dass auch ich auf den Meeresgrund gesunken bin? Oder haben Athena und ihre Algorithmen ausgerechnet, dass ich aufgrund meiner körperlichen und mentalen Kräfte gute Chancen hatte, die nächste Insel schwimmend zu erreichen? Wenn dies der Fall ist, darf ich auf die Ankunft einer Rettungsmission hoffen. Deren Raumschiff mit einem besseren Raketenabwehrprogramm ausgestattet sein wird.

Aber eine solche Mission vorzubereiten, wird Wochen kosten, vielleicht gar Monate, ganz zu schweigen von der Flugdauer.

Nachdem ich mein ganzes Leben in einer Umgebung zugebracht habe, in der alles dafür eingerichtet war, mich zu betreuen und zu umsorgen, kann ich mir nicht einmal vorstellen, dass mich die Kolonie im Stich lassen könnte.

Aber die letzte Nachricht von Yû wirft einen Schatten auf diese Gewissheit.

Irgendetwas stimmt nicht.

Vielleicht hat sie ja nur ein Gerücht gehört; in der Kolonie schwirren so einige umher. Und weil es mich betraf, konnte meine liebe Yû für einen Moment nicht mehr vernünftig denken.

Nein, die Kolonie kann mich nicht einfach im Stich lassen.

Um auf andere Gedanken zu kommen, halte ich nach einem Mangobaum Ausschau. Und als ich kurz darauf in die gelbe Frucht mit ihrem übernatürlich köstlichen Geschmack beiße und durchs Laubwerk die Bläue des Himmels betrachte, habe ich das Gefühl, das zu erleben, was unsere Ahnen das Paradies nannten.

*Der schnelle Tag ist hin, die Nacht schwingt ihre Fahn und führt die Sternen auf...*

Ich habe mich auf den Rücken gelegt, um meinen ersten Nachthimmel zu bestaunen. Nach und nach sehe ich die Sternbilder an einem Firmament erscheinen, das tintenschwarz wird. Und ich warte sehnsüchtig darauf, dass nahe dem Skorpion ein noch strahlenderes Gestirn auftaucht: der Mars, mein Heimatplanet, der die Kolonie trägt und mit ihr Yû, in so großer Ferne.

Ich bin erst spät in der Nacht eingeschlafen, oben auf einem großen Felsblock, halb ausgestreckt und in einer unbequemen Position. Obwohl es auf diesen Inseln niemals Schlangen gab, wollte ich trotzdem die Vorsichtsregel beachten, die man in allen Zomo-Überlebensfibeln für die Erde findet: Nie auf dem Boden schlafen!

Im Schlaf höre ich Stimmen. Ein Traum, genährt von meinen Erinnerungen an die polynesischen Sprachen.

Und dann spüre ich die Härte des Steins unter meinem Rücken, und das Tageslicht dringt durch meine Lider, aber noch immer ist da dieses Gemurmel in meiner Nähe.

Ich öffne die Augen und drehe mich auf die Seite. Die Kante des Felsens, auf dem ich mich schlafen gelegt hatte, verbirgt mich vor denen, die dort unten sprechen. Ich robbe näher an die Kante, um besser sehen zu können.

Ein junger Mann und eine junge Frau, mit bronzefarbener Haut und beinahe nackt. Zärtlich ineinander verflochten, stehen sie am Fuße meines Felsens.

Das Haar der Frau ist mit Blumen und Federn geschmückt. Die beiden flüstern sich zärtliche Worte zu, die ich nicht erst übersetzen muss, um sie zu verstehen.

Es ist ein wunderschönes junges Liebespaar, das mich an die Nymphen oder Halbgötter jener mythologischen Gemälde erinnert, die bei unseren irdischen Vorfahren so beliebt waren. Aufgrund der genetischen Verbesserungen und unserer perfekten Gesundheit sind die Körper und Gesichter in der Weltraumkolonie meistens harmonisch, doch nach diesen beiden Liebenden würde man sich sogar bei uns umdrehen.

Ihr Glück ist schön mit anzusehen, aber gleichzeitig schleicht sich Kummer in mein Herz. Die Erinnerung an das Glück, das ich mit Yû erlebt habe.

Ich zögere. Soll ich mich versteckt halten und ihnen dann heimlich folgen, bis sie ihre Gemeinschaft erreicht haben? Oder ist es besser, wenn ich mich zeige und einen ersten Kontakt wage? Schon wieder muss ich eine eigene Entscheidung treffen, ohne dass mir Athena die Erfolgschancen beider Vorgehensweisen ausrechnen könnte. Und angesichts der Erfolge meiner letzten Entscheidung zögere ich noch etwas länger.

Aber versuchen wir doch einmal, vernünftig zu denken: Diese beiden Naturwesen scheinen zärtlicher Gefühle fähig zu sein. Und in der Zusammenfassung, die Athena über die Inseln verfasst hat, habe ich gelesen, dass sich die Bewohner bei der Ankunft der ersten westlichen Entdeckungsreisenden nicht sofort aggressiv verhielten, auch wenn sich ihre Stämme untereinander oft grausame Kriege lieferten.

Ich nähere mich den beiden noch ein wenig und spreche sie mit sanfter Stimme an, ohne von meinem Felsblock herabzuklettern.

Sie heben die Köpfe und wirken nicht besonders überrascht. Ich habe eine Grußformel benutzt, die allen Sprachen der Region gemein ist, und zuerst müssen sie geglaubt haben, vor einem der ihren zu stehen, den sie im Gegenlicht schlecht erkennen können.

Dann macht sich auf ihren Gesichtern große Verblüffung breit.

Ich lächle ihnen weiter zu, um sie nicht zu erschrecken, und mache ein Handzeichen in Richtung Boden, als wollte ich sie um Erlaubnis bitten, hinabsteigen zu dürfen. Sie stehen stumm da. Ich frage sie, ob ich näher kommen darf.

Sie bleiben auf der Hut; der junge Mann hat den Arm um seine Freundin gelegt, wie um sie zu beschützen.

Es ist Zeit, von meinem Sockel herunterzukommen; ich muss versuchen, sie zu beruhigen. Ich beginne den Abstieg, aber schon rutscht mein Fuß auf einem Moosbüschel aus; ich rudere herum und suche nach Halt, und schließlich purzele ich ihnen direkt vor die Füße.

Und siehe da, diese unheroische Vorstellung wirkt am allerbesten: Sie prusten beide los!

Der junge Mann reicht mir die Hand, um mir aufzuhelfen, das Eis ist gebrochen.

Jede Idee von Furcht scheint sich verflüchtigt zu haben, selbst gegenüber einem so seltsamen Wesen wie mir – jemandem mit hellen Augen und kurzen Haaren. Und dann erst der enge weiße Overall, den ich unter dem Schutzanzug trug und immer noch anhabe!

Genau auf dieses Kleidungsstück richtet sich nun die Aufmerksamkeit; die Frau reibt den Stoff zwischen den Fingern und ist sehr erstaunt, wie elastisch er ist.

»Wo kommst du her?«, fragt der junge Mann.

Die Intonation ist anders als bei meinen Übungseinheiten, aber wie Athena schon vorausgesagt hat, kann ich den Satz verstehen.

»Vom Meer. Mein Schiff ist gesunken.«

Die Auskunft stellt sie offenbar zufrieden. Ich komme von einer anderen Insel, so was ist vielleicht schon einmal passiert. Mehr möchte ich ihnen nicht sagen. Bevor ich sie besser kennengelernt habe, will ich ihr Bild von der Welt nicht erschüttern.

»Sind noch andere mit dir gekommen?«, will die junge Frau wissen.

»Nein, ich war allein unterwegs.«

»Das hättest du nicht tun sollen. Allein auf dem Meer, das ist gefährlich.«

»Na ja«, meint ihr Gefährte, »so gefährlich nun auch wieder nicht, wenn man etwas von Seefahrt versteht.«

»Ja, das sagst du immer, aber schau ihn dir doch an – er ist bestimmt ein guter Seefahrer, und trotzdem ist sein Schiff untergegangen!«

Ich spüre, dass dieses Thema sie spaltet: Er würde wohl gern aufs Meer hinausfahren, aber seine Freundin möchte ihn zur Vorsicht mahnen.

Während wir uns weiter unterhalten, gelangen wir wieder zum Strand. Wir setzen uns in den Schatten der Bäume und schließen näher Bekanntschaft. Allmählich höre ich mich in ihre Sprache ein.

Der junge Mann heißt Tayo, die junge Frau Antina.

Nun frage ich sie meinerseits, wo ihre Gefährten sind.

»Im Dorf, dort hinten.«

Tayo weist auf eine Felsspitze ganz am Ende des Strandes; ihr Dorf liegt ein kleines Stück dahinter. Ich versuche, aus ihm herauszubekommen, wie viele Menschen dort leben, aber aus den Zahlen, die er mir nennt, werde ich nicht schlau. Er versteift sich darauf, es mir klarzumachen, und zeichnet Linien in den Sand, aber ich begreife nicht, welche Mengeneinheit er darstellen will.

Das bringt Antina zum Lachen. »Hör doch auf«, sagt sie, »du nervst ihn. Er wird es schon selber sehen.«

Tayo dreht sich zu ihr hinüber, ein wenig verärgert, aber sie drückt ihm sofort einen flüchtigen Kuss auf die Lippen. Dann wenden sie sich mir lächelnd zu.

Ich frage, ob sie verheiratet sind, denn ich weiß, dass diese Verbindung in allen menschlichen Gesellschaften existierte. Ich merke aber, dass sie mich nicht verstehen, und versuche es mit anderen Worten – und ebenso wenig Erfolg.

»Wir lieben uns«, sagt Tayo schließlich.

»Für immer und ewig«, fügt Antina hinzu.

Eine Heirat gibt es bei ihnen vielleicht nicht mehr, aber die Liebe hat überlebt, mit all ihren Hoffnungen und Illusionen.

Und schon kommt mir wieder die Erinnerung an Yû, und ich denke daran, weshalb ich zu dieser Mission bereit war.

Im Schein der Glut, über der Fische braten, nehmen wir auf Matten unser Abendessen ein. Das ganze Dorf hat sich versammelt, um mir zu Ehren dieses Festmahl zu geben. Tayo und Antina sitzen neben mir, damit sie nötigenfalls als Dolmetscher einspringen können.

»Wie heißt deine Insel eigentlich?«, fragt mich mein Nachbar zur Rechten.

Er schaut mich wohlwollend an; er ist der Häuptling dieses Dorfes oder vielleicht eher eine Art Bürgermeister, denn besonders autoritär wirkt er nicht gerade, und noch dazu ist er kaum dreißig Jahre alt. Überhaupt ist mir aufgefallen, dass keiner der Anwesenden älter als dreißig ist.

Ich verzichte darauf, ihm eine Wahrheit zu enthüllen, die er ohnehin nicht verstehen würde. Vorhin hat mir Tayo erklärt, die Sterne über uns seien Löcher im nächtlichen Himmelszelt, durch die das Feuer der Sonne scheine.

»Mars«, sage ich.

»Ah ja«, meint er und scheint mit der Antwort zufrieden zu sein, obwohl ihm das Wort völlig unbekannt ist.

Ziemlich bald merke ich, dass meine Erklärungen nicht wirklich interessieren: Die Landsleute von Tayo und Antina scheinen ihre Aufmerksamkeit kaum zwei Minuten darauf richten zu können. Lieber unterbrechen sie mich, um mich zu ermuntern, von einer ihrer Früchte zu probieren oder vom köstlichen gegrillten Fisch, mit frisch gespaltenen Kokosnüssen meinen Durst zu stillen und den Angeboten zu lauschen, die mir eine junge Frau nach der anderen macht.

Dies erstaunt mich am meisten: Von Zeit zu Zeit gleitet eine solche Frau an meine Seite – die meisten, Frauen wie Männer, sind hier so schön wie Tayo und Antina – und flüstert mir ins Ohr, dass ich ihr folgen solle, damit wir uns irgendwo am Rande des Dorfes näher miteinander bekannt machen können.

Beim ersten Mal glaubte ich mich verhört zu haben. Sich näher miteinander bekannt machen, okay, aber wie? Ihre belustigte Miene und ihr Lächeln deuteten darauf hin, wie es ablaufen sollte. In der Kolonie wäre ich sicher gewesen, ihre Absicht verstanden zu haben. Aber hier? Als ich Tayo zurate zog, bestätigte er diskret, dass die Schöne vorgeschlagen hatte, ein paar Steinwürfe weiter hinten Liebe mit mir zu machen.

Ich habe, so höflich ich konnte, abgelehnt – ich sei noch erschöpft von der Reise und hätte ein wenig Zeit nötig, um mich ans hiesige Leben zu gewöhnen. Auf ihrem reizenden Gesicht konnte ich ablesen, dass sie nach einem Anflug von Enttäuschung meine Entschuldigung akzeptierte.

Allerdings entmutigt das nicht die anderen, und noch einige junge Frauen flüstern mir das gleiche Angebot ins Ohr und müssen sich die gleiche Absage anhören. Jedes Mal spüre ich Antinas neugierige Blicke auf mir; sie verfolgt genau, ob ich am Ende nicht doch dem Charme einer ihrer Gefährtinnen erliege, die schöner oder aufreizender ist als die anderen.

Ich habe den Eindruck, dass meine ablehnende Haltung hingenommen wird und niemanden verärgert, aber wie kann ich mir da sicher sein? Athena hat in ihr Lehrprogramm nichts über die Sitten der Bewohner dieser Inseln aufgenommen – sei es, dass sie über keine Informationen verfügte (die Apokalypse hat so viele Quellen zerstört), sei es, dass sie der Ansicht war, das Sexualleben der Polynesier gehöre nicht gerade zu den vordringlichsten Themen, die man mir vor dem Abflug nahebringen musste. Was für ein Irrtum! In Sachen Klima, Tierwelt und Vegetation bin ich praktisch unschlagbar, ja selbst was die Sternbilder betrifft, die man in diesen Breiten sieht, aber ich habe immer noch nicht begriffen, weshalb all diese jungen Frauen sich mir darbieten.

Allmählich erlischt das Feuer, das Festmahl neigt sich dem Ende zu, und die Finsternis kriecht zu uns herüber.

Seit einigen Minuten beobachte ich, wie sich die jungen Männer und Frauen paarweise zurückziehen (und unter ihnen ist manche Schöne, die mich vorhin noch in Versuchung bringen wollte). Aus den Seufzern und Stöhngeräuschen, die hin und wieder zu uns dringen, ist unschwer zu erraten, womit sie sich nun beschäftigen.

Der Bürgermeister und Tayo bringen mir Becher aus Bambusrohr, die eine Art perlenden, vergorenen Saft enthalten.

»Aus den Palmen«, sagt Tayo.

Zum ersten Mal trinke ich – das wird mir sofort klar – etwas Alkoholisches; eine sanfte Betäubung legt sich über mich.

Tayo und Antina geleiten mich zu ihrem Zelt, das nicht viel mehr ist als ein Baldachin aus Palmblättern; anders als manch anderes Paar sind sie aber auch nach den Seiten hin vor Blicken geschützt. Ich rolle ein paar Schritte weiter eine Matte aus und schlafe sofort wie ein Stein.

Ich träume von Yû.

Wir lieben uns, und ich atme mit geschlossenen Augen den Duft ihres Gesichts ein.

Yû nimmt meine Hand und bricht mit mir zu einem Rundgang durch die Große Kuppel auf.

Sie dreht sich zu mir herüber und sagt mir, wie schade es sei, dass wir uns niemals wiedersehen werden. Und dann weint sie.

Wir schwimmen im Meer, und plötzlich treibt sie von mir ab, weiter und weiter.

Dann wieder spüre ich, wie sie an mich geschmiegt schläft.

Ich wache auf. Schlafe wieder ein.

In der Morgendämmerung öffne ich die Augen.

Ich liege allein da, und wieder dringen Geräusche zu mir, aus einiger Entfernung, das Stöhnen eines Paares, das sich liebt.

»Warum sind all diese jungen Frauen zu mir gekommen?«

»Weil du unser Gast bist«, sagt Tayo.

»Im Grunde bist du unser erster Gast«, fügt Antina hinzu.

»Aber wenn ich euer erster Gast bin, wie sind sie dann auf so eine Idee gekommen?«

Meine Frage scheint sie in intensives Nachdenken zu stürzen.

»Na ja«, sagt Tayo schließlich, »das ist eben so.«

»Ja, sicher ist das so«, meint Antina, »aber warum eigentlich?«

»Um Tahu zu ehren«, sagt er am Ende.

»Tahu? Wer ist das?«

»Unser Gott«, sagt Antina.

»Aber ist er denn nicht auch dein Gott, der Gott deines Stammes?«, fragt Tayo beunruhigt.

»Natürlich ist es nicht sein Gott«, meint Antina. »Sonst wäre er ja mitgegangen und hätte Liebe gemacht.«

»Also hast du keinen Gott?«, fragt mich Tayo.

Ich zögere ein wenig, ehe ich antworte.

»Doch, aber wir haben einen anderen. Oder vielmehr eine Göttin.«

»Wie heißt sie denn?«

»Athena.«

Das ist nur halb gelogen. In der Kolonie reden sich manche ein (in der Mehrzahl sind es Neutren), Athena habe eine göttliche Natur entwickelt. Vermutlich hilft ihnen das, den eigenen niederen Status zu akzeptieren – es ist ja alles nur der Wille einer Gottheit, und noch dazu einer Gottheit, die so viel Gutes für die Kolonie tut ... Ich habe, ehrlich gesagt, niemals an diese Vergöttlichung geglaubt. Aber jetzt möchte ich lieber das Thema wechseln.

»Und womit ehrt ihr Tahu?«

Sie schauen sich an.

»Indem wir anderen das größtmögliche Glück spenden und selbst das größtmögliche Glück empfangen«, sagt Tayo.

»Ich habe gleich gesehen, dass du Tahu nicht kennst«, meint Antina.

»Weil ich sonst die Angebote der Frauen akzeptiert hätte?«

»Natürlich. Sich der Liebe zu verweigern, ist nämlich gegen Tahu.«

»Es tut mir leid«, sage ich.

»Aber nicht doch, mach dir keine Sorgen, du bist ein Fremder. Sie haben schon verstanden, dass du Tahu nicht kennst, oder aber sie haben gedacht, du wärst einfach erschöpft. Auf schlechte Weise Liebe zu machen, ist auch gegen Tahu. Man ehrt ihn, indem man das größtmögliche Vergnügen spendet und empfängt.«

Aber sie selbst, denke ich plötzlich, sie selbst ist nicht gekommen, um mir solche Angebote zu machen, und auch Tayo hat sich keiner anderen dargeboten. Antina errät meine unausgesprochene Frage.

»Bei uns beiden läuft es anders«, sagt sie.

»Wir teilen nicht«, fügt Tayo hinzu.

Er sagt es mit einem gewissen Stolz, und doch glaube ich einen Anflug von Bedauern herauszuhören.

Nachdem ich weitere Tage mit Antina und Tayo verbracht habe und sie meine neugierigen Fragen noch immer gern beantworten, verstehe ich besser, wie diese kleine Gesellschaft funktioniert.

Anfangs war ich in einem Zustand der Bestürzung. Wie hat diese Gemeinschaft nur überleben können – so ganz ohne Anführer, ohne Organisation und vor allem ohne Anstrengungen? Als Bürger der Weltraumkolonie nahm ich es wie eine Selbstverständlichkeit hin, dass Leben nur möglich ist, wenn es mit Arbeit ausgefüllt wird. Durch die feindliche Umgebung auf dem Mars sind bei uns immer Mühen vonnöten, um die Lebensbedingungen (oder vielmehr die Bedingungen fürs *Über*leben) zu verbessern. Und das krönende Resultat der Mühen mehrerer Generationen wird eines Tages sein, unser aller Rückkehr zum blauen Planeten möglich zu machen. Auch wir wissen, was Vergnügen und Entspannung ist, aber das sind alles nur Zwischenspiele in unserem arbeitsreichen Dasein, in dem jeder ein Programm auszuführen hat – die Begabteren in der Forschung, die Neutren als Hilfskräfte.

Hier aber regiert der Müßiggang, und das ganze Leben ist auf Vergnügungen ausgerichtet. Und wie sollte es auch anders sein? Die Insel liefert ihren Bewohnern alles, was sie brauchen, um sich zu ernähren, und Kleidung ist in einem ganzjährig warmen Klima ihr geringstes Problem. Da der Wald von Früchten nur so überquillt, brauchen sie weder Ackerbau zu betreiben noch auf die Jagd zu gehen. Das Meer ist um die Insel herum sehr fischreich, und wenige Stunden Fischfang in Sichtweite des Ufers erbringen ohne große Mühe genug, um für den ganzen Stamm ein Festmahl auszurichten.

Der Mars hat uns arbeitsam gemacht, und immer

schauen wir voll Unruhe in die Zukunft. Hier ist das Vergnügen eine Selbstverständlichkeit, das Glück liegt wie angenehmes Wetter über der Insel, und jeder ist sich sicher, dass es ewig so weitergehen wird.

»Habt ihr denn nie schlechte Zeiten erlebt?«

Ich dachte an Naturkatastrophen, Wirbelstürme, Tsunamis oder Vulkanausbrüche.

»Nein«, sagt Tayo.

»Manchmal weht der Wind zu stark«, sagt Antina. »Dann muss man sich vor umstürzenden Bäumen vorsehen.«

»Und früher?«

»Früher?!«

»Ich meine bei euren Vorfahren; gab es da keine große Katastrophe?«

Sie sehen sich verblüfft an.

»Nein«, sagt Antina, »wir haben schon immer so gelebt.«

Ihre Kultur hat nicht die kleinste Erinnerung an die Apokalypse bewahrt. Die Bewohner der Insel haben keine tragischen Überlieferungen. Auch Kriege gab es hier nicht, weder auf dieser Insel, die eine einzige Gemeinschaft bewohnt, noch mit den benachbarten Inseln, die man für menschenleer hält.

»Also habt ihr niemals andere Menschen kennengelernt?«

»Nein«, sagt Antina lächelnd, »nur dich.«

Ich sage ihnen nichts von der Insel, auf der die Zomos gelandet sind. Dort sind die Bewohner offenbar nicht so friedfertig.

»Ich bin ein bisschen auf dem Meer herumgekommen«, meint Tayo.

»Willst du uns jetzt wieder deinen Unsinn erzählen?«, sagt Antina.

Tayos Miene verfinstert sich, aber sofort legt Antina ihm die Hand auf die Schulter, als wollte sie sich dafür entschuldigen, ihm das Wort abgeschnitten zu haben. Dann fügt sie hinzu: »Warum soll man sich woanders umschauen, wo doch hier alles so gut ist?«

Yû hat mir das Gleiche gesagt, wenn ich ihr von meinen Träumen erzählte, eines Tages andere Sterne zu erkunden.

Ich setze meine Beobachtungen zu dieser glücklichen Gemeinschaft fort: Sie haben einen Sinn für das Schöne – die Frauen verstehen es wirklich gut, ihr Haar mit Blumen und Muscheln zu schmücken, und auch ihren Schmuck stellen sie aus Muscheln her. Die Harpunen aus Hartholz sind mit hübschen Streifen verziert; man versteht auch schöne Körbe zu flechten und Stoffe zu weben, die hinterher kunstfertig gefärbt werden.

Tahu ist ein gütiger Gott, der den Inselbewohnern keine Anstrengung abverlangt und keine Opfergaben. Er ist nicht einmal eifersüchtig: Sie verehren neben ihm noch ein paar mindere Gottheiten. Einen Meeresgott etwa, an den sie ein kurzes Gebet richten, ehe sie in See stechen, immer nur bei gutem Wetter und nie zu weit hinaus. Es scheint mehr eine rituelle Höflichkeitsformel zu sein als ein Anruf durch wahrhaft Gläubige. Sie haben auch einen Waldgott, dem sie sich zuwenden, ehe sie sich zum Früchtesammeln aufmachen, und noch kleinere Gottheiten, denen man nach einem glücklichen Ereignis dankt, etwa nach einem guten Essen oder einer Geburt.

Sie lieben die Musik und spielen auf Hirtenpfeifen verschiedener Größe, auf Trommeln und Tamburinen. Noch lieber aber sind ihnen Tänze, immer begleitet von ihren melodischen Gesängen, in denen es stets um Liebe und Verlangen geht. Einige habe ich ohne große Mühe gelernt, was hier sehr gut ankam.

Ich habe mich gefragt, warum ihre Gemeinschaft unter diesen günstigen Bedingungen nicht so stark gewachsen ist, dass sie schließlich aufbrechen und andere Landstriche kolonisieren mussten.

Schon bei meiner Ankunft hatte ich gestaunt, wie wenige Kinder es auf dieser Insel gab und wie selten ich eine schwangere Frau sah. Sollte die nach der Apokalypse verbleibende Strahlung dazu geführt haben, dass die Menschen nicht mehr so fruchtbar waren?

Und dann sah ich eines Morgens, als Tayo und Antina gerade aufgewacht waren und sich unweit von mir auf dem Gras ausstreckten, eine andere Frau mit einer großen Kürbisflasche auf sie zukommen. Antina griff nach der Kelle, deren Stiel aus der Kalebasse ragte, und führte sie an die Lippen.

Tayo merkte, dass ich sie dabei beobachtete. »Tahuku!«, sagte er fröhlich.

Zuerst glaubte ich, auch er würde davon trinken, aber nein, die Frau schritt mit ihrer Kalebasse wieder davon.

»Das ist, um keine Babys zu bekommen«, erklärte mir Antina später.

Jede Frau nimmt also allmorgendlich ihr Tahuku ein, ein Gebräu aus einer Pflanze, die in den Bergen wächst, und unterbricht diese Gewohnheit nur, wenn sie ein Kind bekommen möchte. Und nicht alle hier haben diesen Wunsch.

Dank Tahuku ist diese Gemeinschaft zu einem perfekten Gleichgewicht gelangt: Da es nicht zu viele Geburten gibt, werden sie ihre Ressourcen niemals erschöpfen und sich ihr Paradies für immer bewahren.

»Und auf deiner Insel«, will Antina wissen, »macht ihr da viele Kinder?«

Wie soll ich ihr erklären, auf welche Weise wir in der Kolonie zur Welt kommen? Ich ziehe mich mit einer gewagten Verkürzung aus der Affäre: Die Frauen seien bei uns von Natur aus wenig fruchtbar, und nach dem ersten Baby hätten sie gar nicht mehr die Fähigkeit zu einer weiteren Schwangerschaft.

Antina nickt, aber aus ihren schönen Augen, die sich auf mich richten, kann ich ablesen, dass sie mir nicht glaubt. Anders als Tayo, der alles, was ich ihm berichte, mit Staunen und Entzücken aufzunehmen scheint.

Meine Lüge macht, dass ich mich unbehaglich fühle. Ahnen sie nicht langsam, dass meine Geschichte von der benachbarten Insel nur eine Fabel ist? Weil sich zwischen uns schon viel Vertrauen herausgebildet hat, sage ich mir, dass Tayo und Antina bald von meiner außerirdischen Herkunft erfahren müssen.

Und doch: Wozu soll es eigentlich gut sein, ihr ganzes Weltbild umzustürzen? Sie entdecken zu lassen, dass meine Gemeinschaft genau wie ihre aus den Überlebenden einer planetaren Katastrophe besteht und dass der Himmel keine wohlwollende, beschützende Kuppel ist, sondern ein unendlicher Raum, durch den lebensfeindliche Gestirne ihre Bahnen ziehen? Würde dieses neue Wissen sie glücklicher machen? Und so verschiebe ich meine Enthüllungen auf später.

Außer in den Momenten, in denen mich die Sehnsucht nach Yû packt, beginne ich mich auf der Insel glücklich zu fühlen.

Und mir wird auch schnell klar, weshalb: In der Gemeinschaft von Antina und Tayo bin ich kein Neutrum mehr! Mit jedem neuen Tag ist mein Selbstvertrauen gewachsen. Was uns ausmacht, ist zum großen Teil das, was die anderen in uns sehen. Hier betrachten mich alle als ihresgleichen – und mehr noch vielleicht: als einen interessanten Fremden, der aus einer geheimnisvollen Gegend stammt. In der Kolonie habe ich bemerkt, dass ich meinen Status als Neutrum nicht so sehr akzeptiert habe wie die anderen – ohne ihn allerdings infrage zu stellen. Das lag sicher daran, dass ich bei meinen Kameraden so beliebt war; sie sahen mich nicht als stinknormales Neutrum an. Und vielleicht auch an jenem mysteriösen Defizit in puncto »Respekt vor Autoritäten«, das Athena in meinem psychologischen Profil entdeckt hatte.

Auf dieser Insel vergesse ich den geringen Status, den Athena mir seit meiner Kindheit zugewiesen hatte. Denn hier gibt es nichts, worin ich den anderen unterlegen wäre.

Ich habe schon an einem ihrer Fischzüge teilgenommen, und nach einer kurzen Einführung durch Tayo konnte ich ihnen zeigen, dass ich nicht der Ungeschickteste bin.

Ähnlich war es beim Ringkampf, den sie hier auf freundschaftliche Weise praktizieren. Meine militärische Ausbildung in der Kolonie erlaubte es mir, dabei eine gute Figur abzugeben, und manchmal gab ich mich sogar freiwillig geschlagen, was die Gewandtesten von ihnen durchaus bemerkten.

Die Sonne hat mich braun gebrannt, meine Haare sind länger geworden, und allmählich ähnele ich den anderen –

sogar darin, dass ich mit nichts als einem Lendenschurz bekleidet umherlaufe.

Ich fühle mich dieser kleinen Gemeinschaft, die mich schätzt und anerkennt, immer näher, selbst dem Bürgermeister, mit dem ich ständig kleine Scherze austausche, was ihm sehr gefällt, denn sein Naturell ist ebenso auf Leichtigkeit und Lebensgenuss gestimmt wie das der meisten Inselbewohner.

Am Tag nach meiner Ankunft habe ich dem Dorf meinen unnütz gewordenen Overall geschenkt. Daraufhin konnte ich miterleben, wie hoch hier die Gleichheit geschätzt wird. Niemand, nicht einmal der Bürgermeister, hat sich das Kleidungsstück angeeignet. Es wurde sogleich in eine Vielzahl von Bändern zerschnitten, mit denen sich alle Frauen schmückten.

Mit ihrem bronzefarbenen Teint, dem schwarzen Haar und den regelmäßigen Gesichtszügen sehen sie wie die Polynesier auf den Bildern aus, die Athena für mich ausgewählt hatte. Aber in den letzten Jahrhunderten vor der Apokalypse müssen hier auch ein paar Europäer gelebt haben: Manche Inselbewohner haben einen helleren Teint, und bisweilen spielt das Haar ins Kastanienbraune (so bei Antina), oder es ist von blonden Strähnen durchsetzt wie bei einer der schönsten unter den jungen Einheimischen. Sie scheint sehr stolz auf diesen Farbton zu sein, denn manchmal nimmt sie das Haar mit ihren Händen zusammen, damit ich es bewundere. Es ist, als wollte sie mir zeigen, dass wir doch Blutsverwandte seien und uns deshalb ruhig noch etwas mehr annähern könnten. Sie heißt Kassia.

Zunächst verwunderten mich ihre wiederholten Annäherungsversuche, denn seit meiner Ankunft hatte ich mehrmals beobachtet, wie sie sich mit einem jungen Mann zum Liebesspiel zurückgezogen hatte. Dann aber merkte ich, dass er nicht ihr einziger Liebhaber war. Und wenn ich ihren glücklichen Erwählten über den Weg laufe, lächeln sie mir freundlich zu, als wollten sie mir zeigen, dass es sie nicht eifersüchtig macht, wenn ihre Schöne sich auch für mich interessiert.

Im Laufe der Tage wird mir bewusst, dass die meisten Paare nur für kurze Zeit zusammen sind; alles verknüpft und löst sich im Zyklus des Begegnens und Begehrens. Und die freie Liebe ist die einzige Aktivität, der die Inselbewohner beständig und entschlossen nachgehen.

Meine beiden Freunde sind eine Ausnahme: Sie scheinen auf dieser Insel das einzige feste Paar zu sein, und ich habe nie beobachtet, dass sich einer von ihnen anderen Partnern zuwendet, ja nicht einmal, dass er in Versuchung gerät. Ich habe auch bemerkt, dass ihre Treue bei den anderen so etwas wie Spott auslöst, und manchmal erhaschte ich unfreundliche Blicke, die junge Frauen oder Männer ihnen zuwarfen.

»Sie sehen es nicht gern, dass wir so sind«, meint Antina.

»Wenn wir so weitermachen, werden wir nicht im Dorf bleiben können«, seufzt Tayo.

Wir sitzen am Strand und schauen aufs Meer hinaus, am fernen Horizont wachsen lange, schmale Wolken in Muschelrosa empor, über unseren Köpfen rauscht das Laub im Wind, und mir wird plötzlich bewusst, dass ich in diesem Paradies gerade die erste dissonante Note gehört habe.

»Ihr wollt das Dorf verlassen?«, frage ich. »Aber wo wollt ihr denn hingehen?«

Tayo setzt zu einer Antwort an, aber Antina bedeutet ihm mit einem Blick, er solle lieber schweigen.

Sie schauen mich an, ein wenig verlegen. Zum ersten Mal antworten sie mir nicht mit ihrer üblichen Spontaneität. Ich frage mich, welches große Geheimnis Antina vor mir verbergen möchte.

In diesem Augenblick werden wir von fröhlichen Rufen abgelenkt; ein paar Männer kommen mit reichem Fang vom Meer zurück. Tayo will zu ihnen hinüberlaufen, denn der Fischfang ist eine seiner Leidenschaften, und alle wissen, dass er beim Steuern des Einbaums einer der Geschicktesten ist und beim Voraussagen von Wetterumschwüngen einer der Kundigsten.

Auf dem Uferweg fragt mich Antina: »Und warum bist du hier mit keiner Frau zusammen?«

Ich könnte ihr mehrere Gründe nennen. Der erste wäre, dass ich bei der Liebe die Intimität und Diskretion eines geschlossenen Raumes gewohnt bin. Das Liebesspiel unter freiem Himmel, noch dazu nur einen Steinwurf von den anderen entfernt, reizt mich nicht besonders. Aber der wichtigste Grund ist, dass ich mich noch immer ganz von Yû durchdrungen fühle, dass sie meine Träume bevölkert und ich daran gewöhnt bin, sie allein und innig zu lieben. Den bloßen Akt der Sexualität vom Gefühl abzutrennen, scheint mir genauso schwer, als müsste ich aus dem Nichts plötzlich eine neue Sprache sprechen.

Ich verrate Antina, dass ich auf meiner Insel eine Verlobte habe und dass die Erinnerung an sie mir aufgibt, treu zu sein.

Antina schaut mich eindringlich und voller Neugier an, und ich meine in ihrem Blick sogar Bewunderung zu erkennen.

»... und deshalb möchte ich ihr treu bleiben, so wie ihr beide es seid, du und Tayo.«

»Ja«, sagt sie, »aber du wirst sie doch nie wiedersehen, oder?«

Seit Tagen vermeide ich es, daran zu denken, und nun stößt sie mich mit der Nase darauf. Meine Emotionen müssen mir ins Gesicht geschrieben stehen, denn Antina legt mir die Hand auf den Arm und versucht mich zu trösten: »Aber vielleicht siehst du sie ja doch wieder, wenn deine Freunde es mit ihren Booten bis hierher schaffen ...«

Liebe Antina, du weißt ja nicht, welche Entfernung mich von meiner Insel trennt.

Eines Morgens gehe ich wieder einmal am Strand spazieren. Der Anblick des Ozeans fasziniert mich zu jeder Tageszeit. Aber ich schaue wohl melancholisch drein, denn als Antina mit Tayo zu mir herüberkommt, fragt sie mich: »Bist du traurig?«

»Traurig? Nein, nicht wirklich ...«

»Aber du trottest so seltsam durch die Gegend!«

Ich denke einen Augenblick nach. Sie wissen schon von meiner Sehnsucht nach Yû, aber an diesem Morgen hat Antina aus meinem melancholischen Gang etwas anderes erraten.

»Also ja, ich bin das einfach nicht gewohnt.«

»Was denn?«

»Nichts zu tun.«

Sie sind überrascht. Ich spüre, dass Tayo beinahe gekränkt ist.

»Aber du tust doch was! Du bist schon zum Fischen

mitgekommen. Du tanzt mit uns. Und wir reden eine Menge miteinander.«

Ich muss lächeln, weil ich merke, wie sehr mein Verständnis von »etwas tun« mit Arbeit verknüpft ist. In der Kolonie arbeiten wir nämlich immerzu! Schon der Schulunterricht und die Ausbildung sind sehr intensiv, und dann wird jeder zu der Tätigkeit hingelenkt, mit der er am besten zum Überleben unserer Gemeinschaft beitragen kann. Das Lernen hört niemals auf, denn unser Wissen macht ständig Fortschritte. Selbst die Neutren sind davon nicht ausgenommen. Außerdem absolvieren wir alle möglichen Katastrophenschutzübungen – falls nur wenige von uns überleben, brauchen sie ja genügend Wissen und Fertigkeiten, um die Kolonie wieder aufzubauen. All diese unablässigen Anstrengungen werden von der Idee geleitet, dass eine auf ein angemessenes Ziel gerichtete Tätigkeit eine Grundbedingung fürs Glücklichsein ist. Das bestätigte auch Athena, die den ganzen bis zur Apokalypse angehäuften psychologischen Wissensschatz aufbereitet hat.

Und doch sagte mir Yû, die auf diesem Gebiet sehr belesen ist, dass die Versuchspersonen bei den psychologischen Studien oft Studenten aus hoch entwickelten Ländern waren oder berufstätige Stadtbewohner der westlichen Welt. Da verwundert es nicht, dass Athena, die man mit all diesen Studienergebnissen gefüttert hat, als Voraussetzung für Glück eine angemessene und zielgerichtete Tätigkeit annimmt!

Doch die kleine Gesellschaft, in die ich hineingeraten bin, scheint das Gegenteil zu beweisen: Glück ist offenbar auch ohne Arbeit möglich, ohne länger anhaltende Anstrengungen, die nicht sofortig belohnt werden.

Ich spüre, dass mir Yû gleich zweifach fehlt: Wie gern würde ich diese Fragen mit ihr diskutieren! Sie weiß viel mehr darüber als ich und könnte nach Lust und Laune aus Athenas unermesslichem Wissen schöpfen.

Ohne das Leben auf dem Mars im Detail zu beschreiben, erkläre ich meinen Freunden, weshalb ich mich hier so furchtbar untätig fühle. Übrigens finde ich in ihrer Sprache gar kein passendes Wort dafür.

Tayo fällt es schwer, mein Problem zu verstehen: »Warum muss man denn immerzu etwas tun?«

»Auf seiner Insel ist das anders«, sagt Antina. »Sie ist nicht so gut wie unsere.«

Tayo überlegt und sagt schließlich: »Na ja, wenn du mehr tun willst, kannst du dir ja eine Beschäftigung suchen.«

»Was denn für eine?«

»Bilder in unsere Harpunen ritzen. Es heißt, dass eine geschmückte Harpune besser trifft, aber fast niemand macht sich hier die Mühe damit.«

Danke, mein lieber Tayo! Du hast mich auf eine Idee gebracht.

Um mich zu beschäftigen, werde ich mir Notizen über meine Reise machen.

Gewiss bin ich nur ein Neutrum, aber die Forschungsreisenden waren auch nicht alle Genies. Und bin ich letztendlich nicht auch ein Entdecker im Dienste der Kolonie? Bis ich mit Tayos Hilfe oder durch ein Eingreifen der Kolonie eine Möglichkeit gefunden habe, zu den Zomos auf deren Insel zu gelangen, könnte ich ja über die Voraussetzungen für unsere künftige Rückkehr zur Erde nachdenken. Die Leute hier machen einen so glücklichen Eindruck, viel mehr als wir. Könnten wir von ihnen vielleicht etwas lernen?

Später am Tag finde ich mit Tayos Hilfe einen Baum, dessen Rinde eine weiche Innenseite hat und, wie er sagt, gut haltbar ist. Als wir wieder am Strand sitzen, beginne

ich mit einem beinernen Griffel, den mir Antina zurechtge-
schnitzt hat, Buchstaben in die Rinde zu ritzen.

Meine Freunde schauen voll Neugier zu.

»Was bedeuten deine kleinen Zeichnungen?«

»Sie sind eine Art Erinnerung an das, was ich sage oder
denke.«

Tayo und Antina sind erstaunt.

»Kannst du uns das beibringen?«

»Gern.«

»Aber wozu soll uns das dienen?«, wendet Tayo ein.

Ich versuche eine Antwort zu finden, aber mir wird klar,
dass das Schreiben für sie wirklich nicht von großem Nutzen wäre.

Sollen sie ihre traditionellen Gesänge niederschreiben?
Aber die werden ja auch mündlich gut überliefert. Handel
betreiben sie nicht, und so müssen sie keine Abrechnungen
machen und keine Register führen.

»Wozu dient es dir denn?«, erkundigt sich Antina.

»Na ja, so kann ich das, was ich hier sehe, im Gedächtnis behalten.«

»Aber warum musst du es in eine Rinde ritzen? Hier
gleicht doch ein Tag dem anderen; es ist leicht, sich an alles
zu erinnern.«

Das ist ein guter Einwand. Warum soll man ein Land im
Gedächtnis bewahren, dessen Geschichte stehen geblieben
zu sein scheint?

»Ja, das stimmt schon, aber wenn ich etwas aufschreibe,
hilft mir das beim Nachdenken. Mir kommen dann leichter Ideen. Und wenn ich auf meine Insel zurückkehre,
könnten uns diese Ideen dabei helfen, besser zu leben.«

»Lebt ihr bei euch denn nicht so gut wie wir?«, fragt
Tayo, der sich das nur mit Mühe vorstellen kann.

»Na sicher«, wirft Antina ein, »sonst wäre er doch nicht fortgegangen.«

Wie soll ich ihr erklären, dass ich fortgegangen bin, um das Leben der Frau, die ich liebe, zu verlängern?

Ich denke schon wieder an Yû. An sie zu schreiben, wäre so, wie ein Gespräch mit ihr zu beginnen. Es würde mir das Gefühl vermitteln, dass wir uns eines Tages wiedersehen werden.

Also will ich voll Eifer mit meinem Griffel zu schreiben beginnen:

*Erste Frage an dich, meine Liebe: Und wenn Glück nun doch ohne Arbeit möglich wäre – einfach nur, indem wir unserer Natur folgen?*

Schon nach ein paar Wörtern merke ich, dass es nicht gerade bequem ist, Aufzeichnungen in eine Rinde zu ritzen, und so schreibe ich meinen Gedanken in Kurzform nieder: *Glück ohne Arbeit möglich.*

Aber schon bei der Anrede hat sich Yûs Bild vor meinen Augen geformt, und ein Satz nach dem anderen kommt mir in den Sinn, als würde ich mit meiner Liebsten sprechen.

Als Tayo und Antina sehen, dass ich in Gedanken versunken bin, lassen sie mich allein und brechen zu einem Spaziergang auf.

Ich wandere am Meeresufer entlang und murmele vor mich hin, den Wind im Gesicht.

*Glaub mir, meine liebe Yû – nichts ist vergleichbar mit dem Glück, einen Fisch zu fangen oder eine frisch gepflückte Frucht zu essen oder …*

Beinahe hätte ich gesagt: *... oder Liebe zu machen, sobald man Lust darauf bekommt.* Aber ich lasse diese Worte unausgesprochen, als könnte Yû mich hören.

So oft Liebe machen, wie man möchte – gewiss, aber unter der Bedingung, dass dabei nicht zu viele Babys entstehen. Diese Insel ist nicht besonders groß, und der glückliche Fortbestand dieser kleinen Gesellschaft beruht auf einem günstigen Klima und einer schwachen Geburtenrate.

Wenn wir eines Tages auf die Erde zurückkehren, werden wir so wenige Menschen auf so weiten, entvölkerten Flächen sein, und außerdem sind wir es von der Marskolonie ja schon gewohnt, unsere Population zu begrenzen. Außerdem werden Neutren wie ich ganz leicht eine Beschäftigung finden, die zu uns passt – Jagd und Fischfang beispielsweise!

Und dann würde es, ganz wie im Volk von Tayo und Antina, keine Hierarchie mehr geben und keine Ungleichheit. Alle Aktivitäten – Jagd, Fischfang, Früchtesammeln – sind gemeinschaftlich, und wenn der eine begabter ist als der andere, leitet sich daraus keine Vorrangstellung ab.

Ich muss wieder daran denken, dass mein Selbstvertrauen seit meiner Ankunft größer geworden ist, und notiere auf meinem Stück Rinde:

*Gleichheit = Glück*

Diese Idee der Gleichheit inspiriert mich: Vielleicht könnte man sie bei unserer Rückkehr zur Erde umsetzen? Dafür müsste man natürlich ein Übermaß an Fortschritt vermeiden – beispielsweise keine Fischfarmen errichten, die von Athena und ihren Robotern bewirtschaftet werden. Denn was würde uns Neutren sonst wieder übrig bleiben? Warum sollten wir einmal mehr eine Zivilisation aufbauen, in der FORTSCHRITT ganz groß geschrieben wird? Wir haben doch gesehen, was das dem blauen Planeten gebracht hat!

In diesem Augenblick sehe ich die Schöne mit dem blonden Haar hinten am Waldrand vorbeispazieren, und sofort packt mich die Lust, zu ihr hinüberzugehen.

Aber ich lasse sie vorüberziehen – und mein Begehren auch. Verdammt noch mal, ich bin auf einer Mission, ich muss über die Bedingungen für unsere Rückkehr zur Erde nachdenken. Doch die flüchtige, schöne Erscheinung schlägt sich auf meinen nächsten Gedanken nieder:

*Freie Liebe = Glück?*

Ich notiere es auf meiner Rinde, als Antina und Tayo zurückkehren.

Der Mythos vom Guten Wilden: Meine Liebste hat er immer auf die Palme gebracht, aber auf dieser Insel konnte er Wirklichkeit werden dank der Freigebigkeit der Natur und der glücklichen Wirkungen des Tahuku.

»Was hast du geschrieben?«, fragt mich Antina.

Ich bemühe mich, meine Betrachtungen über das Glück von Gesellschaften so gut wie möglich zu erklären.

Tayo und Antina sind höchst erstaunt. Noch nie hatten sie Gelegenheit, über ihre eigene Kultur nachzudenken, und erst recht nicht über die ihnen vorausgegangenen Kulturen, von denen sie nichts wissen.

»Auf eurer Insel sind sie wirklich schlau!«, ruft Tayo aus.

»Rob auf jeden Fall«, meint Antina.

Was würde sie sagen, wenn sie erführe, dass ich in der

Kolonie nur ein Neutrum bin, jemand mit unterdurchschnittlicher Intelligenz?

»*Freie Liebe = Glück*«, wiederholt Tayo genießerisch.

»*Nicht zu viele Babys* gefällt mir besser«, sagt Antina.

Darüber amüsieren sie sich ein bisschen, und schließlich sagt Tayo: »Das ist gut gesagt, aber etwas wirklich Neues lernen wir nicht daraus. Ich bin sicher, dass du viel interessantere Dinge kennst.«

»Und dann stimmt das Bild auch nicht ganz«, meint Antina. »Was du beschreibst, gilt hier nicht für alle ...«

»Leben bei euch denn auch unglückliche Menschen?«

Sollte es selbst auf dieser Insel Leute wie mich geben, die sich immerzu getrieben fühlen, etwas zu tun?

Meine Freunde schauen sich an.

»Sollen wir es ihm zeigen?«, fragt Tayo.

*Als ich vorhin aus meiner Programmiererkabine kam, lief ich Admiralin Colette über den Weg.*

*Von meinen Nachforschungen in den Tiefen von Athena kann sie natürlich nichts wissen, und doch zuckte ich zusammen, als ich sie sah. Sie bemerkte es und blieb stehen.*

*»Alles in Ordnung, Ingenieurin Mishima?«*

*»Alles in Ordnung, Admiralin.«*

*Sie musterte mich eindringlich, als hätte sie ihre Zweifel daran. Schließlich sagte sie: »Ich nehme an, Rekrut Robin hat Sie von seiner Abreise in Kenntnis gesetzt.«*

*Sie sagte Ich nehme an ..., um mich glauben zu machen, sie wüsste nichts von meiner letzten Begegnung mit Robin. Dabei bin ich sicher, dass alles aufgezeichnet wurde.*

*»Ja, er hat mir davon erzählt.«*

»Wissen Sie, es ist eine schöne Mission. Wir setzen große Erwartungen in ihn.«

»Haben Sie schon Nachricht bekommen?«

Die Admiralin lächelte mir zu, als wollte sie damit die Antwort entschärfen: »Sie wissen doch, dass ich Ihnen nichts sagen darf. Es ist eine militärische Mission.«

»Ja, Admiralin, ich weiß.«

»Es geht ihm gut.«

»Stehen Sie mit ihm in Kontakt?«

»Im Moment gerade nicht, aber wir wissen, dass es ihm gut geht.«

Mehr würde ich nicht erfahren, das war klar.

»Und Sie, Ingenieurin Mishima, wie nehmen Sie seine Abreise auf?«

»Robin schien sich sehr zu freuen auf diese Mission.«

»Ja, aber Sie?«

»Was ich fühle, ist nicht von Bedeutung, Admiralin.«

»Aber wenn ich Sie doch frage.«

Ich zögerte. Ich wollte der Admiralin nicht den Eindruck vermitteln, dass mir Robins Fortgang große Sorgen bereitete, aber eine gleichgültige Haltung wäre wiederum unglaubwürdig gewesen. Die Admiralin hatte ja Kenntnis von meinem Persönlichkeitsprofil.

»Ich mache mir Sorgen um ihn. Nach dem, was mit den Zomos geschehen ist …«

»Wir glauben, dass er für die Mission besser gerüstet ist als die Zomos.«

Mit dem Wir meinte sie Athena und das Oberkommando.

»Wenn es so ist, sollte ich mir wohl weniger Sorgen machen«, sagte ich und versuchte ein Lächeln.

»Ich weiß, dass Vernunft nicht immer gegen Emotionen ankommt«, sagte die Admiralin und lächelte ihrerseits.

»Das stimmt, aber ich versuche immer, vernünftige Entscheidungen zu treffen.«

»Also akzeptieren Sie auch die sehr vernünftige Entscheidung, Soldat Normandie auf den blauen Planeten zu entsenden.«

»Ja, Admiralin.«

»Großartig.«

Und dann ließ sie mich stehen, und ich frage mich noch immer, ob es mir in diesem Gespräch gelungen ist, meine Verwirrung zu verbergen.

Die Admiralin ist bekannt für ihre gute Intuition.

Nach einem Kaffee und einem Sandwich gehe ich zurück an die Arbeit. Und als ich zum Abendbrot nach Hause komme, sitzt Kavan bereits in unserem Apartment. Er ist in einen Dokumentarfilm über das Japan der Meiji-Epoche vertieft. Zwar trägt er einen Virtual-Reality-Helm, aber auf dem Außenbildschirm sehe ich ihn im Licht des frühen Morgens die Alleen am Kaiserpalast entlangstreifen.

Seit Kavan mich kennt, macht er sich über Japan kundig, und zwar so intensiv, dass er das Land meiner Vorfahren bald besser kennen wird als ich, von der Sprache einmal abgesehen. Und selbst da hat er, wie ich herausfand, einen Zugang zum Japanischkursprogramm beantragt.

Ich mag ihn wirklich.

Kavan ist ein wenig rundlich, aber auch muskulös. Seine Vorfahren kommen aus Indien, was die Erklärung für seinen dunkleren (ich sage gern »goldenen«) Teint ist und für seine schwarzen Augen mit den langen Wimpern und dem weichen Blick.

Er ist sanftmütig und achtsam, aber zugleich sagt er immer, was er denkt, was ihm schon einige ungünstige Beur-

*teilungen durch seine Vorgesetzten eingebracht hat. Zum Glück wurden sie aber immer durch Athenas lobende Urteile aufgewogen.*

*Kavan ist Wissenschaftler, er beaufsichtigt Experimente zur künstlichen Erzeugung von Schwerkraft – ein Gebiet, das seit etwa zwei Jahrzehnten schwer im Kommen ist und auf dem selbst Athena noch Nachholbedarf hat. Ich habe mir einmal die Mühe gemacht, die Theorien zu ergründen, auf denen Kavans Experimente beruhen, aber sie sind derart komplex, dass es schwerfällt, sie im Gedächtnis zu behalten, wenn man nicht täglich mit ihnen zu tun hat.*

*Bei den Intelligenztests ist Kavan insgesamt unter den besten 1,5 Prozent, aber in »Räumliche Wahrnehmung« hat er sogar bessere Ergebnisse als ich, da kommt er auf die höchste Punktzahl. Damit hat er zumindest eine Chance, mich beim Schachspiel zu schlagen – nämlich wenn wir auf einem dreidimensionalen Schachbrett spielen.*

*Er redet wenig und hat nur zwei oder drei richtig gute Freunde, Forscher wie er. Mit ihnen diskutiert er über Naturwissenschaften, oder sie gehen gemeinsam Squash spielen.*

*Kavan ist ein aufmerksamer, ich möchte sogar sagen ein gewissenhafter Liebhaber. Bloß dass ich nicht verliebt in ihn bin.*

*Ich hoffe so sehr, dass ich es eines Tages schaffen werde. Durch mein Interesse für Psychologie weiß ich, dass wir uns durch unsere Handlungen verpflichtet fühlen: Regelmäßiges Beten führt zu Gläubigkeit, und wer lange an einem Projekt arbeitet, für den wird es schließlich interessant. Und je mehr man in eine Sache investiert, desto schwerer wird es, sie wieder aufzugeben. Man will sich* nicht umsonst verausgabt haben und macht deshalb weiter. Und so sollte es doch möglich sein, dass ich einen Mann lieben lerne, indem ich mit ihm zusammenlebe und Sex mit ihm habe (dazu noch ziemlich guten). Die Bindung zwischen uns müsste sich auch auf biologischer Ebene herausbilden: Bei jedem Orgasmus schüttet mein Gehirn Oxytocin aus, das Bindungshormon.

Aber die Wissenschaft weiß noch nicht alles, denn bis jetzt funktioniert es mit Kavan einfach nicht. Vielleicht sind wir noch nicht lang genug zusammen? Oder es liegt an der Erinnerung …

Er himmelt mich an, auch wenn er versucht, es nicht so offen zu zeigen, und manchmal hadere ich mit mir, weil ich ihm diese Bewunderung nicht zurückgeben kann.

Aber wir sind glücklich zusammen.

Und wir werden gemeinsam alt werden.

Was kann man mehr verlangen?

Natürlich ist mir klar, dass meine Erinnerung an Robin wie ein schwerer Rucksack ist, den die Yû von gestern der Yû von heute aufbürdet. Kann ich denn immer noch hoffen, dass alles, was ich gerade mit Kavan aufbaue, eines Tages ein Geschenk für die Yû von morgen sein wird?

»Du arbeitest ziemlich lange«, bemerkt Kavan, als er seinen Helm abnimmt.

»Ich muss ein Problem lösen, das mich wirklich nicht loslässt. Ich will es unbedingt schaffen!«

»Was für ein Problem?«

Kavan stellt mir sonst nie Fragen zu meiner Arbeit. Das Programmieren von Athena interessiert ihn nicht.

Ist es nur eine teilnahmsvolle Frage, um mir zu zeigen, dass meine Sorgen ihm nicht gleichgültig sind, oder ahnt er irgendetwas?

»Es geht immer noch darum, die menschlichen und die technischen Werte besser miteinander zu verknüpfen, damit man die Schnittstellen zwischen Mensch und Maschine perfektioniert.«

Er nickt und macht sich daran, unser Abendessen zuzubereiten.

Ein japanisches Gericht.

Die Küchenroboter beherrschen eine große Bandbreite von Mahlzeiten. Sie befolgen die Rezepte, die man ihnen eingibt, und können sie sogar verbessern. Was an unserem Essen tierischen Ursprungs ist, egal ob Fleisch oder Fisch, stammt natürlich aus Zellkultur, aber der Geschmack ist so täuschend echt, dass vermutlich selbst meine Vorfahren keinen Unterschied bemerkt hätten.

So eine Wunschmahlzeit kann man einmal wöchentlich bestellen, die übrige Zeit haben wir einen kollektiven Speiseplan, der so entworfen wurde, dass er eine perfekt ausgewogene Ernährung sichert, und je nach unseren medizinischen Messwerten bekommen wir noch individuelle Ergänzungsstoffe.

Ich schaue Kavan dabei zu, wie er geschickt mit den Stäbchen hantiert, um auf meinem Teller marinierte Tofuwürfel anzurichten. All diese diskret geäußerte Liebe beschämt mich.

»Ich habe gehört, dass Robin Normandie zur Erde fliegen wird«, sagt er.

Wie kann er das erfahren haben? Kavan hat keinerlei Kontakte zum militärischen Bereich. Aber dann erinnere ich mich, dass Olaf, einer seiner Freunde unter den Wissenschaftlern, an einem Programm arbeitet, das die Konnektivität der Zomo-Waffen verbessern soll.

»Ja«, sage ich.

*Er scheint über meine Antwort nachzusinnen und sagt dann:* »Hast du ihn noch mal gesehen?«

»Er hat vorbeigeschaut, um mich über seine Abreise zu benachrichtigen.«

*Ich merke, dass Kavan zu leiden beginnt, auch wenn er weiter isst, als wäre nichts geschehen.*

»Er war nur kurz an meinem Arbeitsplatz, um sich zu verabschieden.«

»Ja, ich verstehe.«

*Kavan zögert.*

»Dieses Problem, das du lösen musst ...«

»Ja?«

»Hat das mit seiner Mission zu tun?«

*Wenn man zu den besten 1,5 Prozent zählt, bedeutet das eben, dass man intelligenter ist als 98,5 Prozent aller Bewohner unserer Kolonie.*

*Ich habe Kavan nie angelogen. Aber diesmal beschließe ich, es zu tun.*

*Es ist nicht nur, weil ich ihn nicht kränken will, sondern auch, weil ich gerade der Admiralin über den Weg gelaufen bin; womöglich wird unser Gespräch aufgezeichnet.*

»Nein, damit hat es nichts zu tun. Alle Probleme, die mit dem Flug eines Raumschiffs zur Erde verbunden sind, waren schon gelöst, als die Rakete mit den Zomos gestartet ist.«

»Na ja, offenbar doch nicht alle. Immerhin fehlt von den Zomos jede Spur.«

»Ja, aber sie sind auf der Erde verschwunden, nicht während des Fluges.«

»Ich frage mich, weshalb sie Robin dort hinschicken. Was kann er besser machen als eine Truppe Zomos?«

*Ich spüre Zorn in seiner Stimme. Aber nicht auf mich ist*

*er böse. Robin und das, was von unserer Liebe noch übrig ist, macht ihm zu schaffen.*

»Anscheinend ist er sehr sprachbegabt. Vor seinem Abflug hatte er Unterricht in den Sprachen der Indigenen, die in seinem Zielgebiet überlebt haben sollen.«

»Und hat er diese Sprachen erlernt?«

»Ja.«

*Kavan scheint diese Information abzuwägen. Und dann plötzlich:* »Wunderbar ... Sehr gut, wirklich! Soll er doch dort unten Anschluss finden! Die werden ihn bestimmt für ein Genie halten! Soll er sich doch da eine Frau suchen oder am besten gleich mehrere und für immer auf seiner Insel unter den Wilden bleiben!«

*Seine Stimme klingt rau, und ich sehe die Essstäbchen in seiner Hand zittern.*

*Ich bin schockiert. Zum ersten Mal höre ich, dass sich Kavan verächtlich über Robin äußert und dabei dessen Status als Neutrum herausstreicht. Solche Tiefschläge sind sonst nicht seine Art, die Eifersucht macht ihn verrückt.*

»Tut mir leid«, *sagt er.* »Ich kann nichts mehr essen.«

*Er steht auf.*

»Ich mache einen Spaziergang unter der Kuppel ... oder vielleicht spiele ich eine Runde Squash.«

»Aber Kavan, warum denn?«

*Er schaut mich an, versucht seinen Gedanken in Worte zu fassen, zögert. Dann sagt er:* »Du kannst dich ja nicht selber sehen, wenn du von ihm sprichst. Aber ich, ich sehe dich.«

*Und er verlässt das Zimmer.*

*Es macht mich wirklich traurig, ihn verletzt zu haben. Ich möchte ihm nachlaufen und ihn in die Arme schließen. Plötzlich fehlt er mir.*

*Und doch rühre ich mich nicht vom Fleck.*

*Jetzt, wo er fort ist, gibt es auch für mich keinen Grund mehr, weiterzuessen.*

*Ich kann zu meiner eigenen Mission zurückkehren: Herauszufinden, weshalb Athena ausgerechnet Robin auf den blauen Planeten geschickt hat.*

An diesem Morgen gehe ich in den Wald.

Noch immer versetzt mich die Natur um mich herum in Staunen und Entzücken. Sogar in den schlimmsten Momenten meiner Traurigkeit brauche ich nur ein paar Minuten im Schatten der großen Bäume zu spazieren, um mich darüber hinwegzutrösten, dass ich so weit entfernt bin von Yû und meiner Gemeinschaft.

Plötzlich höre ich hinter mir Schritte. Es ist die Schönheitskönigin mit den hellen Locken, spärlich bekleidet wie immer. Sie ist mir vermutlich gefolgt, und jetzt begrüßt sie mich. Ich erwidere den Gruß freundlich, mit der üblichen Zurückhaltung. Sie trägt einen Korb, dessen Inhalt sie mir präsentiert: ein Häufchen jener Pilze, die in halbmondförmigen Ringen an Baumstämmen wachsen. Diese hier sind violett mit schwärzlichem Einschlag und machen nicht gerade einen appetitlichen Eindruck. Sie schlägt mir vor, ihr beim Pilzesammeln Gesellschaft zu leisten. Nach einem Moment des Zögerns willige ich ein. Ich will nicht unfreundlich wirken, und außerdem habe ich ja schon deutlich gezeigt, dass ich mit ihr nicht die Vergnügungen teilen möchte, die sie mir in den ersten Tagen nach meiner Ankunft angeboten hat.

Und doch: Als ich ihr so folge und ihren geschmeidigen,

herrlichen und beinahe nackten Körper vor mir sehe, beginnt mich das durcheinanderzubringen – erst recht, als Kassia sich umdreht und mir ein Lächeln schenkt.

Sie bleibt an einem dicken Stamm stehen und stößt einen kleinen Freudenschrei aus. Die Rinde ist überzogen mit diesen seltsamen Pilzen – eine tolle Fundstelle, an der sie ihren Korb mit einem Schlag füllen kann.

Ich helfe ihr dabei, die Pilze vom Baum zu lösen, und sie bedeutet mir, ich solle einmal kosten. Weil ich skeptisch dreinblicke, beißt sie mit ihren schönen Zähnen in einen der Hüte. Ich tue es ihr nach, es ist nicht unangenehm, sie schmecken ein wenig wie eine Art von Nüssen, die ich auf der Insel bereits probiert habe; auf der Zunge prickelt es ein bisschen.

Dass ich von diesen Pilzen esse, scheint Kassia große Befriedigung zu verschaffen – als würde es sie freuen, dass ich ihr Vertrauen geschenkt habe.

Als der Korb voll ist, schlagen wir den Heimweg ein.

Während ich hinter Kassia hergehe, spüre ich, wie meine Verwirrung steigt. Von Neuem lächelt sie mir zu, und in ihrem Blick liegt eine Belustigung, die ich nicht ganz verstehe.

Und plötzlich ist mir klar, welchen Effekt dieser Pilz hat; ich fühle, dass mir seine Wirkstoffe schon ins Blut übergegangen sind.

Sie schaut mir in die Augen.

Wir lassen uns ins Gras sinken. »Na endlich!«, stöhnt sie.


Nach unserer Rückkehr ins Dorf verbreitet sich die Nachricht wie ein Lauffeuer, umso mehr, als die Schöne sich sogleich ihren Freundinnen anvertraut hat: Der Mann von der Mars-Insel ist genauso gut ausgestattet wie die anderen Männer, und er will das, was alle wollen!

In den Blicken, die mich streifen, spüre ich allgemeinen Zuspruch, von Männern wie Frauen. Außer bei Antina, die fast enttäuscht wirkt.

Was mich betrifft, so ärgere ich mich, in diese gut gestellte Falle getappt zu sein, doch zugleich kann ich nicht anders, als jenen Frieden des Körpers und des Geistes zu empfinden, der uns überkommt, wenn wir ganz erfüllt und beglückt wurden.

Und als die Erinnerung an Yû in mir aufsteigt, versuche ich mich damit zu beruhigen, dass meine Treue hier keinen Sinn mehr hat, Yû selbst würde sich nicht wünschen, dass ich ihr treu bliebe, und sie hätte nichts dagegen, dass ich mein Glück bei einer anderen finde. Sehr weit komme ich mit dieser vernünftigen Ausrede allerdings nicht, und schon bald wird sie von Bedauern abgelöst.

Meine neue Freundin muss es gespürt haben, denn schon am selben Abend kommt sie erneut zu mir, und ihre Gegenwart vertreibt meinen Kummer. Unsere gemeinsame Nacht ist genauso intensiv, wie es der Nachmittag war. Kassia versteht mein Unbehagen und ist eine sehr leise und sehr zärtliche Liebhaberin.

Als ich in der Morgendämmerung erwache, liegt sie schlafend neben mir. Ihr Kopf ruht auf meinem Arm. Auf ihrem Gesicht lese ich Vertrauen und sogar Glück.

Zum ersten Mal spüre ich in mir ein Gefühl für sie aufkeimen, das über die sinnliche Anziehung hinausreicht.

Und sollte es mir denn nicht erlaubt sein, mich wieder zu verlieben? Die wenigen Satzbrocken, die wir bisher miteinander ausgetauscht haben, haben mich Kassias Fröhlichkeit erahnen lassen und ihr Interesse an mir. Könnte ich mir etwas Besseres wünschen nach der unmöglichen Liebe zu Yû? Würde ich nicht glücklich sein mit dieser neuen Gefährtin, die meine Gegenwart genauso genießt wie ich die ihre?

Meine Träumerei wird unterbrochen durch das Geräusch von Schritten und die Stimme von Tayo, der meinen Namen ruft.

»Komm schnell! Komm und sieh dir das an!«, raunt er mir zu, als er neben mir und der schlafenden Kassia steht. Dass wir nackt sind, scheint ihn nicht weiter zu stören. Antina hingegen ist in ihrer dezenten Art, die sie von den übrigen Inselbewohnern unterscheidet, in einiger Entfernung stehen geblieben.

Ihr ausgestreckter Arm weist in Richtung Meer.

Wir laufen quer durch den Wald. Es ist noch früh am Morgen, der Gesang der Vögel bahnt uns den Weg. Am Rande der Klippen beginnt sich das Meer vor uns auszubreiten, blank wie Stahl unter den ersten Strahlen der Sonne.

Ich blicke zunächst in die Ferne, weil ich denke, dass mir Tayo die Ankunft eines Schiffes anzeigen will – vielleicht eine Piroge von der anderen Insel, auf der, wie er glaubt, meine Landsleute leben. Aber der Horizont ist leer.

»Dort! Dort!«, ruft er und zeigt an den Fuß der Steilküste, fünfzig Meter unter uns.

Und nun erblicke ich das perfekte und durchscheinende Ei meiner Landekapsel, die das Meer auf den Felsen abgesetzt hat.

Tayo und Antina schauen mich an und warten gespannt auf meine Reaktion. Sie haben schon erraten, dass es eine

Beziehung zwischen mir und diesem geheimnisvollen Apparat gibt.

»Mein Schiff!«, sage ich und benutze dabei das Wort, mit dem man hier alle möglichen Arten von Booten bezeichnet. Daher könnte es auch für meine Kapsel passen, selbst wenn sie vom Himmel gefallen ist, was ich meinen Freunden aber nicht sage.

Tayo hat sie entdeckt, als er am Rande der Steilküste Fallen für die Vögel auslegen wollte.

Die Kapsel ist eigentlich nicht dafür gedacht, auf dem Meer zu treiben, aber leicht genug, um sich im Spiel der Wellen an der Oberfläche zu halten, und nun hat die Strömung sie ans Ufer unserer Insel geschwemmt. Die Kraft der Wogen hat sie während der Flut bis auf die Klippen gehoben, und als die Ebbe einsetzte, blieb sie dort eingeklemmt.

Was für eine Freude, dieses Objekt zu erblicken, das mich mit meinem Planeten verbindet! Nach der Nacht in Kassias Armen habe ich nun endgültig das Gefühl, dass das Glück in mein Leben zurückkehrt!

Das Meer liegt noch ruhig da, aber das Wasser beginnt schon wieder zu steigen, und zugleich frischt der Wind auf. Mein kleines Schiff könnte erneut von den Wellen fortgerissen werden. Schnell, ich muss es erreichen!

Ich suche nach einer Stelle, an der ich die Klippen hinabklettern kann, die Steilküste ist nicht nur unzugänglich.

Meine Freunde wirken beunruhigt – sie erinnern sich noch gut daran, wie ich bei unserer ersten Begegnung den Felsen hinuntergepurzelt kam.

»Man muss vom Meer aus ran«, ruft Tayo, »vom Meer aus!«

»Hör doch auf ihn«, ruft Antina.

Am Ende muss ich zugeben, dass sie recht haben.

Zugleich sehe ich, wie mit der steigenden Flut Wellen entstehen. Werden wir es schaffen, bis zum Strand zu laufen, in einen Einbaum zu steigen und hierher zurückzukommen, bevor es zu gefährlich wird, sich der Kapsel zu nähern?

»Mit mir schon«, sagt Tayo.

Und es dauert nicht lange, bis wir in seiner Piroge sitzen und er das Segel gehisst hat.

Antina steht oben auf der Klippe und beobachtet unser Tun; bald kommen andere Inselbewohner hinzugerannt, um das Schauspiel mitzuerleben. Kassia aber kann ich nicht entdecken. Ob sie noch schläft?

Als wir auf Höhe der Kapsel ankommen, haben die Wogen schon begonnen, sich an den Felsen zu brechen. Es wird allmählich zu riskant, noch näher heranzufahren.

»Warte auf mich, Tayo!«

Und trotz seiner Warnungen tauche ich ins Meer ein. Der Wellengang ist noch nicht zu stark, und ich hoffe, mich ohne allzu viel Mühe auf einen Felsen hochziehen zu können.

Am Ende bekomme ich zwar ganz in der Nähe meiner Kapsel festen Boden unter den Füßen, aber davor bin ich mehrmals gegen den Felsen geschrammt und habe mir an den Muscheln, mit denen er überzogen ist, die Haut aufgeschürft. Hinkend und blutend schaffe ich es bis zur Kapsel.

Meerwasser ist auf der Erde eines der stärksten Oxidanzien, aber man hat die Kapsel so gebaut, dass sie der Marsatmosphäre standhält und den Stäuben auf unserem Planeten, die auf ihre Art noch giftiger sind. Kann es sein, dass manches noch funktioniert?

Die nächsten Minuten verbringe ich damit, all die Verfahrensschritte zu befolgen, mit denen man wieder Energie in die Schaltkreise bekommt – Notfallakkus, Reaktivierung der Solarmodule, alles ohne Erfolg. Doch weil ich ein solches Vertrauen in unsere Technologien habe, kann ich mir nicht vorstellen, dass der Ozean dieses kleine Schmuckstück unserer Zivilisation einfach so besiegt hat.

Von der Kante der Steilküste aus schaut mir das ganze Dorf neugierig zu, während Tayo seine Piroge in einiger Entfernung hält und mir zuschreit, ich solle so rasch wie möglich zurückkehren. Das Meer bekommt ein immer ausgeprägteres Relief, die Wogen schwellen an und brechen sich ein paar Meter von mir entfernt.

Und schließlich ereignet sich das Wunder.

Ein Summton, Kontrolllämpchen, die zu leuchten beginnen, flackernde Bildschirme. Selbst wenn nichts anderes funktionieren sollte, bin ich sicher, dass zumindest ein automatisches Signal zur Kolonie gesandt wurde und der Kommandantur mein Standort spätestens jetzt bekannt sein müsste.

Die Schreie meiner Freunde auf den Klippen und die Rufe von Tayo dringen zu mir, aber ich harre hartnäckig auf dem Pilotensitz aus und warte auf eine Verbindung mit der Kolonie. Ich spüre, wie die erste Welle geräuschvoll an meine Kapsel schlägt und sie zum Wackeln bringt. Die Gischt strömt über dem Cockpit hinab.

In diesem Moment entsteht auf dem Hauptdisplay ein Bild – das verschwommene, aber durchaus erkennbare Gesicht von Admiralin Colette.

Ich hätte erwartet, dass es sie freuen würde, mich zu sehen und zu entdecken, dass ich noch am Leben bin. Aber von wegen! Sie blickt unzufrieden drein, beinahe zornig.

»Warum treiben Sie sich noch auf dieser Insel herum?«

»Eine Abwehrrakete hat …«

Es dauert ein Weilchen, bis meine Worte zur Admiralin gelangt sind, aber zwei Jahrhunderte Forschung konnten die Übertragungszeit von mehreren Minuten auf wenige Sekunden reduzieren.

»Darüber sind wir auf dem Laufenden. Wir wussten bereits, dass Sie überlebt haben.«

»Weiß Yû es auch?«

»Das tut hier nichts zur Sache.«

»Sie haben mir aber gesagt, dass …«

»Ja, sie wird es erfahren. Verlieren wir keine Zeit damit; ich habe Ihnen doch gesagt, dass ich immer Wort halte.«

»Die Zomos sind nicht hier«, sage ich.

»Verdammt noch mal, erzählen Sie mir doch etwas, das ich noch nicht weiß! Ich sende Ihnen jetzt Ihre Position und die der Insel mit den Zomos.«

Einige Sekunden später tauchen eine Seekarte und eine Reihe von Koordinaten auf dem Bildschirm auf, und ich bemühe mich, sie mir einzuprägen, so gut es geht. Die Insel der Zomos liegt nordnordöstlich von hier, ungefähr zweihundert Kilometer entfernt. Dazwischen gibt es ein paar hingestreute Inselchen.

»Aber wie soll ich dort hinkommen?«

Ich warte auf die Antwort der Admiralin.

»Per Boot natürlich!«, schreit sie mir zu, und eine Welle schwappt in meine Kapsel und überflutet ihr Bild.

Es kam, wie ich befürchtet hatte: Der Ozean hat die Kapsel von Neuem verschlungen. Eines Tages wird sie vielleicht wieder auftauchen – aber in welchem Zustand?

Ich für mein Teil erhole mich von den Wunden und Prellungen, die ich mir bei meiner allzu direkten Begegnung mit den Klippen zugezogen habe.

Ausgestreckt unter meinem Baldachin aus Palmwedeln, empfange ich Antinas und Tayos Besuch. Sie bringen mir aufgeschnittene Früchte und gebratenen Fisch. Auch der Bürgermeister, den mein Zustand beunruhigt, schaut vorbei.

Kassia ist immer um mich herum und versorgt meine Wunden mit einer Salbe, über deren Wirksamkeit ich nichts sagen kann. Immerhin verströmt sie einen zarten Blütenduft.

Wenn Kassia mich auf so zärtliche Weise umsorgt und ihr schönes, lächelndes und immer friedvolles Gesicht über mich neigt, weiß ich nicht mehr so richtig, ob ich wirklich Lust darauf verspüre, diese Insel zu verlassen, um erneut den Befehlen der unzufriedenen Admiralin zu folgen und todsicher irgendwo in der Ferne von den Meerestiefen verschlungen zu werden.

Das garantierte mir zumindest Antina, als ich ihr verkündete, meine Landsleute wollten, dass ich auf der Suche nach einer großen Insel weiter den Ozean erkunde.

»Der letzte Mann unserer Gemeinschaft, der weit aufs Meer hinausgefahren ist, rühmte sich damit, ein paar sehr felsige und baumlose Inseln entdeckt zu haben, auf denen man vielleicht hätte überleben können. Er wollte noch andere finden. Eines Tages ist er mit den Worten weggefahren, er werde noch weiter draußen eine schöne Insel entdecken. Aber dann kam er niemals zurück.«

»Vielleicht hat er seine Insel ja am Ende gefunden?«

»In diesem Fall wäre er zurückgekehrt, um es uns zu verkünden. Bei jeder Rückkehr träumte er davon, wie ein Held gefeiert zu werden.«

»Und das war nicht so?«

»Nein, alle hielten ihn für verrückt«, sagt Tayo mit einem Anflug von Bedauern in der Stimme.

»War er auch«, meint Antina. »Warum fortgehen, wenn es einem an nichts mangelt?«

Sie sagt es in ungewöhnlich zornigem Ton, und ich errate, dass es in diesem Punkt Meinungsverschiedenheiten zwischen ihr und Tayo gibt.

»Aber ich, ich bin nicht fortgegangen«, sagt er, als wollte er sich verteidigen.

»Nein, und trotzdem warst du schon zu weit draußen.«

»Gar nicht so weit. Ich hatte die Küste immer im Blick … Ich habe nur eine Inselumrundung gemacht«, erklärt er mir.

Ich spüre, dass Tayo Geschmack am Abenteuer hat. Ohne Antina wäre er längst wieder in die Ferne aufgebrochen. Einmal mehr wird mir bewusst, dass er meine einzige Hoffnung ist, wenn ich eines Tages an der Küste der Zomo-Insel anlegen will. Aber warum sollte ich diesen großartigen Freund in eine Expedition mit so ungewissem Ausgang hineinziehen?

Immer noch wegen Yû.

Die Admiralin hat mir gesagt, dass sie stets Wort hält. Wollte sie damit sagen, dass ich meine Mission bis zum Ende durchziehen muss, damit Yû vom Langlebigkeitsprogramm profitieren darf? Meine Zweifel werden immer stärker. Ich lasse mir die Sache durch den Kopf gehen.

Yû ist für die Kolonie einfach kostbar – egal, was mir widerfährt, sie wurde gewiss schon für das Langlebigkeitsprogramm ausgewählt.

Ganz egal, wie meine Mission ausgehen mag.

Ich habe mich reinlegen lassen wie ein Neutrum.

An den folgenden Tagen wird meine Traurigkeit allmählich von großem Zorn verdrängt. Die Admiralin hat mich überlistet, um mich in die Ferne schicken zu können. Und sie hat mich von Yû getrennt, womöglich für immer. Zum ersten Mal in meinem Leben fühle ich mich rebellisch. Meine Punktzahl in »Respekt vor Autoritäten« mag ja schon immer niedrig gewesen sein, aber ich spüre, dass sich jetzt auch noch der letzte Rest verflüchtigt. Selbst das Etikett »Neutrum« wird mir unerträglich, seit ich in diesem Völkchen einen Status wie alle anderen habe. Und weshalb soll die Kolonie, die mich als einen Minderwertigen betrachtet, mehr wert sein als diese Gesellschaft, die mich so freundlich aufnahm?

Da man es hier unkompliziert mag, hat noch niemand daran gedacht, der Insel einen anderen Namen zu geben als »unser Land«, doch im Stillen habe ich sie bald »Insel der Liebe« genannt, wenngleich mir das ein wenig platt vorkam. Und so heißt sie für mich fortan *Eros* nach dem Gott der leidenschaftlichen Liebe, der selbst aus dem Chaos und der Nacht hervorging – ganz wie diese Gesellschaft, die auf die Apokalypse folgte.

Ich erinnere mich, dass Eros imstande war, die Vernunft und die Weisheit zu bezwingen. Aber tritt er hier, als Tahu verkleidet, nicht als Weisheit der neuen Art auf?

In den nächsten Tagen und Nächten auf Eros bemühe ich mich, in Kassias Armen allen Zorn und alle Traurigkeit zu vertreiben – mit einer verzweifelten Inbrunst, deren Grund sie nicht begreift, aber deren Wirkung sie genießt.

Um die Stimmung aufzubessern, lese ich mir heute meine kurzen Aufzeichnungen noch einmal durch. Bald allerdings beschleicht mich der traurige Gedanke, dass ich wohl der Einzige sein werde, der sie je liest. Da sehe ich Tayo und Antina auf mich zukommen.

Sie tragen eine lange Stange, an der Körbe voll frisch gefangener Fische hängen.

»Das ist lieb von euch, aber die kann ich doch nicht alle essen ...«

»Wir wollen die *Anderen* besuchen«, sagt Antina. »Du kannst mitkommen.«

»Wer sind diese *Anderen*?«

»Wirst du schon sehen«, sagt Tayo.

Ich willige sofort ein. Diese *Anderen* sind offenbar von einem großen Geheimnis umgeben; meine Freunde hatten ja schon mehrmals seltsame Andeutungen gemacht.

Ich schlage auch Kassia vor, sich uns anzuschließen, aber sie lehnt mit einem Gesichtsausdruck ab, aus dem ich einen gewissen Ekel herauslese.

»Weshalb willst du nicht mitkommen?«

»Sieh doch selbst.«

Und mit diesen Worten geht sie davon, hochmütig und verdrossen.

Trotz ihrer Proteste habe ich Antina das eine Ende der Stange abgenommen und trage es jetzt, wo wir ins Innere der Insel vordringen, selbst über der Schulter. Wie ich schon bemerkt hatte, als ich in meiner Kapsel zur Erde hinabschwebte, wird die Insel ziemlich gebirgig, sobald man den Küstenstreifen verlässt, und der Marsch durch den Wald wird schnell mühsam – selbst für Tayo, für den es doch vertrautes Gelände ist.

Am Rande eines Bachlaufs steigen wir weiter hinan.

Zwei Zwischenstopps, um unseren Durst zu stillen, dann bringt uns die Route vom Bach weg. Antina führt unsere Expedition an, ohne jemals über den richtigen Weg ins Zweifeln zu geraten; ich jedenfalls kann in dem Wald, der uns von allen Seiten umschließt, nicht den kleinsten Pfad oder Orientierungspunkt ausmachen. Es ist eindeutig nicht ihr erster Gang dorthin.

Wir überqueren einen Bergkamm, der ebenfalls von Bäumen bedeckt ist, und steigen an der Gegenseite wieder hinab. Ganz in der Nähe vernimmt man das Rauschen von Wasser. Und bald gelangen wir auf eine Lichtung oder vielmehr an eine luftigere, Schatten spendende Stelle des Waldes, denn es gibt hier immer noch genug Bäume. Ein paar Palmhütten werden sichtbar.

Aus einer von ihnen tritt eine Frau, und als sie uns erblickt, stößt sie einen Freudenschrei aus. Sie kommt auf uns zu, und ich sehe, dass ihr Haar beinahe weiß ist, ihre Haut runzlig und ihr Körper unnatürlich abgemagert. Sie geht gebückt, mit kleinen Schritten, als würden das Alter und die Schmerzen sie verlangsamen, aber die Freude, uns zu sehen, scheint sie ihre Leiden vergessen zu lassen. Sie folgt uns bis zur Dorfmitte, wo wir unsere Fischkörbe auf großen geschwärzten Steinen abstellen, die gewiss als Feuerstelle dienen. Die übrigen Bewohner kommen herbeigelaufen, und nun entdecke ich endlich die *Anderen*.

Zunächst sehe ich mich nur von Männern und Frauen reiferen Alters und von Greisen umgeben, dann fallen mir auch jüngere Leute auf, die aber sichtlich krank oder behindert sind. Eine sehr junge Frau etwa, deren Arme und Hände wie verkümmert sind und die ganz nah an mich herantritt, um mich neugierig zu begutachten. Ihre Gebrechen scheinen sie nicht weiter zu betrüben, und ich spüre, dass sie von ihrer Gemeinschaft so akzeptiert wird, wie sie ist. Auch ein paar Blinde verschiedenen Alters kommen herbei, geführt von anderen Dorfbewohnern. Hat die radioaktive Strahlung in den Genen dieser unglücklichen Menschen ihre Spuren hinterlassen? Aber warum musste ich erst in dieses abgelegene Dorf kommen, um Anzeichen dafür zu finden? Andere junge Leute scheinen bei guter Gesundheit zu sein, aber die meisten von ihnen sind nicht so schön wie die Bewohner des Dorfes am Strand.

Die Paare scheinen einander genauso verbunden zu sein wie Antina und Tayo, und meine beiden Gefährten werden von den Dorfbewohnern wie gute Freunde umarmt.

Man sucht die Zutaten zusammen, entfacht ein Feuer und nimmt die Fische aus. Bald schon braten sie auf der Glut.

Wie bei meiner Ankunft im ersten Dorf stehe ich auch hier im Mittelpunkt der Aufmerksamkeit. Tayo und Antina wollen mir die Mühe ersparen, welche die hiesige Sprache mir noch immer bereitet, und wie zwei Botschafter einer bedeutenden Persönlichkeit antworten sie an meiner Stelle auf alle Fragen der neugierigen Runde.

Ich schaue sie mir alle an: Es ist eine Gemeinschaft von Kranken, Alten und ganz gewöhnlichen Leuten – völlig anders als der Kreis der jungen Halbgötter, den ich bei meiner Ankunft auf dieser Insel kennengelernt habe.

Und doch entdecke ich am Ende hier und da jemanden, der meinen Freunden in Sachen Schönheit nahekommt. Ein lockiger junger Apoll hätte auch in dem Dorf, aus dem wir kommen, großen Erfolg gehabt. An ihn geschmiegt steht eine junge Frau, die nicht ohne Reize ist, aber im Vergleich mit Kassia und ihresgleichen blass wirken würde.

Und dann zwei schöne junge Frauen, die ältere Gefährten an ihrer Seite haben, noch ganz vitale Männer, allerdings mit lichtem Haar und einem Bäuchlein. Weil in dieser Gesellschaft die Menschen ebenso gleich zu sein scheinen wie in dem Dorf an der Küste, verleiht ihnen das Alter keinen überlegenen Rang. Und während wir essen, beobachte ich immer wieder diese Paare, deren wechselseitige Anziehung nicht auf Kraft und Schönheit beruht, und was ich sehe, spendet mir ein Gefühl von Trost.

Später wird mir klar, dass Tahu gar kein so gütiger Gott ist. Man ehrt ihn gewiss am allermeisten, wenn man möglichst viel Lebens- und Liebeslust spendet und empfängt. Aber es wird nicht gern gesehen, wenn man amouröse Annäherungen zu oft zurückweist. Es wäre auch nicht im Sinne von Tahu, jemandem sein Begehren aufzuzwingen, weshalb man sich in jenes zweite Dorf zurückzieht, sobald man sich nicht mehr begehrenswert findet, aus Alters- oder aus Krankheitsgründen. Man möchte den anderen den Anblick seiner Gebrechen oder seines Alterns nicht zumuten, möchte nicht ihr Mitleid oder ihren Abscheu erwecken, denn auch diese Emotionen sind nicht im Sinne von Tahu.

Wer schon in seiner Jugend verstanden hat, dass er in Liebesdingen immer das Nachsehen hat, der zieht sich lieber so früh wie möglich in die Berge zurück, manchmal mit einem Partner, der ebenso wenig talentiert ist für die Liebe nach Tahu-Art.

Letztendlich haben die Inselbewohner ihre Gesellschaft zweigeteilt, als wollten sie damit Klassenunterschiede leugnen. Sie bestätigen also meine Hypothese:

*Glück ist, sich so zu fühlen wie die anderen.*

Schließlich gibt es auch noch jene, die zwar noch begehrenswert genug wären, um im ersten Dorf zu bleiben, es aber trotzdem verlassen, weil sie genauso wie Tayo und Antina ihre Beziehung »nicht teilen wollen«. So hatten sich der junge Apoll oder die beiden attraktiven jungen Frauen, die mir aufgefallen waren, mit ihren Liebsten in die Berge zurückgezogen.

Gegen Liebeskummer und Eifersucht haben wir in der Weltraumkolonie Desensibilisierungstherapien. Sie kommen zum Einsatz, falls eine echte Leidenschaft einfach nicht erlöschen will.

Tahu hingegen will die Bekümmernisse der Liebe durch Überfluss und Freiheit verschwinden lassen. Freilich gilt das nur für seine Erwählten – jene, die mit Schönheit ausgestattet sind und mit Leichtigkeit des Herzens. Die weniger Begehrenswerten oder die Gefühlvolleren müssen im Dorf in den Bergen Zuflucht suchen.

Zu viel Liebe ist laut Tahu also schlecht für die Liebe.

Tayo und Antina wissen, dass sie bald ins andere Dorf umziehen müssen.

»Aber weshalb hat man das Dorf im Gebirge errichtet? Warum hat man sich keinen anderen Strand gesucht?«

»Das ist Tahus Gesetz«, antwortet mir Antina. »Wer den Bereich des Vergnügens verlässt, muss sich dem Blick der anderen entziehen. Und unsere Insel hat nur diesen einen Strand.«

»Aber dieser Strand erstreckt sich ziemlich weit. Die anderen könnten ihr Dorf nahe der Inselspitze aufbauen. Warum wollen sie ganz und gar aus dem Blickfeld der Übrigen verschwinden?«

»Vor langer Zeit hat man ihnen so etwas vorgeschlagen«, sagt Tayo, »aber sie wollten nicht. Und seitdem ist es eben so Brauch.«

»Ich glaube auch, dass sie lieber weit weg sein wollen, um ihr früheres Leben zu vergessen«, fügt Antina hinzu. »Und außerdem wollen sie sich nicht schämen müssen.«

Jeder Bewohner des Dorfes an der Küste ist verpflichtet, wenigstens einmal im Leben das Bergdorf zu besuchen – vor allem, um Fisch mitzubringen, denn die Abgeschobenen haben keinen einfachen Zugang zum Meer. Nur sehr wenige melden sich freiwillig für einen zweiten Besuch. Die meisten lässt das, was sie hier gesehen haben, bestürzt oder angewidert zurück, und außerdem vermittelt es ihnen eine Ahnung davon, was auch sie eines Tages erwartet.

Meine Freunde gehören zu den wenigen, die regelmäßig vorbeischauen.

Nach dem improvisierten Bankett besuchen wir jene, die es nicht mehr bis zur Feuerstelle schaffen. In den Hütten, die solider gebaut sind als im anderen Dorf, findet sich das wahre Elend: Greise, die nicht mehr laufen können, abgemagerte und fiebernde Kranke, von denen manche im Sterben liegen. Mir tut es leid, dass ich die Medikamente aus der Landekapsel nicht mehr bergen konnte; damit hätte man zumindest die behandeln können, die an einer Infektion leiden.

Und doch: Fast jeder, der bei Bewusstsein ist, kann mir noch zulächeln. Die Kranken scheinen hier kaum zu leiden. Neben ihren Matten liegt stets eine ausgehöhlte Kokosnusshälfte, gefüllt mit einer bräunlichen Flüssigkeit, die wie schlammiges Wasser aussieht.

»Tahukuru«, sagt Antina.

Es ist der Name eines Gewächses, aus dem man einen Sud herstellt. Er dämpft die Schmerzen und lässt den Geist weit wegschweifen. Man bringt mir einige dieser Pflanzen.

Ich erkenne sofort, dass es Schlafmohn ist, denn wir haben einige Exemplare davon in die Glashäuser der Weltraumkolonie retten können.

Meine Freunde erklären mir, dass die Pflanzen in den Bergen wachsen. Man achtet darauf, ihren Bestand nicht durch übermäßiges Ernten zu erschöpfen, und manchmal sät man sogar nach. Opiumanbau ist also die einzige Art von Landwirtschaft, die diese Gesellschaft kennt!

Ich weiß, dass man vor der Apokalypse auf der Erde Opiumpaste geraucht hat, aber diese Art der Nutzung ist nie bis Eros gelangt, und ich werde mich hüten, die Inselbewohner auf Ideen zu bringen.

Ich habe Tayo und Antina gefragt, ob ihre Eltern noch in diesem Dorf leben. Tayos Mutter ist verstorben, aber Antinas Mutter ist die groß gewachsene, immer noch schöne Frau, mit der sie liebevoll gesprochen hat. Und die Väter? Von meinen Freunden erfahre ich, dass sie angesichts der Sitten im Dorf an der Küste fast jeden Mann als ihren Vater betrachten, der zur Zeit ihrer Geburt im passenden Alter war, ihre Mütter zu verführen. Dazu zählen also auch die wenigen Männer reifen Alters, die im Dorf in den Bergen leben.

»Aber wenn die Eltern oder Großeltern nun ernstlich krank werden? Kommen die jungen Leute aus eurem Dorf sie dann besuchen?«

»Es ist nicht in Tahus Sinne, betrübt mit anzusehen, wie unsere alten Mütter und Väter leiden oder sterben«, sagt Antina. Aus ihrem Tonfall kann man jedoch heraushören, dass sie diesen Aspekt ihrer Kultur nicht gutheißt.

»Meistens vergisst man sie lieber«, fügt Tayo hinzu.

Ich muss dabei an etwas denken, das ich über die letzten Generationen unserer irdischen Zivilisation gelernt habe:

Sobald die Leute nicht mehr allein zurechtkamen, entzog man sie dem Anblick der anderen und steckte sie in eine Art Heim, wo sie inmitten von Unbekannten ihr Leben aushauchten.

Im Grunde hatte Tahu seine Herrschaft schon vor der Apokalypse begonnen, auch wenn man ihn damals noch nicht so nannte.

Bei uns in der Kolonie läuft es anders: Weil die meisten Menschen nie Eltern waren, haben sie auch keine Kinder, von denen sie Besuch bekommen könnten. Aber da wir die Leute aus unserer Generation fast alle kennen, haben wir unser ganzes Leben lang Umgang mit ihnen, und so gibt es keine Einsamkeit, auch nicht in fortgeschrittenem Alter. Und wenn der Tod naht, verfügen wir über Drogen, die alle Furcht und jeden Schmerz vertreiben und uns trotzdem bei klarem Bewusstsein lassen.

Als wir wieder in unserem Dorf sind, gehe ich auf die Suche nach Kassia. Ich möchte ihr von unserer Expedition berichten und sie fragen, ob sie auch schon als Freiwillige im Dorf in den Bergen war. Außerdem habe ich Lust, sie in die Arme zu schließen. Ich weiß nicht, ob das nur sinnliches Begehren ist oder sich ein anderes Gefühl hineinmischt.

Während ich rund ums Dorf nach ihr suche, begegne ich zwei ihrer früheren Liebhaber, die mich freundlich grüßen.

Schließlich entdecke ich Kassia hinter einer kleinen Baumgruppe – sie geht dort neben einem jungen Mann her, der mir in schlechter Erinnerung geblieben ist. Wir haben schon miteinander gerungen, und er war dabei ruppiger gewesen als alle anderen Gegner, so sehr, dass die Zuschauer unseren Kampf unterbrechen mussten, weil sie spürten, dass er nicht mehr in Tahus Sinne war.

Mir scheint, dass Kassias Wangen von jenem Rosa gefärbt sind, das sich ihr nach dem Liebesvergnügen aufs Gesicht legt. Doch als sie mich sieht, lächelt sie mir zu; sie kommt mir eilig entgegen und streckt die Arme nach mir aus. Ich aber rühre mich nicht, denn hinter ihr erblicke ich meinen Rivalen (sofort sehe ich ihn als solchen), und er schaut mich auf eine herausfordernde Weise an, die ganz bestimmt nicht in Tahus Sinne ist – genauso wenig wie die Eifersucht, die mir die Luft abschnüren will.

Dann besinne ich mich auf meine Funktion als Botschafter und rufe mich zur Ordnung. Ich reagiere nicht auf seine Herausforderung und lasse mich von Kassia umarmen; mit einer nie gekannten Mischung aus Zorn und Begehren spüre ich, wie sich ihr Körper an mich schmiegt.

Aus der Nähe kommen mir Kassias Wangen gar nicht mehr so rosig vor, und als mein Rivale uns allein lässt, merke ich, dass sie in schlechter Stimmung ist.

Kann Kassia so naiv sein zu glauben, ich sei gar nicht eifersüchtig? Schon möglich. Bei meinem Rivalen ist das sicher anders: Ich spüre, dass die Eroberung Kassias für ihn wie eine Vergeltung für den Ringkampf ist, bei dem er gehofft hatte, im Handumdrehen über mich zu triumphieren.

Wenn sie mich schon betrogen hat, so scheine ich doch wenigstens ihr Erster Liebhaber zu sein.

Auf dem Rückweg, Arm in Arm mit Kassia, unternehme ich große Anstrengungen, wieder auf Tahus Pfad zurückzufinden. Ich versuche, alle unnützen Fragen aus meinem Kopf zu vertreiben (»Hat sie mich betrogen?«) und auch die Eifersucht abzulegen. Dieses Gefühl war mir bis heute unbekannt, denn solange ich mit Yû zusammen war, hat sie es dank ihrer moralischen Aufrichtigkeit nie in mir ausgelöst, auch wenn die Blicke anderer Männer manchmal ein wenig zu lange auf ihr ruhten.

Wer Tahu anbetet, sollte alle Eifersucht abgeworfen haben. Aber schafft das auch jeder? Mein Rivale schon einmal nicht.

Um mich zu beruhigen, erzähle ich Kassia von unserer Expedition. Sie hört mit ernster, fast trauriger Miene zu.

»Bist du schon im Dorf in den Bergen gewesen?«, frage ich sie.

»Natürlich, jeder von uns macht das mindestens einmal.«

»Aber du bist kein zweites Mal dort gewesen?«

»Nein.«

Ich entgegne darauf nichts. Plötzlich bleibt sie stehen und sieht mich an.

»Warum fragst du mich das?«

»Nur so … Weil ich es wissen wollte …«

»Willst du über mich urteilen?«

Ich sehe, dass Zorn ihren schönen Blick verfinstert hat; ihre Stirn liegt in Falten, der Mund lächelt nicht mehr, und ich werde verlegen, weil ich ihren inneren Frieden und ihre gute Laune gestört habe. Es stimmt schon: Wer bin ich eigentlich, über sie zu urteilen? Ich, der ich von einem anderen Planeten komme und noch dazu alle Welt darüber belüge?

»Aber nein, schau doch mal.«

Ich küsse sie. Sie gibt sich meinen Küssen hin, aber ich spüre dennoch, dass ich sie durcheinandergebracht habe und dass mein Urteil ihr etwas bedeutet.

Wir begegnen Antina und Tayo, die unsere Expedition mit keinem Wort erwähnen, und wir beginnen uns so ruhig und fröhlich miteinander zu unterhalten, wie es hier üblich ist.

Aus dem Augenwinkel glaube ich plötzlich zu erkennen, dass Kassia Tayo einen interessierten Blick zugeworfen hat, aber sogleich sage ich mir, dass Eifersucht einen wirklich verrückt machen kann.

An diesem Abend gibt Kassia sich mir mit einem Feuer hin, das mich zwar weiter an ihrer Treue während meiner Abwesenheit zweifeln lässt, nicht aber am Vergnügen, das sie an meiner Gegenwart empfindet.

Hinterher fühle ich mich wieder sanft und ruhig.

Vielleicht werde auch ich noch ein Jünger von Tahu?

Seit dem Besuch im Bergdorf kann ich keinen Frieden mehr finden.

Die Nächte sind schwierig. Ich erwache meist vor dem Morgengrauen, oft nach einem Traum, in dem ich Yû verschwinden oder von mir wegdriften sehe. Dann komme ich über meine Lage ins Grübeln und sage mir, dass ich eigentlich nur ein Spielball der anderen bin. Um mich hierherzuschicken, hat Admiralin Colette mir vorgegaukelt, ihr ginge es um Yûs Wohl. Und Kassia hat mich mit Pilzen vollgestopft, damit ich mich in sie verliebe.

Immer stärker peinigt mich das Verlangen, diesem Paradies den Rücken zu kehren – nicht unbedingt, um Admiralin Colette zu gehorchen, sondern vielmehr, weil ich es immer schlechter ertragen kann, an dieses trügerische Eiland Eros gefesselt zu sein. Und schließlich habe ich die

Hoffnung noch nicht aufgegeben, Yûs Schicksal durch den Erfolg meiner Mission zu beeinflussen.

Ich gehe oft an der Steilküste entlang, denn ich hoffe noch immer, die Landekapsel wiederzuentdecken. Bisher wurde ich jedesmal enttäuscht. Entweder hat die Strömung sie ins offene Meer hinausgetragen, oder sie ist an einem anderen Abschnitt des Strandes angeschwemmt worden.

Mit diesem Gedanken im Hinterkopf schlug ich Tayo vor, erneut zu wagen, was ihm schon einmal gelungen war – eine komplette Inselumrundung mit der Piroge.

Zu meiner großen Freude stimmte er dem Vorhaben zu. Nichtsdestoweniger erfordert es einige Vorbereitung: Seiner Erinnerung nach würde die Rundfahrt vier bis fünf Tage beanspruchen. Wir müssen also Essen zusammentragen für den Fall, dass wir nicht genügend Fische fangen oder zu starken Seegang haben, um ohne Gefahr wieder anlanden zu können. Wird Antina sich uns anschließen? Wahrscheinlich nicht, denn auf einer Reise, die viel länger ist als die üblichen Fischzüge, wären wir zu zweit besser dran als zu dritt, selbst in der neuen Piroge, die man, meinen etwas eigennützigen Ratschlägen folgend, länger gemacht hat als die früheren. (Ich hoffte, dass Tayo, sofern wir ein hochseetauglicheres Boot hätten, schließlich doch bereit sein würde, mir bei der Suche nach der Zomo-Insel zu helfen, oder dass er mir das Boot als Geschenk überließe, damit ich diese Expedition ganz auf mich gestellt wagen kann.)

Als ich gestern Abend mit Tayo und Antina an der Steilküste spazieren ging, bemerkte ich an deren höchstem Punkt eine Art Portal, das aus notdürftig zusammengefügten Stämmen von Kokospalmen bestand. Führte von hier eine Leiter oder eine Treppe ins Wasser hinab? Aber nein, das Portal öffnete sich ins Leere, hinter ihm gab es nichts als eine schwindelerregende, beinahe senkrecht abfallende Felswand. Meine Freunde bemerkten mein Erstaunen.

»Das ist Tahus Pforte.«

Tahu ist ein Gott des Vergnügens, aber ich verstand nicht recht, welches Vergnügen es bereiten sollte, diese Pforte zu durchschreiten und ins Leere zu stürzen.

»Das ist für die, die nicht ins Bergdorf umziehen wollen«, erklärte Antina.

»Werden sie hierhergeführt?«

Ich fürchtete schon, einen grausamen Aspekt dieser Kultur zu entdecken, die mir bis dahin ziemlich sanft vorgekommen war.

»Aber nein!«, rief Tayo schockiert. »Sie kommen von selbst. Es ist ihre eigene Entscheidung.«

»Und geschieht das oft?«

»Es gibt Menschen, die lieber hier enden wollen, als in die Berge zu gehen.«

»Und auch welche, die schon im Bergdorf waren, das Leben dort aber nicht ertragen konnten …«

»Manchmal schon nach wenigen Tagen«, fügte Antina hinzu.

Am Ende gestanden sie mir, dass jeder zweite Inselbewohner durch Tahus Pforte tritt, um seinem Leben ein Ende zu bereiten.

Ich stand da und betrachtete die Wellen, die sich an den Felsen brachen, fünfzig Meter unter mir. War ich hier wirklich auf Eros oder eher auf Thanatos?

So also endete mein Traumbild von einem »Paradies auf Erden«.

Als ich eines Vormittags mit Kassia den Strand ansteuere, läuft uns Tayo über den Weg, der in Richtung Wald unterwegs ist. Wie er mir erklärt, will er in den Bergen eine Art Nuss ernten, die sich gut hält und für unsere Rundreise eine exzellente Nahrung abgibt, während Kokosnüsse unseren Flüssigkeitsbedarf decken sollen. Ich biete ihm an, mitzukommen, aber nein, er brauche wirklich keine Hilfe, ich solle doch lieber mit Kassia baden gehen.

Als meine Freundin sieht, dass das Meer noch immer ein wenig unruhig ist, vergeht ihr allerdings die Lust am Schwimmen. Ich habe schon bemerkt, dass es ihr im Wasser nicht ganz geheuer ist, und nie sah ich sie in eine Piroge steigen. Ich insistiere nicht, und sie überlässt mich dem Vergnügen, in die anrollenden Wellen zu tauchen.

Ich schwimme eine ganze Weile, umgeben von anderen Frauen und Männern aus dem Dorf, denen das Meer genauso gefällt wie mir.

Als ich aus dem Wasser steige, finde ich Kassia nicht mehr am Strand vor. Wahrscheinlich hat es sie gelangweilt, auf mich zu warten, und sie ist ins Dorf zurückgegangen. Jetzt könnte ich mich Tayo anschließen, um ihn beim Nüssepflücken zu helfen – aber in welchem Waldstück soll ich nach ihm suchen?

Ich gehe zu Antina hinüber, die mit anderen Frauen ein neues Segel webt, das nach meinen Empfehlungen entworfen wurde. In welche Richtung soll ich gehen, um ihren Gefährten zu finden? Sogleich bietet sie mir an, mich zu begleiten.

Wir schreiten gemeinsam im Schatten der Bäume voran.

»Ihr wollt also aufs Meer hinausfahren …«, setzt sie an.

»Ja, aber nur zu einer Inselumrundung.«

»Ich weiß, wohin du wirklich willst – aufs offene Meer.«

»Aber Antina, Tayo will nicht so weit hinaus.«

»Ja, so denkt er hier, aber wenn er erst mal da draußen ist, nur mit dir …«

»Nein, er wird doch nichts gegen deinen Willen unternehmen.«

Sie legt mir die Hand auf dem Arm, damit ich innehalte.

»Versprich es mir«, sagt sie und blickt mir tief in die Augen.

»Was soll ich dir versprechen?«

»Versprich mir, dass du dich mit Tayo nicht weit von der Insel entfernst.«

»Ich verspreche es dir.«

»Auch nicht, wenn er Lust darauf bekommt. Versprich mir das!«

Sie befürchtet das, was ich erhoffe – dass Tayo, wenn wir erst mal draußen sind, immer noch weiter hinausfahren will.

»Kannst du mir das versprechen?«

»Ja, Antina, ich gebe dir mein Wort.«

Aber werde ich Wort halten können, wenn wir erst einmal auf dem Meer sind?

Sie errät meine Gedanken. Ihr reizendes Gesicht wendet sich mir zu, der Blick ist ernst und zugleich beschwörend. Plötzlich lässt eine Windböe ihr Haar auffliegen; es streift meine Wange und meine nackte Schulter. Mit einem Mal spüre ich die verwirrende Nähe zwischen uns und mache schnell einen Schritt zur Seite.

Und sogleich fügt sie mit gesenktem Blick hinzu: »Ohne Tayo kann ich nicht leben.«

Ich werde Wort halten.

Wir sind schon recht weit in den Wald vorgedrungen,

als ich hinten im Schatten der Bäume eine Bewegung wahrnehme. Etwas Helles, im ersten Augenblick halte ich es für Kassias Haar, aber dann ist es schon wieder hinter den Blättern verschwunden.

Ich sehe, dass Antina nichts bemerkt hat, und wir gehen weiter.

Und dann vernehmen wir plötzlich Stimmen.

Wir gelangen auf einen kleinen Bergkamm. Jenseits davon stehen Kassia und Tayo, einander zugewandt. Sie haben uns nicht gesehen.

Überrascht halten wir inne. Wir stehen reglos da und machen nicht das kleinste Geräusch.

»Warum denn nicht?«, fragt Kassia.

»Weil ich es nicht will«, antwortet Tayo.

»Und doch ist dir danach zumute.«

Tayo entgegnet nichts, starrt Kassia aber unverwandt an.

»Niemand wird davon erfahren«, sagt sie und lächelt ihm zu.

Ich kenne die Macht dieses Lächelns.

Tayo kann den Blick nicht von Kassia abwenden – wie ein Beutetier, das von seinem Jäger gebannt ist. Plötzlich zuckt er zusammen, als würde er aus einem Traum erwachen. Ich glaube, dass er Kassia abweisen wird, aber nein, er rührt sich noch immer nicht und hält seinen Blick in den ihren eingetaucht.

Kassia hebt die Hand und streicht ihm zärtlich über die Wange. Und dann macht Tayo einen Schritt auf sie zu …

Antinas durchdringender Schrei lässt mich zusammenfahren.

Kassia und Tayo schauen hoch und erblicken uns.

Und schon kommt Tayo, Tränen in den Augen, auf Antina zugelaufen, während sich Kassia zornig abwendet und mit großen Schritten fortstapft.

»Dort lang«, sagt Tayo und weist auf einen Punkt am Horizont.

Wir gleiten auf hoher See dahin und folgen einem Kurs, der uns zur Insel der Zomos führen soll. Antina hält das Steuer in der Hand; sie möchte sich mit der Navigation vertraut machen, um uns bei Bedarf ablösen zu können.

Am Vortag bin ich allein aus dem Wald zurückgekommen. Ich ließ Antina in Tayos Armen weinen. Kassia bin ich nicht hinterhergegangen.

Einen der hier üblichen Seitensprünge hätte ich zur Not noch akzeptieren können, nicht aber diesen ausgeklügelten Plan. Mit einem Mal stand mir wieder vor Augen, wie interessiert Kassia Tayo bisweilen angeschaut hatte. Es war mir aufgefallen, aber ich hatte es aus meinen Gedanken verdrängt.

Und noch weniger verzeihen konnte ich ihr, dass sie die Bindung zwischen meinen Freunden angreifen wollte, dem einzigen festen Paar in dieser Gemeinschaft.

Dass Antina und Tayo einander treu waren, wurde von den Dorfbewohnern sicher immer weniger akzeptiert. Beide wussten, dass sie Tahus Gesetz befolgen und das Dorf in naher Zukunft Richtung Berge verlassen mussten.

Aber Kassia wollte diesen Moment nicht abwarten.

Von Anfang an hatte sie mir zu verstehen gegeben, dass sie sich für die Schönste von allen hielt (was von der Wahrheit nicht weit entfernt ist) und dass kein Mann ihren

Avancen widerstehen könne. Im Grunde habe sie auch gar nichts dafür tun müssen – ein Blick, ein Lächeln genügte schon. Ich begriff, dass Tayos Widerstand für sie zu einer Beleidigung geworden war.

Was Tayo angeht, so war seine Reue aufrichtig.

Die ganze Nacht vernahm ich das Geflüster meiner Freunde unter ihrem Zeltdach.

Am nächsten Morgen erwartete ich, dass sie mir ihren Fortgang ins Dorf der *Anderen* verkünden würden. Das hätte mich vor eine schwierige Entscheidung gestellt: Sollte ich ihnen folgen oder mich ohne sie an Tahus Gesetz gewöhnen?

Aber nein.

Antina und Tayo hatten beschlossen, mit mir zu der Insel zu reisen, die sie für meine Heimat hielten.

Das ganze Dorf ist an den Strand gekommen, um unsere Abreise zu verfolgen.

Sie waren ernsthaft betrübt, und der Bürgermeister wollte noch erreichen, dass ich meinen Entschluss ändere, denn er konnte ihn einfach nicht verstehen. Warum hinausfahren, um meine Insel wiederzufinden, wo ich sie doch freiwillig verlassen hatte und hier so glücklich sein konnte?

Ich erzählte ihm von einer Verlobten, die ich wiedersehen wolle, aber in den Ohren eines Anhängers von Tahu klang auch das nicht sehr vernünftig, selbst wenn er wusste, dass ich nicht den gleichen Gott verehre wie er.

Mit Kassia hatte ich eine letzte Begegnung, als die Nacht schon hereingebrochen war. Wir trafen uns ein wenig abseits vom Dorf.

»Hast du erwartet, dass ich dir immer treu bleibe?«, fragte sie mich in zornigem Ton.

»Nein, eigentlich nicht. Aber ich hätte nie gedacht, dass du Tayo nachstellen würdest.«

»Warum gerade ihm nicht?«

»Das weißt du doch selbst.«

Im Schein des Mondes konnte ich nicht umhin, sie immer noch wunderschön zu finden.

Kassia schaute mir eindringlich in die Augen, ganz wie an dem Tag, als ich von ihr hatte wissen wollen, ob sie schon einmal das Dorf der Ausgeschlossenen besucht habe.

»Urteilst du wieder über mich?«

»Schon möglich.«

»Aber wer bist du eigentlich, dass du dir das herausnehmen kannst? Zunächst mal bist du nämlich ein Lügner!«

Da hatte sie recht. Und ich spürte, dass ihre Gefühle ernsthaft verletzt waren.

Warum sollte ich sie mit dieser Kränkung auf der Insel zurücklassen? Sie war nahe daran zu weinen, und zugleich überkam mich die Erinnerung an all die glücklichen Augenblicke in ihren Armen.

»Meine schöne, meine allzu schöne Kassia! Nein, ich urteile nicht über dich. Ich bin nicht sicher, ob wir uns geliebt haben, aber du hast mich sehr glücklich gemacht, und so werde ich niemals schlecht von dir denken und dich auch nicht verurteilen.«

Ich sah, dass meine kleine Ansprache sie rührte. Sie wischte eine Träne fort.

»Gut, aber jetzt sag mir die Wahrheit. Woher kommst du?«

Links vom Mond sah ich einen leuchtenden Punkt, der einem Stern ähnelte.

»Von dort oben«, sagte ich.

»Du bist und bleibst ein Lügner!«, zischte sie, kehrte mir den Rücken und ging in die Nacht davon.

*Was für eine Freude! Die Admiralin hat mir mitgeteilt, dass Robin am Leben ist und seine Mission fortsetzt. Aber keine weiteren Details.*

*Das ändert nichts an meinem Wunsch, das Geheimnis um Athenas Entscheidung zu lüften. Ich bleibe hartnäckig dran – wie eine kleine Maus, die durch ihr Labyrinth trippelt.*

*Um Zugang zu Robins Profil zu erhalten, habe ich alle biografischen, psychologischen und physischen Informationen verwendet. So konnte ich ihn in den Datenbanken auftauchen lassen. Das alles kostet mich eine Menge Zeit, denn ich muss die Zugangssperren umgehen und meine Spuren verwischen, während ich noch recherchiere.*

*Meinen Helm benutze ich nicht mehr, er würde zu leicht auf mich zurückverweisen. Ich arbeite jetzt mit einem virtuellen Bildschirm, den ich mit einem selten genutzten Arbeitsplatz verbinden konnte und der als Köder dient, falls doch mal jemand versuchen sollte, mir auf die Schliche zu kommen.*

*Schließlich habe ich eine Anomalie entdeckt.*

*Gestern ist mir aufgefallen, dass ich bei meinen Versuchen, mich in sein Profil einzuschleichen, noch nie ein Bild von Robin verwendet habe. Ist es vielleicht mit anderen Daten verbunden, die mir bisher entgangen sind? Ich habe das offizielle Foto gefunden, das man bei seiner Einberufung von ihm gemacht hat, und es ins System eingegeben.*

*Plötzlich blinkte eine Anzeige auf:* Datenzugang verboten.

*Nicht nur »eingeschränkt«, sondern schlichtweg »verboten«.*

*Es ist das erste Mal seit Beginn meiner Recherchen, dass eine solche Nachricht erscheint.*

*Zu welchen Dingen, die Robin betreffen, kann mir der Zugang verboten sein?*

*Sollte er mir etwas verheimlicht haben?*

*Nicht möglich.*

*Ich habe Angst vor dem, was ich entdecken könnte.*

*Später gehe ich zu Alma, um die Sache mit ihr zu bereden. Weil sie Militärangehörige ist, ja sogar Kommandantin, und auch Robins Bild diesem Bereich entstammt, sage ich mir, dass sie vielleicht eine Idee haben könnte.*

*Gleich zu Beginn unseres Gesprächs sehe ich sie ein kleines Manöver auf einer Tastatur ausführen. Sie sperrt die Möglichkeit, dass unser Gespräch aufgezeichnet wird. Alma steht auf einer Sicherheitsebene, die ihr so etwas erlaubt, wenn auch nur für wenige Minuten.*

»*Aber Yû, warum verlierst du deine Zeit mit solchen Recherchen?*«

»*Weil ich spüre, dass man mir etwas verheimlicht.*«

*Sie schaut mich konsterniert an.* »*Aber das ist doch normal, meine kleine Yû! Im militärischen Bereich gibt es eine Menge Daten, die top secret sind – die Hinrichtungen im Schnellverfahren nach der Großen Rebellion, die wahren Verantwortlichen für die Atombombe, mit der die Apokalypse ausgelöst wurde, die elektrischen Signale von Proxima B ...*«

»*In Ordnung, aber an alle diese Daten kann ich ge-*

*langen, wenn ich mich wirklich dahinterklemme. Nur an die zu Robin nicht.«*

*Alma erwidert nichts darauf; ich spüre, dass sie mich nicht verletzen will. Schließlich sagt sie: »Ich weiß nicht, wie ich es dir sagen soll, aber ich finde, deine Obsession für Robin macht dich verrückt!«*

*»Kann sein, aber meine Verrücktheit wird sofort aufhören, wenn ich die Antwort habe.«*

*»Weißt du«, sagt sie mit einem Blick auf ihre Armbanduhr, »du bringst dich in Gefahr.«*

*Unsere unüberwachte Gesprächszeit ist knapp bemessen.*

*»Und du, Alma – bist du nie verrückt nach jemandem gewesen?«*

*Sofort bereue ich, diese Worte ausgesprochen zu haben. Ich kenne die Antwort ja. Alma war verrückt nach Stan, einem von Robins Kumpeln. Es hat als erotisches Abenteuer begonnen, Alma hat Stan ein Zeichen gegeben, er hat sie in ihrer Kabine besucht, und von Zeit zu Zeit haben sie sich erneut getroffen, wobei sie immer die vorgeschriebenen Intervalle beachteten.*

*Und dann hat sie jede Zurückhaltung verloren. Alma ging dazu über, Stan außerhalb des Begegnungsprotokolls zu treffen. Er ließ das gern mit sich geschehen. Sie nutzte ihr großes Wissen über Aufzeichnungstechnik, um ihre Beziehung zu verheimlichen.*

*Aber es gab noch eine andere Frau, die in Stan verliebt war und es schlecht verkraftete, dass er seine Rendezvous mit ihr dauernd verschob. Am Ende entdeckte sie den Grund dafür: Pocahontas hatte ihr den schönen Kapitän Smith weggeschnappt. Und so hat sie die beiden angezeigt.*

*Weil es bei der ganzen Sache weder einen großen Auftritt noch Gewalt gegeben hatte, wurde Alma nicht sehr hart bestraft – ein Monat Arrest. Stan bekam gar nichts, er hatte den niedrigeren Dienstrang und war damit auch weniger verantwortlich.*

*Natürlich war es ihnen seither verboten, sich noch einmal zu treffen, solange sie dem Militär angehörten.*

*Alma weigerte sich, eine Desensibilisierungstherapie zu machen; sie behauptete steif und fest, so etwas brauche sie nicht. Seitdem hat sie Stan nur gesehen, wenn sich ihre Wege zufällig auf dem Gang kreuzten.*

»*Okay, vielleicht war ich wirklich verrückt, aber wie du siehst, ist es vorübergegangen.*«

*Und trotzdem ändert sich jedes Mal etwas in ihrem Blick, wenn ich von Stan spreche.*

»*Und wenn nun Stan bei einer Mission verschwinden würde?*«

*Jetzt wird sie zornig:* »*Na ja, so ist es eben – er ist ein Zomo! Und ich bin Offizierin, ich gehorche den Befehlen.*«

»*Ah ja, das ist natürlich etwas anderes …*«

*Ich spüre, dass in meiner Stimme boshafte Ironie mitschwingt, und sofort tut es mir leid.*

»*So, Yû, jetzt befehle ich dir auch etwas: Hör auf mit deinen Nachforschungen!*«

»*Tut mir leid, aber ich bin nicht bei der Armee – mir hat keiner was zu befehlen!*«

*Jetzt schreien wir uns an.*

*Plötzlich schaut Alma auf die Uhr und hebt erschrocken die Hand. Wir haben die unaufgezeichnete Gesprächszeit schon überschritten.*

*Wortlos beruhigen wir uns.*

*Mit einem Mal kommt mir ein schrecklicher Gedanke.*
*»Ich gehorche den Befehlen«, hat Alma gesagt. Und wenn*
*sie mich jetzt denunziert?*

*Ich sehe, dass sie erraten hat, was mir durch den Kopf*
*geht. Sie kommt auf mich zu und umarmt mich zum Ab-*
*schied.*

*»Pass gut auf«, flüstert sie mir ins Ohr.*

Zunächst haben wir günstiges Wetter. Die Winde wehen
von Südsüdwest und erlauben uns, unser neues Segel bestmöglich zu nutzen. Tayo lässt mich das Boot manövrieren,
wenn er müde ist oder zu Antina gehen will – unters
Schutzdach, das den ganzen vorderen Teil der Piroge bedeckt. Die hintere Hälfte ist für die Handhabung des Segels und des Steuerruders vorgesehen.

Während der ersten Tage gibt es fast keine Wellen, und
der Ozean macht seinem alten Namen »Pazifik« alle Ehre.
Unsere Piroge gleitet mühelos dahin, und ich genieße das
Vergnügen, in Segelbootgeschwindigkeit voranzukommen.
Diese Schönheit, diese Einfachheit, so weit entfernt von
der Komplexität all dessen, was das Leben in der Weltraumkolonie möglich macht.

Wir legen Angeln aus, und dank der regelmäßigen Fänge
brauchen wir unseren Vorrat an Trockenfisch nicht anzu-
tasten. Die eingesalzenen Fische haben nämlich den Nach-
teil, durstig zu machen. Tayo nennt mir die Namen der
Fische, die wir fangen; ihre Vielfalt verwundert und bezaubert mich. Von Neuem habe ich das Gefühl, im Paradies zu
sein.

Wir wechseln uns regelmäßig an der Ruderstange ab.

Ich habe Tayo so genau wie möglich angegeben, in welcher Richtung die Insel liegt, ihm aber natürlich nicht die Längen- und Breitengrade genannt, denn damit hätte er nichts anfangen können. Schnell wird mir klar, dass er seinen Kurs dank der Sonne und der Sterne hält, die er als Löcher im Himmel versteht, durch welche die Strahlen eines göttlichen Lichts dringen.

Wenn er mir diese Dinge erklärt, sehe ich an Antinas Blicken, dass sie sich fragt, ob ich die gleiche Sichtweise auf den Himmel habe wie ihre Gemeinschaft. Muss ich extra betonen, dass ich bei Antina schon sehr bald eine hinter ihrer Bescheidenheit verborgene Intelligenz bemerkt habe, die auf der Insel nicht ihresgleichen hatte? Ich zweifle nicht daran, dass selbst Athena sie unter die besten drei oder vier Prozent eingereiht hätte.

Am Ende erkläre ich Antina und Tayo, dass man bei uns die Gestirne als Himmelskörper betrachtet, die am Firmament entlangziehen. Manche, so die Sonne und die Sterne, leuchten von sich aus, während andere das Licht reflektieren – der Mond beispielsweise oder … der Mars.

»Habt ihr sie denn besucht, diese Gestirne?«, fragt Antina.

»Aber so was ist unmöglich!«, ruft Tayo aus. »Sie sind viel zu weit weg.«

»Kann sein, aber hast du sein Schiff gesehen?«

In diesem Moment bin ich kurz davor, ihnen die Wahrheit über meine Herkunft und mein wahres Ziel zu enthüllen. Aber plötzlich strafft sich unsere Angelrute, und Tayo und ich eilen hinzu, um den Fang einzuholen. Ein hübscher Bonito klatscht auf den Boden unseres Einbaums.

Schon ist der richtige Augenblick für meine Enthüllungen vorüber, aber ich nehme mir vor, meinen Freunden bald zu erklären, woher ich stamme und aus welchem Grund ich der Erde einen Besuch abstatte.

Wenn wir weiter in diesem Tempo vorankommen, sollten wir noch etwa zehn Tage brauchen, um die Insel der Zomos zu erreichen.

Am Steuerruder erlebe ich wahre Momente des Glücks, wenn mir die Gischt übers Gesicht fegt und ich unser Boot durch die riesigen Spiegelflächen von Meer und Himmel lenke.

*Du freier Mensch, das Meer liebst du für alle Zeit!*
*Dein Spiegel ist das Meer: die Seele sieht sich wieder*
*In seiner Woge nie stillstehendem Auf und Nieder ...*

Manchmal träume ich davon, Yû an meiner Seite zu haben und auch sie diese unbekannten Freuden entdecken zu lassen. Das Meer und der Wind nähren diesen Traum und lassen meinen Wunsch, die Insel der Zomos so schnell wie möglich zu erreichen, immer stärker werden. Vielleicht verbirgt sich dort ihr Raumschiff – meine einzige Hoffnung, zur Kolonie zurückzukommen.

Doch auf dem Meer ist nichts von Dauer.

Am fünften Tag kommen von Osten Windböen auf; in der Ferne verdunkelt sich der Himmel, und schon bald schüttet es über unseren Köpfen wie aus Kannen. Am Anfang freuen wir uns darüber, denn so können wir unsere Wasservorräte auffüllen. Dann erhebt sich ein heftiger Wind, das Meer legt sich in Falten, und bald sieht es schreckenerregend aus.

Tayo reduziert das Segel auf ein kleines Dreieck, sodass die Piroge nicht ganz zum Spielball der Elemente wird. Wir wechseln uns am Steuerruder ab; er hat mir beigebracht, wie man schräg zur Flanke der Wellen fahren kann – so ist man ihrer Wucht weniger ausgesetzt. Antina ist von heftiger Seekrankheit gepackt worden und kommt überhaupt nicht mehr unter dem Schutzdach hervor.

Und so vergehen Stunden um Stunden inmitten der Wogen, die sich wie Berge vor uns auftürmen, und jeden Moment erwarten wir, dass eine von ihnen den Kamm schäumend emporsteigen lässt und dann auf uns niederstürzt.

Mehrmals denke ich, dass unser letztes Stündchen geschlagen hat, aber Tayos scheinbare Gelassenheit hilft mir beim Durchhalten. Vielleicht hat die Fassade, die ich ihm zeige, die gleiche Wirkung auf ihn. Antina taucht hin und wieder kurz auf, bleich und schwankend, und dennoch bringt sie uns immer Wasser mit und etwas zu essen.

Endlich flaut der Wind ab, Wolkenlücken reißen auf und lassen Sonnenstrahlen hindurch, die auf dem Meer glitzern. Nach ein paar letzten niederträchtigen Wellen, die uns noch schnell mitreißen wollen, ehe das Unwetter ausgestanden ist, können wir endlich durchatmen.

Der Sturm hat uns nach Westen abgetrieben, und wir müssen einen anderen Kurs einschlagen. Mich beunruhigt der Gedanke, dass wir nun vielleicht ewig auf dem Ozean herumirren werden – so lange, wie wir noch angeln können.

Die zehn vorgesehenen Reisetage sind längst verstrichen, und wir haben noch keine Insel gesichtet. Es bereitet mir große Sorgen, dass wir wegen des Sturms weit an den Inselchen vorbeigefahren sind, die zwischen unserem Eiland und der Insel der Zomos liegen.

In diesen Breiten wird es kühler. Wir hatten das nicht bedacht und bereuen nun, keine wärmere Kleidung mitgenommen zu haben. Nachts schlottert Antina in Tayos Armen, während ich am Steuerruder vor Kälte steif werde.

Am fünfzehnten Tag erschüttert ein heftiger Stoß die Piroge und reißt mich aus dem Schlaf. Ich springe unter dem Schutzdach hervor und befürchte, dass wir von einem Meerestier angegriffen wurden (schon mehrmals haben wir Blauwale beobachtet und auch einen Schwarm von Pottwalen – ich erinnerte mich voll Beunruhigung an die mörderischen Taten von Moby Dick).

Tayo steht am Ruder und zeigt mir, womit wir gerade zusammengestoßen sind: mit einem Baumstamm, der beinahe so lange ist wie unser Einbaum und im Spiel der Strömungen halb untergetaucht treibt. Das eine Ende des Stammes ist behauen worden – natürlich von menschlicher Hand.

Tayo freut sich riesig über diese Entdeckung. Mir fällt es schwer, seine Freude zu teilen, denn ich sage mir, dass ein solcher Stamm monatelang über den Ozean treiben kann. Nichts beweist, dass festes Land in der Nähe ist.

»Aber nein!«, sagt Tayo. »Sonst wäre er doch von Algen und Muscheln überzogen!«

Er hat recht. Und auch ich schöpfe wieder Hoffnung.

Im Lauf der nächsten Stunden verraten uns noch andere Anzeichen, dass Land nahe ist: Äste und ausgerissene Stämme samt Wurzeln.

Schließlich weist mich Tayo auf einen fernen Streifen beinahe unbeweglicher Wolken hin. So etwas künde oft von festem Land. Woher nimmt er dieses Wissen nur? Und da verrät er mir sein Geheimnis: In seiner Kindheit hat er leidenschaftlich gern den Erzählungen des einzigen Seefahrers der Insel gelauscht.

Während Antina unterm Schutzdach schläft, flüstert er mir noch etwas zu: »Ich bin damals weiter hinaus gefahren … Ich habe andere Inseln gesehen.«

»Was für Inseln waren das?«

»Felsige Inselchen. Wahrscheinlich die, nach denen du gesucht hast, aber wir haben sie diesmal nicht entdeckt, der Sturm hat uns abgetrieben.«

»Und hast du auch eine größere gesehen?«

»Nein, ich habe mich nicht getraut, zu lange auf dem Meer zu bleiben. Aber sag vor allem Antina nichts davon!«

Kaum hat er seinen Bericht beendet, lässt uns ein lauter Schrei zusammenzucken: ein Vogel, der über uns fliegt und sich dann auf dem vorderen Rand der Piroge niederlässt. Es handelt sich um eine Möwe, und Tayo ist überzeugt, dass sich diese Art nie weit von den Küsten entfernt. Der Vogel beobachtet uns mit seiner gelben Pupille, dann fliegt er auf und strebt der Wolkenbank entgegen, die für Tayo der Hinweis auf festes Land ist.

Und er hat sich nicht geirrt – eine Stunde später erscheint am Horizont der Landstrich, den ich immer »die Insel der Zomos« genannt habe. Er wird von einem großen Vulkan beherrscht, dessen Spitze die Wolken berührt.

Als wir näher kommen, fällt mir ein erstaunliches Detail auf: Unweit des Ufers erhebt sich so etwas wie ein Turm.

Schon aus der Ferne bemerken wir eine Reihe von Männern, die unbeweglich am Strand stehen und die Ankunft unseres Bootes verfolgen. Bald darauf sehen wir, dass sie Federn auf dem Kopf tragen und mit Keulen und Speeren bewaffnet sind.

Der große Turm, der sich in ihrer Nähe erhebt, ist eine außergewöhnliche Konstruktion aus Stämmen. Von dort oben muss ein Späher schon früh gemeldet haben, dass wir uns nähern.

Die Männer rühren sich nicht vom Fleck, man könnte sie für aufgereihte Statuen halten, und ihre Reglosigkeit wirkt bedrohlich.

Alle meine Pläne werden über den Haufen geworfen. Weil die Zomos dort verschwunden sind, hatte ich bereits geahnt, dass auf dieser Insel Gefahren lauern, denen ich Antina und Tayo nicht aussetzen wollte. Ich hatte vorgehabt, dass sie mich an Land absetzen und sogleich wieder aufbrechen.

Aber nun haben wir die Gefahr schon vor Augen, und auch das Auge der Gefahr richtet sich auf uns.

»Los«, sagt Tayo, »lass uns abhauen.«

Einmal mehr muss ich ohne Athenas Hilfe über die richtige Entscheidung nachdenken: Ich will meine Freunde nicht in Gefahr bringen, will aber ebenso meine Mission fortsetzen. Eine Lösung scheint mir akzeptabel zu sein: Ich könnte ins Wasser springen und als unbewaffneter Botschafter an den Strand schwimmen, während Antina und Tayo in sicherer Entfernung im Einbaum ausharren, stets bereit zur Flucht, falls sich die Dinge in eine üble Richtung entwickeln.

»Lasst mich einfach hier«, sage ich und schicke mich an, ins Wasser einzutauchen.

»Nein!«, schreit Antina.

»Mach das nicht«, beschwört mich Tayo. »Suchen wir doch lieber ein anderes Ufer.«

Aber es ist schon zu spät. Am Strand hat man drei große Pirogen ins Wasser gelassen, und nun kommen sie, mit Ruderern besetzt, auf uns zu. Der Wind weht nur schwach, und selbst wenn wir sofort kehrtmachen würden, könnten sie mühelos zu uns aufschließen.

Tayo holt das Segel ein. Wir signalisieren lieber gleich, dass wir uns ergeben.

Bald darauf kommt eine der Pirogen bis an den Rand unseres Bootes gefahren. Von Nahem betrachtet, sehen die Männer darin noch furchterregender aus: Ihr Gesicht und beinahe der ganze Körper sind mit dunklen Bildern oder Tätowierungen bedeckt. Ihre Körper sind stämmig, kein Vergleich mit den Bewohnern der Insel Eros, und nur die stärksten Zomos könnten sich mit ihnen an Größe und Schulterbreite messen. Ich beginne zu verstehen, weshalb unsere Soldaten auf dieser Insel verschwunden sind. Während die Männer an unserem Boot andocken, verspüre ich überraschenderweise gar nicht so viel Angst – eher macht es mir Kummer, dass ich meine Freunde in ein Abenteuer hineingezogen habe, das eine verhängnisvolle Wendung zu nehmen scheint.

Die finsteren Männer auf der Piroge betrachten uns ziemlich lange, ohne ein Wort zu sagen, bevor der ganz vorn stehende, dessen Federschmuck besonders üppig ist, uns eine Frage entgegenbellt: »Woher kommt ihr?«

Sein Akzent und die Frageform sind anders als bei Tayo und Antina, aber es handelt sich um eine verwandte Sprache.

»Von einer Insel weiter im Süden«, erwidert Tayo.

»Ja«, sagt der Anführer und zeigt auf mich, »aber der da?«

Tayo will etwas antworten, aber ich unterbreche ihn. »Von einem Stern«, sage ich.

Ich sehe die Überraschung in Tayos Blick, während der Kriegerhäuptling lächelt und nickt, als hätte er die Bestätigung für etwas bekommen, das er schon vermutet hatte. Ich hatte mir ausgerechnet, dass es sinnlos wäre zu lügen – wenn er bereits den Zomos begegnet war, würde er meine Mär von einer anderen Insel nicht glauben.

Er macht eine Handbewegung, und einer seiner Männer wirft uns ein Seil zu. Wenig später sind wir im Schlepptau einer der Pirogen in Richtung Strand unterwegs, links und rechts eskortiert von den beiden anderen.

Auf dieser kurzen Strecke versuche ich, mich an alles zu erinnern, was ich über die kriegerischen Traditionen auf den polynesischen Inseln gelesen habe. Wie gehen sie mit Fremden um? Im Allgemeinen, indem sie sie massakrieren oder versklaven. Wenn ich auf meine beiden Freunde vor mir im Einbaum schaue, werde ich von heftigen Gefühlen gepackt. Tayo hat seinen Arm um Antinas Schultern gelegt. Selbst in den grausamsten Kriegen verschont man die schönsten Frauen und zwingt sie danach aufs Nachtlager des Siegers. Aus welchem Grund sollte uns dieses wilde Volk am Leben halten?

Wir haben nur eine Chance, wenn sie uns als ein Mittel zur Steigerung ihrer Macht betrachten.

Ich hoffe, die richtigen Schlüsse gezogen zu haben – Lösungen, wie Athena sie in weniger als einer Sekunde gefunden hätte.

Als wir am Meeresufer angelangt sind, werden wir herumgestoßen und zu Boden geworfen, und schließlich sitzen wir inmitten eines Kreises von Kriegern, der durch deren Körpergröße noch eindrucksvoller wirkt.

Ich richte mich auf und wende mich an den Häuptling.

»Warum behandelt man uns so?«

Sofort tritt einer der Männer mit erhobener Keule zu mir herüber. Dass ich seinen Chef angesprochen habe, hält er vermutlich für einen Ausdruck von Unverschämtheit, der auf der Stelle bestraft werden muss. Der Häuptling aber gebietet ihm mit einer Geste Einhalt.

»Was hast du mir zu sagen?«

»Eine ganze Menge, wenn du meine Freunde und mich gut behandelst.«

»Hast du keine Angst?«

Es ist eine Frage, aber ich spüre, wie sehr es ihn erstaunt, dass ich keine Furcht zeige. Es verwundert mich ja selbst, wie wenig Angst ich habe.

»Ich stamme aus einem großen Volk«, sage ich. »Und ich bin nicht als Feind gekommen.«

»Das sagst du. Aber wir hatten auch schon andere.«

»Wir sind nicht vom selben Volk.«

»Du lügst.«

Aber ich sehe, dass er mir Glauben zu schenken beginnt. Mit einem Zomo habe ich wirklich keine Ähnlichkeit.

»Wir sind vom selben Stern, aber nicht vom selben Stamm.«

»Die anderen sind als Feinde gekommen.«

»Sie sind Krieger.«

»Krieger?!« Er spuckt auf den Boden. »Wir hier sind Krieger, aber doch nicht die! Sie sind mit unfairen Waffen gekommen und haben geglaubt, sie könnten uns besiegen ...«

»Sie hätten es nicht auf einen Kampf ankommen lassen sollen.«

Er blickt mir ins Gesicht.

»Du siehst nicht besonders stark aus, bist aber ziemlich schlau.« Und dann zeigt er auf Tayo und Antina. »Was hast du mit den beiden zu schaffen?«

»Sie sind meine Freunde. Ohne sie hätte ich es nicht hierher geschafft.«

»Von einer Insel weiter im Süden, nicht wahr?«

»Ja.«

»Nach Süden sind wir nie sehr weit hinausgefahren.«

Mir ist auch klar, warum: Die vorherrschenden Winde kommen von Süden, und es ist schwer, ohne Gaffelsegel gegen sie zu segeln, und die haben sie hier vermutlich nicht.

»Meine Freunde sind große Seefahrer«, sage ich.

Er mustert sie. Hat er die besondere Form unseres Segels bemerkt?

»Häuptling«, sage ich, »behandle sie so, wie du mich behandelst, und sie werden dein Volk aufs Meer hinausführen.«

Er erwidert nichts darauf, sondern denkt über den Wert meines Vorschlags nach. Dann sagt er: »Und du, warum sollte ich dich gut behandeln?«

»Weil ich den Weg zum Himmel kenne.«

Er schweigt von Neuem; ich sehe, wie er abwägt.

Der Krieger an seiner Seite hält die Keule immer noch erhoben.

Dann trifft der Häuptling seine Entscheidung: »Sie sind unsere Gäste!«

»Wo hast du unsere Sprache gelernt?«

»Mit meinen Freunden.«

»Nein, du sprichst ein bisschen anders als sie.«

Ich habe eine Unterredung mit dem Großen Häuptling. Meine erste Lüge hat er schon mal aufgespürt.

Der Große Häuptling hat das Kriegeralter überschritten, aber unter der ihn umhüllenden Fettschicht erkennt man noch immer eine kräftige Muskulatur. Die tiefe Stimme, die aus seinem mächtigen Brustkorb dringt, erinnert an fernes Donnergrollen – sogar wenn er einen freundlichen Konversationston anschlägt. Während er mit mir spricht, beobachtet er mich unaufhörlich aus seinen kleinen, lebhaften, gelben Augen, die vor Intelligenz funkeln. Ich spüre, dass er ein Gesprächspartner vom Range einer Admiralin Colette wäre und auch vor Athena keine weichen Knie bekäme. Er ist der Anführer von mehr als tausend Kriegern, die befehligt werden von einer Offizierskaste, aus der ihn jeder mit einem Handstreich ermorden könnte. Hätte er die Regeln des Schachspiels erlernt, würde er vermutlich oft gewinnen.

Wir sitzen auf dem Podest, das sich im hinteren Bereich seines Langhauses erhebt. Zu unseren Füßen im Halbschatten ein Dutzend Krieger, darunter der Häuptling, der uns am Strand in Empfang genommen hat – einer der vierzehn Söhne des Großen Häuptlings.

»Also, wo hast du unsere Sprache gelernt?«

»Meine Freunde haben es mir möglich gemacht, dass ich ihre Sprache sprechen kann«, sage ich. »Aber dort, wo ich herkomme, bewahrt man alle Sprachen der Welt.«

»Alle Sprachen der Welt? Seid ihr denn so viele dort oben?«

»So viele, dass nicht jeder jeden kennt.«

Diese Lüge ist schwer zu widerlegen. Ich will, dass mich der Große Häuptling für den Abgesandten eines riesigen Volkes hält.

Tayo und Antina stehen eng beieinander, umgeben von bewaffneten Kriegern.

»Also sind dir diejenigen, die vor euch kamen, nicht bekannt?«

»Ich weiß, woher sie kommen, aber ich kenne sie nicht.«

Das zumindest ist die Wahrheit. Außer Stan kenne ich keinen von den Zomos persönlich. Natürlich möchte ich wissen, was ihnen widerfahren ist, aber ich hüte mich, danach zu fragen. Es soll nicht so aussehen, als würde ich ihnen irgendwie nahestehen.

»Lasst die anderen herantreten«, sagt der Große Häuptling.

Tayo und Antina werden an den Rand des Podests geführt.

Ich schaue auf meine Freunde: Mit unbeweglicher Miene stehen sie da, ohne mich eines Blickes zu würdigen. Es scheint, als hätten sie sich in sich selbst zurückgezogen. Bei unserer Ankunft sind wir weiteren Bewohnern der Insel begegnet, die uns von der Körpergröße eher ähnelten, und wir haben schnell begriffen, dass sie Sklaven waren oder zumindest mit den gewöhnlichen Arbeiten betraut – anders als die Krieger, die uns in Empfang genommen hatten. Wir sahen auch Frauen, die Antina mit Neugier betrachteten.

»Hat er euch gesagt, woher er ist?«, fragt der Große Häuptling meine Freunde.

»Er hat gesagt, er käme von einer anderen Insel.«

Der Große Häuptling dreht sich zu mir herüber: »Warum hast du sie angelogen?«

»Am Anfang wollte ich sie nicht erschrecken. Ich hatte vor, ihnen alles zu sagen, bevor wir hier ankommen.«

Tayo schaut mich vorwurfsvoll an. Antina hält die Augen niedergeschlagen.

»Und warum hast du sie mitgebracht?«

Der Häuptling hat begriffen, dass ich der Expeditionsleiter bin.

»Um andere Inseln zu entdecken. Das ist mein Auftrag.«

»Aber zu welchem Zweck?«

»Wir sind ein Volk, das alles wissen möchte. Wir wissen, was vor langer Zeit mit der Erde passiert ist, und nun möchten wir erfahren, wie es heute hier zugeht.«

»Wissen?! Aber *wofür* wissen?«

»Weil wir immer alles wissen wollten, haben wir schließlich gelernt, den Himmel zu befahren.«

Der Große Häuptling denkt über meine Antwort nach. Dann sagt er: »Geht es euch nur ums Wissen, oder wolltet ihr uns erobern?«

»Schau mich doch an – wäre ich in dieser Aufmachung gekommen, um Krieg mit euch zu führen?«

Nun wendet sich der Häuptling an seine Krieger: »Schaut ihn euch an – ist er *so* gekommen, um Krieg mit uns zu führen?«

Jemand lacht auf, dann stimmen andere ein. Dieser schwache und unbewaffnete Mann soll als Krieger gekommen sein? Ein guter Witz ist das.

»Siehst du, sie glauben nicht, dass du bei uns einfallen wolltest ... Aber an deiner Geschichte gibt es trotzdem etwas, das ich nicht verstehe ... Ich nehme dich als Gast auf. Aber wehe dir, wenn ich entdecke, dass du mich angelogen hast!«

☆

Man hat uns in einem ihrer Langhäuser einquartiert. Es ist auf Pfählen errichtet wie alle Behausungen in diesem Dorf, das eigentlich eine kleine Stadt ist, denn es zählt etwa hundert solcher Häuser. Das größte ist natürlich das des Großen Häuptlings. Außen wird es von Federbüschen, großen Muschelschalen und Wildschweinschädeln geziert, und dazwischen prangen auch einige Menschen-schädel.

Andere Häuser sind von der gleichen Bauart, aber nicht so geräumig; sie sind für die Krieger und deren Familien bestimmt. Wenn wir vorbeikommen, schauen uns die Frauen von ihren erhöhten Hauseingängen aus nach. Die Kinder möchten auf den Erdboden hinabsteigen, um uns aus der Nähe zu sehen und zu berühren, aber sie werden stets von ihren Müttern zurückgehalten. Dies ist weder ein Land des Vertrauens noch eines der Gleichheit.

Denn je weiter man sich vom Haus des Häuptlings ent-fernt, desto bescheidener werden die Behausungen; einige haben nicht einmal Pfähle, und ihre Bewohner sind meist von kleinerer Statur. Manche würden auf Eros nicht auf-fallen, wenn sie sich unter Tayos und Antinas Leute misch-ten. Diese Menschen betrachten uns übrigens mit mehr Sympathie als die der inneren Bezirke.

Das uns zugewiesene Haus ist das eines Kriegers, aber eines Kriegers von sichtlich niederem Rang, denn es ist nicht sehr geräumig. Er heißt Kalo und ist bei Weitem der freundlichste aller Krieger, denen ich bisher begegnet bin. Er ist sogar zu einem Lächeln fähig. Seltsamerweise erin-nert er mich an Stan, und tatsächlich haben sie eine ge-wisse Ähnlichkeit.

Bei unserer Ankunft im Haus werden wir von drei jun-gen Frauen und zahlreichen Kindern begrüßt. Zunächst glaube ich, dass sie Schwestern oder Cousinen sind, aber dann stellt Kalo sie uns als seine drei Gattinnen vor. Sie zeigen uns, an welchem Ort wir schlafen werden – im hin-teren Teil des großen Zimmers sind Matten ausgelegt –, und bieten uns Getränke an, während die Kinder, die vor Neugier beinahe platzen, uns auszufragen beginnen. Ihr

Vater weist sie an, uns in Ruhe zu lassen, denn hinter uns liege eine lange Reise.

Eines fällt mir sofort auf: Sollten wir in der Nacht fliehen wollen, müssten wir über die ganze schlafende Familie hinwegsteigen. Und tagsüber stehen ohnehin so viele Leute in ihren Hauseingängen, dass sogar unsere kleinste Bewegung nicht unbeobachtet bleibt. Auch unsere Gespräche im Inneren des Hauses werden von allen Bewohnern mitgehört.

Im Moment zeigen Tayo und Antina allerdings nicht die geringste Lust, mit mir zu reden; immer wenn ich ein Gespräch anzubahnen versuche, reagieren sie darauf mit Schweigen. Ich kann sie gut verstehen: Indem ich sie über meine Herkunft und meine Absichten belog, verriet ich unsere Freundschaft und brachte uns in Lebensgefahr.

Ich setze mich auf die Türschwelle, weil ich das Dorfleben beobachten möchte, und plötzlich gesellt sich Kalo zu mir.

»Sie sagen, dass du von einem Stern kommst. Stimmt das?«

»Ja. Heute Nacht kann ich ihn dir sogar zeigen.«

»Aber wenn du dort gelebt hast, warum bist du dann hergekommen?«

»Um Neues zu erfahren. Wir sind ein neugieriges Volk.«

»Wir auch«, sagt er lachend. »Wir befahren das Meer, immer auf der Suche nach neuen Ländern.«

»Und habt ihr viele gefunden?«

»Dieses hier«, sagt er und zeigt auf den Boden vor seinen Füßen.

»Also seid ihr gar nicht von hier?«

»Ich bin hier geboren, aber meine Vorfahren nicht.«

Kalo erklärt mir, dass seine Gemeinschaft vor langer Zeit auf diese Insel gekommen ist und sich hier angesiedelt hat. Seitdem gehen sie mit ihren Pirogen regelmäßig auf Expedition, um andere Inseln zu entdecken.

»Aber keine davon ist so groß wie diese, also kehren wir schließlich wieder zurück.«

»Und begegnet ihr dabei anderen Völkern?«

»Manchmal. Wir besiegen sie und nehmen sie mit.«

»Ihr nehmt sie mit?«

»Ja, sie da beispielsweise.« Er dreht sich um und weist auf eine seiner Gemahlinnen, die eine entfernte Ähnlichkeit mit Antina hat. Ihre melancholische Miene ist mir gleich bei unserer Ankunft aufgefallen.

Das also würde dem Stamm meiner Freunde widerfahren, wenn dieses Volk es irgendwann schaffen sollte, bis zu ihrer Insel zu segeln!

»Und sind niemals andere Völker gekommen, um euch zu überfallen?«

»Wir sind mehr, und außerdem sind wir stärker – wie sollten sie das hinkriegen?«

»Der Häuptling hat mir von den Kriegern berichtet, die unlängst gekommen sind.«

Kalo schaut mich an. Ich merke, dass er nicht genau weiß, was er mir mitteilen darf.

»Diese Krieger kommen von meinem Stern«, sage ich, »aber wir gehören nicht demselben Stamm an.«

»Du ähnelst ihnen wirklich nicht.«

»Was ist aus ihnen geworden?«

Er wirft mir einen unbehaglichen Blick zu.

»Warum fragst du nicht den Häuptling?«

»Ich werde ihn fragen. Aber weil du freundlich und vernünftig aussiehst, habe ich mir gesagt, du könntest mir ein bisschen mehr darüber erzählen. Ich möchte nämlich nicht vor der versammelten Kriegerschaft sprechen.«

Er denkt nach. Dann nimmt er mich beim Arm: »Ich weiß nicht, was ich dir sagen darf, aber ich habe das Recht, dich überallhin zu führen. Komm einfach mit.«

Ich werfe einen Blick auf Tayo und Antina, die eingeschlafen sind. Ich zögere.

Kalo begreift, was mir Sorgen macht.

»Du brauchst keine Bedenken zu haben. Meine Gattinnen werden über die beiden wachen, und wir kommen ja bald zurück.«

Kalo ist ein angenehmer Gefährte; er freut sich, einem Fremden sein Dorf zeigen zu können, wo doch bisher – wie er mir mit schmucklosen Worten erklärt – seine Erfahrungen mit Männern von anderen Inseln nur darin bestanden haben, sie umzubringen und ihre Frauen in Besitz zu nehmen. Ich spüre, dass er ein wenig verlegen ist. Es ist ihm bewusst, dass er sich vor mir solcher Heldentaten nicht rühmen sollte.

Ich muss die Umsicht des Großen Häuptlings anerkennen: Unter seinen Kriegern hat er genau denjenigen ausgemacht, der auch als Fremdenführer etwas taugen könnte. Und gleichzeitig ist er mein Bewacher, denn es wäre nicht leicht für mich, die Flucht zu ergreifen oder Kalo, der größer und stärker ist als ich, zu überwältigen. Ganz davon zu schweigen, dass wir auf den Wegen zwischen den Häusern von den übrigen Bewohnern immer gut beobachtet werden.

Kalos Landsleute scheinen inzwischen milder gestimmt zu sein als bei unserer Ankunft. Wahrscheinlich hat sich verbreitet, dass wir Gäste des Großen Häuptlings sind.

Statt verkniffener Mienen sehe ich nun lächelnde Gesichter, vor allem bei Frauen und Kindern, aber natürlich darf ich mir nicht die gleichen Angebote erhoffen wie auf Eros.

»Hast du keine Frauen?«, fragt mich Kalo, als hätte er meine Gedanken erraten.

»Doch, aber sie sind auf meinem Stern geblieben.«

»Keine Bange, wir geben dir welche.«

Kalo kann sich wahrscheinlich kaum vorstellen, wie wenig mir nach dem zumute ist, was er unter allen Umständen für natürlich hält. Ich habe nur zwei Dinge im Sinn: die Zomos wiederzufinden und Tayo und Antina vor dem Sklavendasein zu bewahren. Und zudem habe ich noch immer die verrückte Hoffnung, eines Tages wieder mit Yû zusammen zu sein.

Nachdem wir die bescheidenen Häuser des äußersten Bezirks passiert haben, gelangen wir auf ein Terrain, das ich zunächst für eine weite Wiesenlandschaft halte. Dann aber zeigt sich, dass es ein Acker ist.

Unter der Nachmittagssonne ernten Männer und Frauen mit kleinen Sicheln etwas, das wie eine kurzstielige Getreideart aussieht. Zwischen den Schnittern laufen Korbträger hin und her (eigentlich sind es vor allem Korbträgerinnen). Sie schütten die Ernte in Karren, die keine Räder haben, sondern Kufen, und von mehreren Männern fortgezogen werden.

Das Feld erstreckt sich von der Ebene bis auf einen Hügel hinauf. Dort hat man Terrassen angelegt, die sich wie Treppenstufen übereinanderschichten.

»Das ist unser ältestes Feld«, sagt Kalo.

»Ich sehe hier gar keine Krieger ...«

»Natürlich nicht! Die Krieger gehen auf die Jagd oder

fangen Fische. Sie werden sich doch nicht bei der Feldarbeit den Buckel krumm machen!«

»Und wenn sich herausstellt, dass einer von diesen Leuten hier ein guter Krieger ist?«, frage ich und zeige auf die Schnitter.

»So etwas kann vorkommen.«

»Darf er dann Krieger werden wie die anderen?«

»Wenn er die Prüfungen schafft …«

»Worin bestehen diese?«

»Er muss mit ein paar jungen Kriegern kämpfen. Wenn er gewinnt, wird er selber Krieger.«

Diese Kastengesellschaft erkennt also auch persönliche Verdienste an. Man will kein Talent ungenutzt lassen.

»Und wenn er verliert?«

Kalo zuckt mit den Schultern: »Pech für ihn. Dann geht's wieder zurück auf die Felder.«

»Und wenn er keine Feldarbeit mehr machen will?«

»Dann muss er fortgehen.«

»Aber wohin?«

Kalo macht eine Kopfbewegung in Richtung Vulkan.

Sollte es, ähnlich wie auf der Insel von Tayo und Antina, auch in dieser Welt der Arbeit und des Krieges einen Ort geben, der den Ausgeschlossenen vorbehalten ist?

Während ich die gekrümmten Menschen unter der sengenden Sonne betrachte, wird mir noch stärker bewusst, welche Ungleichheit in dieser Gesellschaft herrscht. Es geht hier ganz anders zu als auf Eros, wo alles miteinander geteilt wird, so auch die Erträge des Obstpflückens und des Fischfangs – beides Tätigkeiten, bei denen selbst der Geschickteste die Hilfe der anderen braucht.

Hier aber ermöglicht es die Landwirtschaft, deutlich mehr Bewohner zu ernähren. Die Bauern und die Krieger tauschen ihre Leistungen. Die Krieger herrschen über die anderen dank ihrer Stärke, beschützen sie vor möglichen Eindringlingen und mehren den Wohlstand, indem sie zu Eroberungen ausziehen. Es ist die Geschichte der frühen irdischen Zivilisationen, die ich vor meinen Augen wiedererstehen sehe!

Kalo bestätigt mir, dass die Ländereien und das Vieh unter den mächtigen Familien aufgeteilt sind und weitervererbt werden. Doch anders, als ich zunächst geglaubt hatte, sind die Ackerbauern keine Sklaven. Nicht nur, dass manche jungen Leute die Chance haben, in die Kriegerkaste aufzusteigen – die verdienstvollsten Feldarbeiter dürfen auch ihr eigenes Haus besitzen und den anliegenden Garten, in dem sie für sich selbst Gemüse anbauen können.

Kalo verrät mir, dass es der Große Häuptling selbst war, der zu Beginn seiner Herrschaft diese Maßnahmen angeordnet hatte. Seither bemüht sich jeder, besser zu arbeiten, um eines Tages sein eigenes Langhaus zu besitzen. Mein Respekt vor der Intelligenz des Häuptlings festigt sich: Er wollte auf diese Weise verhindern, dass es zu so einer Rebellion kommt wie der, die unsere Weltraumkolonie einst in Blut getaucht hat.

Während wir unseren Spaziergang fortsetzen, denke ich weiter über dieses Thema nach. In der irdischen Geschichte ist die Landwirtschaft lange Zeit als Motor des Fortschritts betrachtet worden, doch wenn ich an die Gleichheit und das Teilen denke, das in Tayos und Antinas Gesellschaft bis ins Dorf der *Anderen* hinein herrscht, frage ich mich, ob sie im Grunde nicht eher ein Fluch gewesen ist.

Und könnte man das Gleiche nicht von der Künstlichen Intelligenz behaupten? Obwohl sie als riesengroßer Fortschritt angesehen wird, erwies sie sich zumindest für die Neutren auf der Erde als verhängnisvoll – und später auch für die Neutren in der Kolonie. Denn dies ist eines der Probleme, die zur Apokalypse geführt hatten: Durch den technischen Fortschritt sind ganze Staaten, die hofften »Entwicklungsländer zu sein«, plötzlich in ihrer Gesamtheit zu Neutren geworden. Dann war es sehr schnell zu Revolutionen und Kriegen gekommen.

Kalo hat meine versonnene Miene bemerkt.

»Worüber denkst du nach?«

»Ich denke, dass eure Gesellschaft … fortschrittlicher ist als die meiner Freunde.«

Weiter fortgeschritten in Richtung Unglück. Aber das verkneife ich mir zu sagen, und ich sehe, dass sich Kalo über meine Bemerkung freut.

»Und im Vergleich zu deiner?«

»Das ist eine andere Welt.«

»Ich möchte sie eines Tages entdecken … Aber nicht, um dort Krieg zu führen«, fügt er sogleich hinzu.

Eine Frage aber beschäftigt mich sehr. Kalo ist groß und stark – warum gehört er nur der niedersten Kriegerschicht an? Er wohnt weit vom Zentrum entfernt, hat ein mittelprächtiges Haus und nur drei Gemahlinnen. Am Ende frage ich ihn danach.

»Ah ja«, erwidert er, »es ist dir also aufgefallen.«

Mehr mag er nicht sagen. Ich bohre auch nicht weiter nach, denn ich fürchte, ihn verletzt zu haben.

»Man hat mich herabgestuft«, sagt er schließlich.

»Herabgestuft?«

»Ja, zwei Mal, auf Expeditionen. Sie haben mir vorgeworfen, ich hätte nicht entschlossen genug den Angriff geführt.«

Ich bleibe schweigend stehen; ich traue mich nicht, ihn nach Einzelheiten zu fragen.

»Aber das war ungerecht«, fährt er mit Groll in der Stimme fort. »Das Gelände war unwegsam, und manche meiner Leute konnten uns kaum folgen ...«

»Könntest du deinen Rang zurückerlangen?«

»Augenblicklich nur schwer ... Außer wenn ich mich im Kampf erschlagen lasse«, fügt er mit bitterem Lächeln hinzu. »Und ich weiß auch gar nicht, wann die nächste Expedition ansteht.«

»Und was passiert, wenn ein Krieger mehrmals herabgestuft wird?«

Sein Blick verfinstert sich. Wortlos zeigt er auf die gebückten Menschen auf den Feldern.

Wir gehen weiter, und ich entdecke eine Landschaft mit großen, kahlen Hügeln. Es gibt auch unbebaute Ländereien, die von Buschwerk und feuergeschwärzten Baumstümpfen gesprenkelt sind. Kalo erklärt mir, dass man kein Feld zwei Jahre in Folge bewirtschaftet – der Boden müsse sich erholen können. Weil die Inselbevölkerung unaufhörlich wächst, brauche man immer neue Landflächen für den Ackerbau. Deshalb rode oder brenne man immer mehr Waldstücke ab.

Das Klima ist auf dieser Insel kühler als bei Antina und Tayo, deren Heimat weiter im Süden liegt und von einer üppig wuchernden Vegetation bedeckt ist. Das raue Wetter, verbunden mit der Nachfrage nach Holz und dem Bedarf an Ackerland hat sicher dazu geführt, dass die Waldgebiete geschrumpft sind.

»Als du ein Kind warst, ist da der Wald noch näher an eurem Dorf gewesen?«

Er überlegt.

»Ja, er ging vielleicht bis da vorn«, sagt er und zeigt auf eine Anhöhe in einiger Entfernung.

Man kann sich an den Fingern abzählen, dass sie ihre Wälder eines Tages komplett abgeholzt haben werden, wenn die Bevölkerung weiter so wächst. Kalo muss gespürt haben, dass in meinen Fragen eine Wertung lag, denn er fügt hinzu: »Wir brauchen immer mehr Holz für die neuen Häuser – und auch für unsere Pirogen, denn wir wollen noch größere Boote bauen, um weiter aufs Meer hinausfahren zu können.«

»Warum müsst ihr weiter hinaus?«

»Um eine größere Insel zu finden. Das ist die Bestimmung unseres Volkes.«

Und er erklärt mir, dass einer ihrer großen Häuptlinge vor langer, langer Zeit enthüllt hat, dass der Gott, der über den Himmel, die Sterne und den Vulkan auf ihrer Insel herrscht, sie dazu auserwählt habe, die ganze Erde zu erobern. Sie müssen also immer ausziehen, um neue Länder zu finden. Als ich dem Großen Häuptling gesagt habe, ich würde sie zu den Sternen führen, war das für ihn womöglich der Beweis, dass sich die Prophezeiung Stück für Stück erfüllt.

»Du bist keiner von uns«, sagt mir Kalo lächelnd, »und doch gehörst du zu unserer Geschichte.«

Ich hüte mich, das zu bestreiten.


Wir kehren aus einer anderen Richtung ins Dorf zurück.

Dort entdecke ich, mitten auf einem kleinen Platz und auf einem Sockel ruhend, ein großes steinernes Mühlrad, das mehr als eine Tonne wiegen muss. Es wird von einer Achse durchbohrt, einem Holzbalken, den vier Männer anschieben, sodass er eine kreisförmige Bahn zieht. Von den unzähligen Runden hat sich unter ihren Füßen schon ein Pfad eingegraben.

Ich sehe sofort, dass die Männer eine andere Statur haben als die Schnitter auf den Feldern; es sind Krieger. Im Unterschied zu allen Bewohnern, die ich bisher angetroffen habe, sind sie vollkommen nackt. Als ich näher komme, sehe ich auch, dass ihre Arme an dem Balken, den sie voranstoßen, mit Gurten festgeschnallt sind.

Ich traue meinen Augen nicht: Es sind die Zomos, zumindest vier von ihnen.

Wir treten noch näher heran; Kalo beobachtet mich stumm. Er ist nicht nur Führer und Bewacher, sondern auch Spion.

Glücklicherweise erkenne ich keinen dieser Zomos wieder, und auch ich bin ihnen vermutlich nie aufgefallen, wenn sich unsere Wege in der Kolonie zufällig kreuzten.

Meine Haare sind jetzt lang, und meine Haut ist so gebräunt, dass sie mich von den Bewohnern dieser Insel nicht unterscheiden können. Ich möchte mit ihnen reden, aber natürlich nicht unter Kalos wachsamem Auge.

Mein Gastgeber und Wächter kann sehen, dass uns die Zomos zwar einen kurzen Blick zugeworfen haben, nun aber keine Aufmerksamkeit mehr schenken. Sie sind ganz auf ihre Aufgabe konzentriert, während die Ackerleute unaufhörlich ihre vollen Getreidekörbe vor das Mühlrad schütten und ein anderer Mann mit einer Peitsche um die vier Zomos herumwandert, bereit zuzuschlagen, sobald ihre Kräfte nachlassen.

»Arbeiten sie den ganzen Tag?«

»Nein, man wechselt sie aus. Es sind noch vier andere da.«

»Wo denn?«

Sofort bereue ich meine Frage, die ziemlich großes Interesse für Männer verrät, die ich angeblich gar nicht kenne.

»In dem Haus dort.«

Kalo zeigt auf einen runden Bau ohne Pfähle, der mit einer einzigen Öffnung und einer schweren Tür versehen ist. Offensichtlich ein Gefängnis.

Mit den vier Gefangenen wären es also acht Zomos von zwölf. Was ist den übrigen widerfahren? Und Lieutenant Zulma? Aber Kalo darf ich nicht danach fragen; ich will ja keinesfalls mit diesen schändlichen Eroberern in Verbindung gebracht werden.

Plötzlich ertönt eine Stimme: »Aber das ist doch der Kumpel von Stan!«

Athena, Athena, warum hast du mich verlassen? In meinem Kopf schwirren alle möglichen Schachzüge herum. Soll ich so tun, als würde ich den Zomo, der mich gerade erkannt hat und den Blick nicht von mir lässt, nicht verstehen? Und nun tun die anderen es ihm auch schon nach – alle drehen die Köpfe in meine Richtung.

Ich entscheide mich dafür, mit ihnen zu reden, aber in einem hochmütigen Ton, so als würde man sich an einen feindseligen Fremden wenden.

»Achtung, Leute, wir müssen so tun, als würden wir uns nicht kennen! Als wären wir sogar Feinde. Versteht ihr?«

Sie stehen sprachlos da, völlig perplex angesichts meines unerwarteten Auftauchens. Nach einem Moment des Schweigens erwidert der Lebhafteste von ihnen in ebenso harschem Ton: »Wie bist du hergekommen?«

»Genau wie ihr, aber ich habe meine Raumkapsel vor

der Küste einer anderen Insel verloren. Wo ist euer Raumschiff?«

»Auf dem Vulkan.«

»Kommst du uns befreien?«, fragt ein anderer.

»Ich werde es versuchen. Man hat mir schon gesagt, dass vier von euch da eingesperrt sind, aber was ist mit den anderen?«

»Tot.«

»Und eure Chefin?«

»Sie auch.«

Lieutenant Zulma und ihre ungeschickten Versuche, Yû den Hof zu machen … Die Nachricht bewegt mich mehr, als ich gedacht hätte. Aber ich fange mich und frage, ob das Raumschiff noch funktionstüchtig sei.

»Jedenfalls war es in Ordnung, als wir es verließen. Sollen weitere Zomos kommen?«

»Ich weiß nicht. Wann löst ihr euch am Mühlstein ab?«

»Immer wenn die Sonne im Zenit steht.«

»Und wann sperrt man euch in dieses Haus?«

»Bei Sonnenuntergang. Hast du Waffen?«

»Nein. Genug geredet. Beschimpft mich mal ordentlich; es muss so aussehen, als wären wir Feinde.«

Diesmal kommt die Reaktion prompt und echt – wie immer, wenn Zomos ihre Aggressivität zeigen dürfen. Sie schleudern mir wüste Beleidigungen entgegen und zerren wie wild an ihren Gurten. Der Mann mit der Peitsche lässt ein paar Hiebe auf sie niedersausen, aber das bleibt ohne Wirkung.

»Lass uns gehen«, sagt Kalo, »die sind doch verrückt.«

Wir entfernen uns von der Mühle, und schon ist Schluss mit dem Gebrüll und den Schlägen.

»Woher kennen sie dich?«, fragt Kalo ohne Misstrauen.

»Sie kennen mich nicht persönlich, aber die Gemeinschaft, der ich angehöre.«

»Du siehst wirklich nicht so aus wie sie.«

»Es sind eben Krieger. Die haben was drauf.«

»Na ja«, meint er lachend, »offenbar nicht genug.«

»Wie habt ihr sie besiegt?«

»Das sind doch Kinder.«

Kalo und seine Leute haben also Krieger aus einer Zivilisation, die um mehrere Jahrhunderte weiter fortgeschritten ist, wie kleine Kinder ausgetrickst. Das beunruhigt mich: Und wenn Kalo nun meine List gewittert hat? Wie lange werden er und der Häuptling mir die Geschichte von der anderen Gemeinschaft noch glauben?

Ich habe es nun eilig, wieder das Haus zu erreichen, in dem ich Tayo und Antina zurückgelassen habe. Kalo hat mir zwar versichert, dass meinen Freunden kein Haar gekrümmt werde, aber vielleicht hat man auch mich ausgetrickst wie ein kleines Kind?

Als Kalos Haus in Sichtweite kommt, wird mir sofort klar, dass meine Sorge begründet ist. Vor der Schwelle drängen sich Menschen, unverständliches Geschrei dringt zu uns herüber. Kalo legt einen Schritt zu und macht ein ebenso besorgtes Gesicht wie ich.

Wir bahnen uns den Weg durch die Menschenansammlung und entdecken hinten im Haus Antina und Tayo, die vor Furcht zittern. Um sie herum stehen Kalos Gattinnen und versuchen offenbar, meine Freunde vor zwei groß gewachsenen Kriegern zu beschützen, die sich mit bedrohlicher Miene vor ihnen aufgebaut haben.

»Sie wollen die fremde Frau nehmen«, schreit eine von Kalos Gattinnen.

Kalo nähert sich dem Krieger, aber zu meiner Überraschung beugt er schüchtern vor ihm das Haupt – der andere hat einen höheren Rang.

»Der Häuptling will nicht, dass wir sie nehmen«, sagt er.

»Er möchte nicht, dass wir sie zur Frau nehmen, aber ich will sie ja nur für ganz kurze Zeit.«

»Der Häuptling will das nicht«, wiederholt Kalo, und man sieht, wie unbehaglich er sich fühlt.

Der Krieger macht einen Bogen um Kalo und geht ein paar Schritte auf Antina zu. Das ist zu viel für Tayo; er tritt dazwischen und schreit: »Wenn du sie anrührst, bring ich dich um!«

Ich vernehme ein verblüfftes Gemurmel.

»Hört, hört«, sagt der Krieger lachend, »er will mich töten!«

Ich weiß, dass Tayo stark ist, aber der Krieger überragt ihn um Haupteslänge und hat im Töten sicher schon Erfahrung. Ich gebe meinem Freund keine Chance, selbst mit seiner wilden Entschlossenheit, Antina zu beschützen, nicht. Oder vielleicht gerade deswegen nicht. Hinter mir flüstert Kalo jemandem zu, er solle schnellstens den Häuptling benachrichtigen.

Ich trete ein paar Schritte vor. Hat Athena nicht festgestellt, dass ich im Entschärfen von Konflikten so begabt bin wie kein anderer?

»Ich bin Gast des Großen Häuptlings«, sage ich. »Diese beiden stehen unter meinem Schutz.«

»Noch jemand, der mich töten will?«, sagt der Krieger mit einem Lächeln.

»Natürlich nicht«, erwidere ich und lächle ebenfalls.

»Ich weiß ja, dass du ein Krieger bist. Ich wollte dich nur daran erinnern, was der Wille des Großen Häuptlings ist.«

»Er hat gesagt, wir sollen euch gut behandeln. Nun, ich werde diese Frau gut behandeln, ganz wie sie es verdient. Und es dauert nicht lange.«

»Du bist stark, und ich glaube, dass du auch klug bist. Also weißt du sehr wohl, was der Große Häuptling gemeint hat.«

»Willst du mir etwa erklären, was der Große Häuptling denkt?«

»Nein, ich möchte dich nur an Dinge erinnern, die du ohnehin schon weißt.«

Um uns herum breitet sich ein bedrohliches Schweigen aus. Ich erinnere mich an Kalos respektvolle Haltung und bemühe mich, nichts zu sagen, was den Krieger beleidigen könnte. Er mustert mich und sagt dann: »Schöne Reden schwingst du ja, aber kann es vielleicht sein, dass du ein bisschen beschränkt bist?«

»Gut möglich. Ich möchte nur den Willen des Großen Häuptlings befolgen und meine Freunde schützen.«

»Ich bezeichne dich als Idioten, und du reagierst nicht. Hast du denn gar keine Ehre im Leib?« Und mit einem Fingerzeig auf Tayo fügt er hinzu: »Der da weiß wenigstens noch, was Ehre ist.«

»Ja, er weiß es wahrscheinlich besser als ich. Meine Ehre liegt darin, immer den Ranghöheren zu gehorchen und meinen Freunden treu zu bleiben.«

Aus den Reihen der Zuschauer erhebt sich zustimmendes Gemurmel, und zugleich spüre ich, wie der Krieger immer wütender wird. Und dann wird mir klar, dass ich von Beginn an etwas falsch gemacht habe. Mit ihm herumzudiskutieren, noch dazu vor Publikum, ist bereits eine

Beleidigung! Ich hätte ihn anflehen und vor ihm auf die Knie fallen sollen, aber aus der Weltraumkolonie bin ich einfach an gleichberechtigte Beziehungen gewöhnt, sogar mit meinen Vorgesetzten.

»Schau dich doch mal an«, sagt er. »Wie willst du die beiden vor mir verteidigen?«

»Ich weiß, dass ich nicht stark bin, aber ich glaube, dass du ein vernünftiger Mann bist.«

»Vernünftig? Willst du wissen, was meine Vernunft mir sagt? *Dein Freund hat mich bedroht, und er hat mich herausgefordert, noch dazu vor aller Augen …*« Und dann schreit er in die Runde der Umstehenden: »Hat er mich etwa nicht herausgefordert?«

Nach einem Moment der Stille vernehme ich erneut beifälliges Murmeln. Der Menschenauflauf ist größer geworden.

»Wir werden das im Kampf entscheiden«, sagt der Krieger zu Tayo.

Antina wirft sich Tayo weinend an den Hals; sie will nicht, dass er für sie sein Leben riskiert. Lieber will sie sich fügen. Aber Tayo ist entschlossen, seine Ehre zu verteidigen, er schiebt Antina beiseite und wendet sich dem Krieger zu, der ein spöttisches Lächeln aufgesetzt hat.

Ich stelle mich zwischen die beiden.

»Hört auf, das ist nicht der Wille des Großen Häuptlings.«

»Er hat mich herausgefordert«, sagt der Krieger. »Selbst der Große Häuptling kann einem Krieger nicht befehlen, eine solche Herausforderung unbeantwortet zu lassen.«

Ich höre die zustimmenden Kommentare der Zuschauer und versuche, bei Kalo Hilfe zu finden, aber der schüttelt nur traurig den Kopf.

»Bleib an Antinas Seite«, sage ich zu Tayo. »Lass mich das machen.«

Ich will noch ein wenig verhandeln, immer in der Hoffnung, dass der Große Häuptling gleich eintrifft.

»Aber das ist mein Kampf!«, sagt Tayo.

»Nein, es ist meine Schuld, dass ihr überhaupt hier seid. Nun habe ich die Pflicht, euch zu beschützen.«

»Hör auf ihn«, sagt Antina.

Ich schiebe Tayo in ihre Arme.

Der Große Häuptling ist immer noch nicht da.

»Du willst mich also auch töten?«, fragt der Krieger mit einem höhnischen Grinsen.

Und da setzt bei mir etwas aus. »Nein«, sage ich, »außer wenn du es drauf anlegst.«

Kaum sind die Worte aus meinem Mund gekommen, ist mir, als hätte ein anderer sie ausgesprochen. Um uns herum verblüfftes Murmeln.

»Er spricht unsere Sprache nicht so gut«, sagt Kalo entschuldigend.

Der Krieger aber hat mich sehr wohl verstanden.

»Er hat mich herausgefordert!«, schreit er ungläubig und erfreut zugleich. »Er hat mich herausgefordert!« Alle in der Menge sollen es ihm bezeugen.

Tayo will zu mir herüberlaufen, aber ich bedeute ihm mit einer Geste, bei Antina zu bleiben. Ich fange ihren Blick auf und bin überrascht, darin keine Angst zu lesen, sondern ein so unerschütterliches Vertrauen in meine Fähigkeiten, wie ich es selbst gern verspüren würde. Immerhin komme ich von einem Stern – sollte ich da nicht ein paar Zaubertricks in der Hinterhand haben?

Währenddessen verhandelt Kalo mit dem Krieger und seinen Gefährten, die sich ihm zur Seite gestellt haben.

Aber ich sehe ihm an, dass es keinen Sinn hat. Ich habe einen Krieger öffentlich herausgefordert, alles Weitere ist unabwendbar.

Kalo tritt zu mir herüber: »Ich konnte erreichen, dass der Kampf mit bloßen Händen geführt wird, denn mit unseren Waffen bist du nicht vertraut.«

»Danke für deine Hilfe.«

»Aber töten wird er dich trotzdem …«

»Kennt ihr hier Ringkämpfe?«

»Ja. Er wird dich kurzerhand erwürgen, zum Beweis seiner Kraft.«

»Danke, mein Freund.«

Kalo ist sichtlich überrascht vom Dank eines Mannes, der gleich sterben wird, aber alles, was er gesagt hat, ist mir sehr hilfreich.

Dann verlässt er die Kampfzone, und ich stehe dem Krieger ganz allein gegenüber, mitten im Zuschauerkreis.

Er betrachtet mich, noch immer mit einem Lächeln, die Knie leicht gebeugt, bereit zum Angriff. Sobald er mich in seinen riesigen Armen hat, bin ich verloren. Er beginnt zu tänzeln und bringt sich in Stellung.

Wie jeder Rekrut der Kolonie habe ich eine Kampfsportausbildung absolviert, ein paar Hundert Stunden mit meinen Kameraden und noch einmal so viele in virtueller Realität, aber einem Gegner von dieser Größe habe ich noch nie gegenübergestanden.

Der Krieger kommt auf mich zu.

Ich mache einen Schritt zur Seite, er fährt zu mir herum, ich springe in die Gegenrichtung, und in dem Augenblick, wo er den Arm ausstreckt, um mich zu packen, greife ich nach seinem Handgelenk, ziehe es blitzschnell zu mir herüber und schlage ihm gleichzeitig mit voller Kraft an die

Gurgel. Er taumelt, ich versetze ihm, ohne den Arm loszulassen, einen zweiten Schlag, er kippt nach hinten, und schon bin ich über ihm und ziele noch einmal auf seine Luftröhre, diesmal mit dem Ellenbogen und mit der Wucht unseres Sturzes.

»Halt!«, ertönt die Stimme des Großen Häuptlings.

Aber es ist schon zu spät, der Krieger bekommt keine Luft mehr. Während ich aufstehe, bleibt er am Boden liegen; dann wird er von Konvulsionen geschüttelt. Niemand eilt herbei, um ihm zu helfen.

Was bin ich Stan dankbar, dass er mich mit den mörderischsten Techniken der Zomos vertraut gemacht hat – den Griffen, die man anwendet, wenn es einem egal ist, welche Schäden man beim Gegner anrichtet.

Ein weniger kräftiger Mann als dieser Krieger wäre gestorben, aber nach und nach kommt er wieder zu Bewusstsein und dreht sich schließlich auf den Bauch. Aber dann schafft er es nicht, auf die Beine zu kommen, und bleibt zusammengekauert und keuchend auf dem Boden hocken. Ich kenne die hiesigen Kampfregeln nicht. Muss ich ihn endgültig fertigmachen, solange ich noch die Chance dazu habe? Stan hat mir gezeigt, wie man jemandem den Hals bricht.

Ich trete an den Krieger heran.

Der Große Häuptling beobachtet uns von seinem Thron aus, den man ihm hinterhergetragen hat.

»Schafft ihn fort«, befiehlt er.

Zwei Krieger greifen ihrem Kameraden unter die Arme und heben ihn hoch. Dann schleifen sie ihn durch die Menge der Schaulustigen.

»Du kennst also keine Angst«, sagt der Große Häuptling.

»Nicht, wenn ich meine Freunde schützen muss.«

Aber das stimmt nicht. Während des Kampfes habe ich wirklich keine Angst verspürt, aber jetzt merke ich, wie sie mich packt. Ein Zittern droht mich zu überkommen, und ich muss meinen Körper zwingen, mir zu gehorchen.

In den Blicken der umstehenden Krieger liegt Hass, nur nicht bei Kalo, der an meine Seite getreten ist, um mich vor einem plötzlichen Angriff zu schützen.

Dann hebt der Häuptling die Hand und sagt mit seiner Donnerstimme: »Er ist unser Gast, genau wie seine Freunde.«

Er wartet, bis die Stille Raum gegriffen hat, und fährt dann fort: »Wer einen von ihnen anrührt, wird wie ein Sklave enden.«

Ein Raunen erhebt sich aus der Menge. Der Häuptling muss eine besonders entehrende Strafe angedroht haben, um der Rache seiner Krieger Einhalt zu gebieten.

Währenddessen bin ich Antina und Tayo, denen Tränen in den Augen stehen, in die Arme gefallen. Ich bin genauso bewegt wie sie, kann meine Tränen aber zurückhalten.

Soeben habe ich einen Krieger besiegt und bin damit selbst einer geworden, und Krieger weinen nicht.

Wenn ich beim Kämpfen so wenig Angst verspüre und auch die kalte Entschlossenheit kenne, meinem Gegner den Rest zu geben – ja, dann habe ich vermutlich eine gewisse Eignung für das Kriegerhandwerk. Bis heute war mir das nie bewusst gewesen, aber wie konnte es Athena entgangen sein, wo sie doch alles über mich weiß?

*Ich habe eine ganze Weile gebraucht, um diesen verbotenen Zugang zu knacken. Die Codes sind so komplex, dass*

*wohl nur Athena selbst die Verschleierung geschaffen ha-*
*ben kann.*

*Und plötzlich erschien ein neues Bild von Robin auf*
*dem Display. Zuerst glaubte ich, es wäre dasselbe Foto,*
*das ich ins System eingebracht hatte – dieselbe Aus-*
*leuchtung, derselbe leidenschaftslose Gesichtsausdruck,*
*derselbe kurz rasierte Soldatenschnitt.*

*Aber auf diesem Foto scheint er viel älter zu sein.*

*Wie kann es sein, dass mein Liebster hier so aussieht, als*
*wäre er mindestens vierzig? Eine Software, die den Alte-*
*rungsprozess simuliert? Aber nein, ich habe nachgeschaut,*
*das Foto ist nicht bearbeitet worden.*

*Faszinierend. Ich habe das Gefühl, dass es Robin ist, der*
*mich mit seinem ironischen Funkeln in den Augen fixiert,*
*doch dazu mit etwas mehr Weisheit, wie er sie in den zu-*
*sätzlichen zwanzig Jahren erworben haben würde. Was für*
*ein Geheimnis wohl dahintersteckt?*

*Plötzlich vernehme ich hinter mir eine wohlbekannte*
*Stimme.*

*»Nun, hast du dein Problem gelöst?«*

*Kavans Worte klingen nicht zornig. Er wirkt resigniert.*

*Auf dem Bildschirm betrachten wir gemeinsam dieses*
*unbegreifliche Porträt eines vierzigjährigen Robin.*

*Das Bild hat mich überrascht, Kavans Erscheinen hat*
*mich überrascht, ich weiß nicht, was ich sagen soll.*

*Kavan hat mir stets vertraut, aber vorhin muss er ge-*
*spürt haben, dass ich nicht ehrlich zu ihm war. Ich fühle*
*mich wie jemand, den man erwischt hat. Schuldig, ihn ver-*
*raten zu haben.*

*Die Tränen steigen mir in die Augen.*

*»Ich wollte nur … Ich wollte nur wissen, weshalb sie*
*ihn dorthin geschickt haben.«*

*Kavan sieht mich traurig an.*

*Er zeigt auf den Bildschirm, wo noch immer Robins Gesicht angezeigt wird.*

»Willst du es noch lange da stehen lassen? Man wird deine Spur zurückverfolgen ...«

*Er hat recht, ich blende das Bild weg und lösche schleunigst alle meine Abdrücke im System.*

»Ich glaube, wir sollten besser einen kleinen Spaziergang machen; ich darf mich hier nicht so lange aufhalten.«

*Und wieder hat er recht. In der Großen Kuppel herrscht Nacht, fahle Wolken ziehen vor einem Vollmond vorüber, es ist eine perfekte Nachahmung des Himmels, wie man ihn von der Erde aus sieht.*

*Alle, die uns vielleicht beobachten, müssen uns für ein Liebespaar halten, das zu einem romantischen Spaziergang aufgebrochen ist.*

»Es tut mir leid, dass ich dich angelogen habe«, sage ich. »Ich wollte nicht, dass ...«

*Ich zögere zu sagen: »... dass ich dir Kummer mache«, denn das würde ihm vielleicht nur noch größeren Kummer bereiten.*

»Aber bis heute Abend habe ich dich noch nie belogen.«

*Das stimmt, und doch spüre ich, dass es gegen Kavans Traurigkeit nichts ausrichten kann.*

»Und außerdem habe ich dich vorhin ganz umsonst angelogen. Ich habe nichts gefunden, nur dieses seltsame Bild. Ich weiß noch immer nicht, warum er zur Erde geschickt wurde.«

»Ein Foto, auf dem er älter aussieht ... Ist das womöglich ein Programm, mit dem man das Altern simulieren kann?«

»Nein, das habe ich überprüft.«

»Und wenn es ein ganz neues Programm ist, dem du nicht auf die Spur gekommen bist?«

Das ist nicht unmöglich, aber ich habe keine Zeit mehr, dem nachzugehen. Es wäre zu riskant, dieses Bild noch einmal aufzurufen.

»Und wenn es ein Foto von jemandem ist, der schon existiert hat?«

»Der schon existiert hat?!«

Bei Kavan, einem Forscher, nehmen die Gedanken manchmal eine überraschende Wendung, die ich nicht immer gleich verstehe. Das ist übrigens einer der Gründe, weshalb ich mich von ihm angezogen fühle. Ich weiß, dass ich Langeweile nur schlecht ertragen kann.

»Ja, jemand, der wirklich vierzig war, aber vor langer Zeit.«

»Ein Zwillingsbruder von Robin?«

»Ich dachte, du gehörst zu den intelligentesten 0,1 Prozent in der Kolonie … Natürlich kein Zwillingsbruder. Sie können doch nicht zur gleichen Zeit geboren sein!«

»Aber was dann?«

»Ein Klon.«

»Aber die Klonprogramme hat man doch schon lange eingestellt!«

In der Anfangszeit der Weltraumkolonie hielt man das Klonen für das sicherste Mittel, um Kinder zu erzeugen, die genauso leistungsfähig waren wie die am höchsten eingestuften Erwachsenen. Das machte es jedoch schwierig, die Bevölkerung anwachsen zu lassen, ohne zu viele identische Individuen zu schaffen, die so etwas wie Clans von Klonen derselben Abstammung hätten bilden können. Diese Programme wurden beendet, als unsere Gentechnologie weit genug entwickelt war, um Embryos von hoher

*Qualität zu erzeugen – selbst wenn dabei bis vor Kurzem auch noch Neutren entstanden.*

*»Die Klonprogramme existieren tatsächlich nicht mehr«, sagt Kavan, »aber auf welches Jahr mag dieses Foto zurückgehen?«*

*»Ich konnte es nicht datieren, die entsprechenden Informationen sind in der Datei gelöscht.«*

*Ein Klon? Das ist erstaunlicher als alles, was ich mir hätte vorstellen können.*

*»Ich weiß, was du jetzt gern tun möchtest«, murmelt Kavan. »Mach nur! Aber sei vorsichtig.«*

*Und ich lasse diesen wunderbaren Menschen im Schein eines falschen Mondes zurück.*

Künftig sind wir im großen Haus des Häuptlings untergebracht, was uns einen besseren Schutz verschafft, denn seine treuesten Krieger, darunter einige seiner Söhne, sind fast ständig anwesend, manche sogar mit ihren Gattinnen. Wir haben hier auch mehr Privatsphäre, denn eine Zwischenwand mit einer niedrigen Öffnung trennt uns vom Hauptraum ab. Ich achte darauf, Antina und Tayo oft genug allein zu lassen. Hoffentlich gelingt es ihnen, einander aufzumuntern und in der Liebe ein wenig Vergessen zu finden.

Auch weiterhin unternehme ich meine Streifzüge, oft in Gesellschaft des Großen Häuptlings persönlich. Er wird dann von vier Männern in einer Art Sänfte getragen und ist von seiner Leibwache aus Kriegern umgeben, zu denen neuerdings auch Kalo gehört. Man hat ihn wegen seiner guten Haltung befördert, da er versucht hatte, mich vor dem Krieger zu beschützen.

Während der Ausflüge bereitet es dem Häuptling sichtlich Vergnügen, mir alle Hervorbringungen seines Volkes zu zeigen, vor allem ihre Anstrengungen in der Viehzucht.

Ich sehe viele Ziegen, die in Koppeln gehalten werden und den Inselbewohnern Milch und Fleisch liefern. Dann entdecke ich ihre Schweine, die wahre Monster sind – riesenhaft im Vergleich zu den Wildschweinen auf Eros, aber derselben hellhäutigen und braun gefleckten Rasse zugehörig.

»Wir wählen seit Generationen die besten aus, damit sie dicker und dicker werden«, verkündet er mir stolz.

Ich staune noch über das Resultat, als der Chef bedauernd hinzufügt, dass er bei seinen Kriegern nicht dasselbe Verfahren anwenden könne.

»Die besten Krieger suchen sich oft die hübschesten Frauen aus«, klagt er. »Dabei sollten sie die Töchter guter Krieger nehmen. Dann hätten wir größere Chancen, dass Kinder mit einem Talent zum Kämpfen herauskommen!«

Der Große Häuptling möchte mit natürlichen Mitteln verwirklichen, was wir in der Kolonie im Reagenzglas machen. Soll ich ihn für einen fortschrittlichen Geist halten oder für einen zurückgebliebenen? Ich weiß nicht recht.

»Und was geschieht, wenn der Sohn eines Kriegers nicht das Zeug dazu hat, selbst ein guter Krieger zu werden?«

»Dann muss er sich mit anderen Dingen befassen. Aber weil er nun kein Krieger mehr ist, wird er weniger Frauen und Kinder haben – es sei denn, er wird ein guter Awakar.«

Die Awakar, so erklärt er mir, kümmern sich um die Organisation aller landwirtschaftlichen Arbeiten. Sie entscheiden, auf welchen Feldern gepflanzt oder gesät wird und welchen Wald man roden oder abbrennen soll. Andere haben sich auf den Bau von Häusern oder Schiffen spezialisiert, und manche sind dafür berühmt, immer noch neue Verbesserungen zu finden.

»Und wie macht ihr es auf eurem Stern?«, will der Häuptling wissen. »Haben die besten Krieger auch bei euch mehrere Frauen?«

»Die vor mir gekommen sind, sind Krieger, aber ich kenne mich mit ihren Sitten und Gebräuchen schlecht aus.«

»Bist du denn kein Krieger?«

»Nein. Wenn wir jung sind, lernen wir alle, wie man kämpft – nur für den Fall, dass wir angegriffen werden. Dann aber beschäftigen wir uns mit anderen Dingen.«

»Mit welchen?«

»Wir wollen alles wissen und neue Welten erkunden.«

»Wie wir! Wir suchen nach neuen Inseln.«

Mir wird klar, worauf er hinauswill: Er möchte von mir hören, dass wir andere Sterne suchen, um dort zu siedeln – ganz wie sein Volk immerfort auf der Suche nach neuen Inseln ist, nach neuen Wäldern und neuen Frauen.

Und so zeichne ich ihm ein idyllisches Bild vom Leben auf dem Mars, wo es Frauen und Feldkulturen im Überfluss gibt und die Landesfläche völlig ausreichend ist, um unsere vielen Bewohner zu ernähren und mehrere andere Gemeinschaften auch noch, darunter die furchtbaren Zomos.

»Aber die, die vor dir gekommen sind, sind doch Krieger«, wirft er ein. »Bedrohen sie euch denn nicht?«

»Wir haben bessere Waffen als sie. Unsere können töten.«

Ich sehe, dass er mir glaubt: Hier auf der Insel konnte man sich davon überzeugen, dass die Zomos nur nicht-letale Waffen hatten. Aber wo sind diese Waffen eigentlich?

Sind sie an den Hängen des Vulkans geblieben – dort, wo die Zomos ihr Raumschiff zurückgelassen haben?

Ich hoffe, dass mir der Häuptling mehr darüber verrät, wenn sein Vertrauen in mich gewachsen ist. Noch aber, das spüre ich, ist er auf der Hut.

Einige Tage später wird mir noch deutlicher bewusst, von welchem Grundprinzip diese Gesellschaft geleitet wird: Niemand darf untätig bleiben. Wenn ein Krieger nicht gerade für den Kampf trainiert, fährt er mit zum Fischfang hinaus, geht in den Wäldern jagen oder beteiligt sich an Bauarbeiten.

Eine der schlimmsten Beleidigungen ist hierzulande ein Wort, das man mit »Überflüssiger« übersetzen könnte. Es unterscheidet sich nur durch die letzte Silbe vom Wort »Faulpelz«. Es ist ein Affront, jemanden damit anzusprechen, und wenn dieser Jemand ein Krieger ist, kann er sein Gegenüber sogleich zum Duell fordern. Bei diesem Thema hört der Spaß auf!

Letztendlich ist diese Gesellschaft unserer Weltraumkolonie ähnlicher als die von Tayo und Antina. Eigentlich zeigt sie eines der ursprünglichen Entwicklungsstadien aller Gesellschaften, die einander auf der Erde abgelöst haben. Die Grundidee ist, dass Glück eher durch Anstrengung erlangt wird als durch Vergnügen. Und alle, selbst die Krieger, haben Angst davor, sich nicht genügend anzustrengen und deklassiert zu werden.

Dennoch ist dies nicht ihr einziger Ansporn zum Tätigwerden: Ich erkenne bei ihnen auch eine gewisse Freude an der Aktivität, selbst bei den Ackerbauern, wenn sie ihre mit Getreide gefüllten Körbe zur Mühle bringen. Auf dem Weg dorthin hören sie die aufmunternden Worte ihrer Freunde, die sie zu ihrer Ernte beglückwünschen.

Am glücklichsten scheinen mir die Krieger und die Awakar zu sein: Sie können immerzu das tun, was sie besonders lieben.

Aber am Ende läuft in dieser Gesellschaft alles auf Krieg und Eroberungen hinaus. Auf dieser Insel regiert nicht Eros, sondern Ares, der griechische Gott des Krieges und der Zerstörung. Vielleicht sollte ich sie künftig so nennen. Bei den Römern hieß dieser Gott Mars – so wie mein Heimatplanet, wenn auch die Wertvorstellungen in unserer Kolonie ganz andere sind!

Später denke ich wieder an das Glück der Awakar und der Handwerker, das keine kriegerischen Züge trägt, und ritze in meine Baumrinde:

*Glück = das Streben danach, ein frei gewähltes Ziel zu erreichen*

Es ist das Glück, wenn man seine Pläne verwirklicht, Probleme löst und sich dadurch stärker fühlt. Ich spüre das sogar an mir selbst: In dem Maße, wie ich Hindernisse überwinde und Prüfungen meistere, wird das Gefühl, dass ich ja nur ein Neutrum bin, für mich immer unwichtiger und blasser.

So lange jedenfalls, wie das Schicksal mich vor Aufgaben stellt, die ich bewältigen kann …

Heute früh hat uns Kalo einen Awakar namens Umo vorgestellt. Er ist ein schöner Mann um die vierzig und hat die Statur von Tayo und seinesgleichen. Wenn ich richtig verstehe, gehört er zu den Awakar, die sich der Suche nach neuen Erkenntnissen widmen.

Als er erfährt, dass ich von den Sternen komme, lädt er mich sofort in sein Haus ein, das genauso groß ist wie das eines hochrangigen Kriegers. Übrigens hat er auch vier Frauen. Er zeigt mir die Himmelskarten, die von ihm und seinen Vorgängern stammen. Auf seinen Wunsch hin begleiten mich Tayo und Antina, denn auch über ihre Insel möchte Umo mehr erfahren.

Tayo ist genauso erstaunt wie ich über die Präzision der Karte des Nachthimmels, die vor uns ausgebreitet wird. Sogleich tauscht er sich mit Umo darüber aus, welche Namen die Gestirne bei ihnen haben. Oft ähneln sich die Wörter, was einmal mehr beweist, dass ihre Kulturen viele Gemeinsamkeiten haben. Ich tippe auf den Mars und sage, dass er ebenso festen Boden hat wie der Mond und unser blauer Planet, während andere Gestirne aus Feuer oder Gas bestehen.

Begeistert über diese Offenbarungen, lädt uns Umo zum Essen ein, und zwei seiner Gemahlinnen servieren uns ein vorzügliches Schweinefleischragout, gekocht mit Gewürzen, die Antina und Tayo nicht kennen.

Auf dem Rückweg unterhalten wir uns in aller Offenheit. Seit meinem Kampf mit dem Krieger habe ich das Vertrauen meiner Freunde voll und ganz zurückgewonnen. Auf ihren Wunsch hin übersetze ich ihnen meine letzten Aufzeichnungen und füge noch ein paar Kommentare hinzu. Tayo ist nicht davon überzeugt, dass Glück das Streben nach einem selbst gewählten Ziel ist.

»Für die Krieger und die Awakare mag es stimmen«, meint Antina, »aber die Feldarbeiter haben sich ihr Ziel nicht ausgesucht.«

»Hier kostet man das Dasein nicht aus«, sagt Tayo.

»So ist eben ihre Art zu leben«, erwidert Antina.

»Ich frage mich, wie sie *unsere* Lebensweise finden würden.«

»Beten wir zu Tahu, dass sie unsere Insel niemals entdecken mögen!«

Antinas Bemerkung bringt uns zum Schweigen und Nachdenken. Ich möchte mir lieber nicht vorstellen, was dem Volk meiner Freunde widerfahren würde, wenn diese Krieger eines Tages an seinen Ufern landeten.

»Wenn sie auf dieser Insel besseres Wetter hätten und der Wald ihnen mehr Nahrung liefern würde, dann wären die Leute vielleicht ganz entspannt und würden mehr Liebe machen«, meint Tayo.

»Ja, aber nicht so viel wie auf unserer Insel. Sie haben ja unseren Pilz nicht.«

Der Pilz, den ich dank Kassia entdeckt habe und der eine so wichtige Rolle bei der Verehrung von Tahu spielt (vielleicht steht er sogar am Ursprung des Kultes?), scheint auf diesem Eiland mit seinem kühleren Klima nicht vorzukommen.

»Und außerdem«, fährt Antina fort, »müssten sie sich selbst bei einem günstigeren Klima bald anderswo Nahrung suchen, wenn sie immerfort viele Kinder in die Welt setzen.«

Meine Freunde haben sich schon erkundigt, aber die empfängnisverhütende Pflanze Tahuku wächst auf Ares offenbar auch nicht.

Das Vorhandensein einer Pflanze kann das Schicksal und sogar die Religion eines Volkes verändern; ich hatte schon gelesen, dass es bei manch früherer Zivilisation auf der Erde so gewesen war. Je nachdem, ob es in ihrem Siedlungsgebiet bestimmte Pflanzen oder zähmbare Tiere gab, hatte sich die eine Zivilisation stärker entwickelt und die andere weniger.

»Sie haben zwar keine Tahuku«, sagt Tayo, »aber die Awakar müssten doch ein anderes Mittel gefunden haben, damit keine Babys entstehen.«

»Warum nicht einfach Zurückhaltung üben oder rechtzeitig aufhören?«, meint Antina.

Tayo setzt eine verdrossene Miene auf.

»Das ist nicht so einfach – und auch nicht ganz in Tahus Sinne.«

»Du solltest es trotzdem mal versuchen …«

Während der nächsten Tage begegnen wir weiteren Handwerkern, die Häuser bauen, landwirtschaftliche Geräte herstellen und Pirogen aushöhlen. Tayo und Antina beobachten alles mit großer Neugier. Ob sie davon träumen, einige dieser Neuerungen auch auf ihre Heimatinsel zu bringen? Haben sie eine Vorstellung davon, welche Wirkung das auf ihre Gesellschaft haben könnte und auf die natürliche Beschaffenheit ihrer Insel?

Als wir eines Tages auf der Terrasse vor Kalos Haus stehen, frage ich sie danach.

»Ja«, meint Tayo, »wenn wir Pflanzen mit nach Hause bringen und dazu das Wissen, wie man sie anbaut, dann können wir mehr Menschen ernähren.«

»Aber warum sollten wir?«, fragt Antina.

Tayo zögert und sagt schließlich: »Wir könnten mehr Kinder machen und zahlreicher werden.«

»Aber warum denn?«

Antinas Einwurf klingt zornig. Sie hat schon begriffen,

dass jede Neuerung ihre Gesellschaft umwälzen würde. Tayo aber lässt nicht locker: »Falls die hier uns einmal angreifen, ist es besser, wenn unsere Gemeinschaft größer wird.«

Darauf kann Antina ausnahmsweise nichts entgegnen.

Mit ihren kriegerischen Idealen und der Polygamie ist die Gesellschaft auf Ares weit entfernt von den Werten, die man mir in der Kolonie nahegebracht hat. Ich muss mir immer wieder sagen, dass ich nicht hier bin, um zu urteilen oder zu missionieren. Ich bin nur ein Soldat im Einsatz. Nach jedem Gespräch mit Kalo verstehe ich das Leben auf Ares ein bisschen besser.

»Bei den Fahrten aufs Meer hinaus verlieren wir immer Männer.«

»In Kämpfen?«

»Nein, einfach durch die Launen der Hochsee. Immer wieder kehren Schiffe nicht zurück. Deshalb haben wir stets einen Frauenüberschuss. Und der Häuptling achtet darauf, dass jeder seine Gattin bekommt. Selbst der größte Krieger darf höchstens fünf Frauen haben, damit für jeden eine übrig bleibt.«

Einmal mehr frage ich mich, ob ich den Großen Häuptling für einen schrecklichen Barbaren halten soll oder für fortschrittlich und verantwortungsvoll.

Die Bewohner der Insel von Tayo und Antina wollten der Rivalität in Liebesdingen ein Ende bereiten, indem sie alle Verbote aufhoben. So ist nun Untreue zur Norm geworden, Treue gilt als *anders*, und wer dennoch daran festhält, wird rasch ausgeschlossen.

Kalos Insel hat den entgegengesetzten Weg eingeschlagen,

indem sie die Verbote zementierte und jede mögliche Übertretung schon im Voraus zu verhindern sucht. So verlassen die Frauen das Haus niemals allein. Manchmal ist kein Mann dabei, aber dann sind sie immer in Begleitung von weiblichen Verwandten oder Freundinnen.

Die Weltraumkolonie ist im Grunde zu einer Position zwischen diesen beiden Extremen gelangt. Unsere Erziehung hat uns die Idee vermittelt, dass Sexualität niemals ein Drama sein soll und dass sich Partnerschaften bilden und wieder auflösen können. Genauso können Paare versuchen, auf Dauer zusammenzubleiben. Wenn jemand wegen einer Trennung oder der Untreue des Partners zu sehr leidet, kann sie oder er sich stets einer sprechenden Schnittstelle von Athena anvertrauen, die mit dem psychologischen Profil des unglücklich Liebenden gefüttert wird. Schon nach wenigen Sitzungen lässt die Therapie die Sehnsucht nach dem geliebten Wesen verschwinden, und zur Unterstützung werden manchmal auch ein paar beruhigende Wirkstoffe eingesetzt. Ich litt – oder vielmehr, ich leide unter der Trennung von Yû, aber ich habe mir keine Hilfe gesucht. Obwohl ich nicht recht wusste weshalb, wollte ich nicht, dass Athena (und damit manche meiner Vorgesetzten) von meinem Kummer erfahren. Aber bestimmt sind meine schlaflosen Nächte automatisch registriert und gespeichert worden …

Eines Tages steigen Kalo und ich auf die Aussichtsplattform des Turmes, den ich am Tag unserer Ankunft an der Küste entdeckt hatte. Von hier oben hat man eine wunderbare Sicht, auch auf die Hänge des Vulkans.

Ich halte vergeblich nach dem Raumschiff der Zomos Ausschau. Vermutlich wird es von einer Anhöhe verdeckt, oder die Wälder, die hier und dort ziemlich weit hinaufreichen, verbergen es.

»Der gefangene Krieger hat mir gesagt, dass ihr Raumschiff seiner Truppe auf dem Vulkan geblieben ist. Warum seid ihr es nicht holen gegangen?«

Kalo schaut mich an, als hätte ich etwas Ungeheuerliches ausgesprochen.

»Niemand darf den Fuß dorthin setzen.«

Er erklärt mir, der Vulkan sei wie ein großes Tier, auf dessen Haut man sich nicht aufhalten und erst recht nicht irgendwelche Gebäude errichten dürfe.

»Aber zum Jagen darf man dorthin?«

»Soweit der Wald reicht, ja, aber höher dürfen wir nicht steigen. Wir würden sonst unseren Gott beleidigen.«

»Und wenn jemand es trotzdem tut?«

»Dann würde er eine strenge Strafe verdienen, ja sogar den Tod. Aber es kommt sowieso nie vor.«

Als gute Krieger hatten die Zomos beschlossen, auf den Höhen zu landen, denn diese Stellung war leichter zu verteidigen. Dann waren sie hinabgestiegen, um die Umgebung zu erkunden. Sie wussten nicht, dass sie gerade ein göttliches Gesetz übertreten hatten.

»Wir haben im Wald auf sie gewartet«, sagt Kalo.

»Und sie dort angegriffen?«

»Nein, wir haben ihnen den Weg versperrt.«

Ich stelle mir die Zomos in ihren Kampfanzügen vor. Angeführt von Zulma, ihrer stolzen Offizierin, stehen sie plötzlich vor diesen federgeschmückten Kriegern, die mit Piken und Keulen bewaffnet sind.

»Habt ihr mit ihnen gesprochen?«

»Wir haben es zumindest versucht«, sagt er und zuckt mit den Schultern. »Sie hatten so komische kleine Ohren an ihrer Rüstung, und wenn sie sprachen, kamen daraus Laute, die unserer Sprache ähnelten.«

»Also habt ihr einander verstehen können?«

»Nein, sie haben nicht verstanden, dass sie unseren Gott beleidigt hatten und damit auch uns.«

»Was haben sie euch gesagt?«

»Dass sie als Freunde gekommen sind«, sagt er mit einem Lächeln, als wollte er seine Belustigung über die absurden Worte der Zomos mit mir teilen. »Freunde, die mit Waffen kommen ... Und du hättest mal ihre Gesichter sehen müssen!«

»Wie hat es diese schlimme Wendung genommen?«

Kalo seufzt: »Es zog sich eine Weile hin, und dann hat einer von ihnen unsere Leute als ›Überflüssige‹ beschimpft. Also haben wir sie zum Kampf herausgefordert, ihre Waffen haben mächtig Lärm gemacht, und vier von uns sind zu Boden gegangen. Aber da hatten wir sie schon überrannt. Wir haben mehrere getötet und die anderen gefangen genommen.«

»Waren eure Leute tot?«

»Nein, hinterher sind sie wieder aufgestanden, aber als sie hingefallen waren, sahen sie wie tot aus. Diese Leute kämpften mit Waffen, die es nicht einmal schaffen, uns zu töten!«

Ich glaube jetzt zu verstehen, was das Massaker an den Zomos ausgelöst hat. Weil das Ganze schlecht auszugehen drohte, muss einer von den Zomos oder Lieutenant Zulma etwas in der Art von »Es ist doch überflüssig, so weiterzumachen« gesagt haben, und das automatische Übersetzungsprogramm hat die schlimmste Beleidigung für die Inselbewohner daraus gemacht.

Admiralin Colette hatte also recht, was die Fehlerhäufigkeit der Übersetzungsprogramme betrifft, und die Zomos hatten vielleicht nicht unrecht, als sie meinten, man hätte die Expedition mit scharfen Waffen ausstatten sollen.

»Aber ihr Raumschiff? Hast du es gesehen?«

»Nein, es steht oberhalb der Baumgrenze, man kommt nicht heran.«

Ich gucke auf den Vulkan. Unter seinem Gipfel gibt es eine Reihe kleinerer Kuppen, vermutlich Nebenkrater, die von kleinen Tälern getrennt werden. Hier ist einst die Lava entlanggeflossen. Es könnte Tage dauern, diese Landschaft auf der Suche nach dem Raumschiff der Zomos zu durchforsten.

»Kein Mensch darf so hoch hinaufsteigen!«

Es ist ein ranghoher Krieger, der das mit zorniger Stimme sagt.

Der Große Häuptling erwidert nichts darauf. Er schaut mich an und denkt nach.

Wir stehen im Schatten eines Baumes, nur der Häuptling sitzt auf seinem Thron, ihm gegenüber ein kleiner Trupp von Kriegern. Ein wenig abseits stehen Tayo und Antina in Begleitung von Kalo und zwei weiteren Kriegern.

»Wenn ich dieses Schiff finde, könnte ich euch den Weg zu den Sternen zeigen.«

»Oder damit abhauen«, sagt der Häuptling.

Mir scheint, dass es ihm weniger Sorge bereitet, das religiöse Verbot zu übertreten (glaubt er wirklich daran?), als einen Mann entkommen zu lassen, den er noch immer nicht verstanden hat.

»Ich gebe dir mein Wort.«

»Und vor allem hätte ich deine Freunde in der Hand«, sagt er und weist auf Tayo und Antina. »Du hast dein Leben für sie riskiert …«

»Ich werde nur ein paar Tage fort sein.«

»Aber so hoch darf er nicht steigen!«, ruft der Krieger erneut, und diesmal klingt seine Stimme eher erschrocken als empört.

Der Häuptling schaut ihn mit strenger Miene an, und der Krieger verbeugt sich.

»Ich werde das jetzt entscheiden«, sagt der Häuptling. »Dieser Mann ist keiner von uns, und unser Gott weiß das. Ihm kann es vermutlich gelingen, den Vulkan von diesem Schiff zu befreien, das den heiligen Ort unrein macht.« Und an mich gewandt, setzt er hinzu: »Könntest du das schaffen?«

»Gewiss. Aber ich brauche dazu einen der Gefangenen, der mir den Weg bis zum Schiff zeigen kann.«

»Du willst mit einem von denen dorthin gehen? Und wer soll dich beschützen, wenn er dich unterwegs töten und die Flucht ergreifen will?«

Der Häuptling glaubt also immer noch daran, dass die Zomos einer anderen Gemeinschaft angehören und mir feindlich gesinnt sind.

»Fessele ihm die Hände und gib mir einige deiner Krieger mit.«

»Nie wird ein Krieger weiter gehen als bis an den äußeren Rand des Waldes.«

Er sagt das im Ton einer schlichten Feststellung, denn er kennt seine Männer. Obwohl er selbst nicht gerade tiefgläubig zu sein scheint, weiß er, dass keiner von ihnen das Verbot übertreten würde.

Ein etwas älterer Krieger, der bisher noch nie geredet hat, beugt sich zum Häuptling und raunt ihm ein paar Worte ins Ohr. Der Häuptling nickt.

»Er wird mit der Frau gehen«, sagt er.

Aber wie könnte mir Antina bei der Suche nach dem Raumschiff der Zomos nützlich sein? Der Häuptling bemerkt meinen erstaunten Blick.

»Sie meine ich nicht«, sagt er.

Lieutenant Zulma weint und verbirgt ihr Gesicht in den Haaren.

Ich erkenne sie kaum wieder. Damals trug sie wie alle Militärs die Haare kurz geschoren, und die Muskeln ihres athletischen Körpers zeichneten sich unter ihrem Overall ab. Jetzt sitzt sie beinahe nackt da, kaum bedeckt von einem kleinen Tuch, das ihre üppigen Formen nicht zu verhüllen vermag.

»Sie lassen mich niemals aus dem Haus«, sagt sie und schaut mich kaum an, als wollte sie sich dafür entschuldigen, ziemlich rund geworden zu sein.

Ich teile ihr mit, dass ihre Männer sie für tot halten.

»Ja, man hat mich im Kampf niedergeschlagen … Und als ich wieder aufwachte, fand ich mich hier gefangen.«

Wir sind in dem großen Langhaus eines hochrangigen Kriegers. Gemeinsam mit Kalo sitzt er in Reichweite von uns, und beide verfolgen interessiert unser Gespräch, von dem sie nichts verstehen.

Hinter dem Wandschirm hört man die anderen Frauen des Kriegers wispern.

Lieutenant Zulma ist jetzt eine von ihnen.

Sobald der Krieger sie an der Spitze des Zomo-Trupps gesehen hatte, hatte er sich fest vorgenommen, sie zu seiner Gattin zu machen. Er war sicher, dass sie ihm die herrlichsten Kinder gebären würde – und die Jungen würden zu guten Kriegern heranwachsen, daran gab es keinen Zweifel.

Jetzt verstehe ich auch, weshalb Lieutenant Zulma so zugenommen hat: Weil sie schwanger ist, wird sie von den anderen Gattinnen des Kriegers gut ernährt.

Anfangs hatte man ihr recht viele Freiheiten gelassen; ihr neuer Mann war überzeugt, dass sie doch voller Dankbarkeit sein müsse, mit einem so hochrangigen Krieger verheiratet zu sein. Aber zu seiner Überraschung versuchte sie zu fliehen und verletzte dabei einen der Männer, die sie aufhielten. Einige Nächte darauf überraschte man sie dabei, wie sie sich mit einem Band, das sie aus einer Matte gezogen hatte, zu erhängen versuchte. Und so ließ man ihr künftig nur dieses kleine Stückchen Tuch, mit dem sie sich kaum verhüllen konnte.

Der Krieger wendet sich mir mit besorgter Miene zu: »Was kann ich bloß tun, damit sie glücklicher wird?«

Wieder einmal vermisse ich Athena. Soll ich dem Mann die sexuelle Orientierung von Lieutenant Zulma enthüllen? Aber damit würde ich vielleicht nur erreichen, dass sie in Ungnade fällt oder sogar noch Schlimmeres erleiden muss. Ich habe keinen blassen Schimmer davon, wie man die Tatsache, dass Lieutenant Zulma Frauen liebt, auf dieser Insel aufnehmen würde. Auf Eros ist mir aufgefallen, dass es solche Praktiken gibt, auch wenn die Annäherungen zwischen Menschen desselben Geschlechts mit mehr Diskretion erfolgten als die übrigen. Aber während jene Insel von Lust und Liebe beherrscht wird, regieren hier Anstrengung und Krieg. Und doch hatten beide einst eine gemeinsame Kultur, wovon die Ähnlichkeit ihrer Sprachen zeugt. Ich erinnere mich, dass die irdischen Zivilisationen der Homosexualität sehr unterschiedlich gegenüberstanden – die Palette reichte von kollektiver Verherrlichung bis zur Todesstrafe. Bei uns in der Kolonie ist es allen gleichgültig.

»Lass sie bei deinen anderen Frauen schlafen«, sage ich zu dem Krieger.

Er ist erstaunt, aber dann glaube ich in seinem Blick ein Aufleuchten zu erkennen, als hätte er begriffen. Jedenfalls nickt er, als würde er meinen Ratschlag anerkennen.

Aber ich habe noch ein besseres Mittel, um Lieutenant Zulma aus ihrer Verzweiflung zu reißen.

»Lieutenant, wir haben eine Mission zu erfüllen.«

Sie richtet sich auf und streicht sich die Haare aus dem Gesicht.

»Eine Mission? Wer soll die angeordnet haben?«

»Ich.«

Sie schaut mich ungläubig an.

»Von einem Rekruten, der noch nicht einmal Offiziersanwärter ist, lasse ich mir gar nichts befehlen.«

»Von einem Rekruten, der gekommen ist, um Sie zu befreien. Außerdem war es Admiralin Colette, die mich auf diese Mission entsandt hat.«

Als ich unsere Oberkommandantin erwähne, erstarrt Lieutenant Zulma. Sie selbst hat sicher nie einen direkten Befehl von der Admiralin erhalten. Ich ahne, was ihr durch den Kopf geht: ihre Lage als Gefangene, ihre Nacktheit, mein Status als freier Mann und Abgesandter der Admiralin.

»Zu Befehl«, seufzt sie. »Worin besteht die Mission?«

*Ich schaffe es nicht, diesen verbotenen Zugang zu knacken.*

*»Das zeigt doch, dass du lieber aufhören solltest«, sagt Alma zu mir.*

*Wir sitzen in ihrer Kabine, denn hier kann sie die Überwachungsapparate leichter deaktivieren.*

*»Wenn du es nicht schaffst, heißt das nichts anderes, als dass diese Sperren von Athena oder von einer ihrer Vorgängerversionen selbst erdacht wurden. Also ist es ein Geheimnis von strategischer Bedeutung, das unsere Kolonie vor Gefahren schützen soll.«*

*Sie hat natürlich recht.*

*Alma hat uns zwei Tassen heiße Schokolade gemacht – unsere gemeinsame Schwäche –, und nun schlürfen wir wortlos das Getränk.*

*In den Glashäusern der Kolonie wachsen Kakaobäume. Wer aber Zugang zum fertigen Produkt haben möchte, muss eine hohe Funktion bekleiden oder über eine geheime Sonderberechtigung verfügen. Alma steht in der Hierarchie eigentlich nicht so weit oben.*

*»Du hast getan, was du konntest. Aber man muss auch aufgeben können. Wir haben doch alle gelernt, dass man aufhören muss, wenn die Risiken zu groß werden, oder?«*

*In ihrem Blick erkenne ich so etwas wie Verwirrung. Wahrscheinlich denkt sie daran, wie sie selbst auf Stan verzichten musste.*

*Und ich, ich musste auf Robin verzichten … Aber nein, ich musste ja nicht, ich habe es selbst beschlossen. Ich habe die Yû von heute unglücklich gemacht, damit die Yû von morgen glücklich sein kann. Dachte ich mir jedenfalls. Und nun mache ich den Kavan von heute unglücklich. Und den Kavan von morgen vielleicht glücklich. Ich weiß, ich bin* nicht gerade der Hauptgewinn, und wenn ich ihm seine Freiheit wiedergebe, wird er mit einer anderen bestimmt glücklicher werden, auch wenn ihm das heute noch nicht klar ist. Ich aber, ich werde vielleicht nie im Leben mehr glücklich sein, für immer getrennt von meinem Liebsten ...

Eine Träne fällt in meine Tasse.

»Meine liebe Yû, so kannst du nicht weitermachen.«

Almas Wunsch, mich zu trösten, lässt mich aufschluchzen.

»Hör bitte auf damit. Wenn sie sehen, dass du geweint hast, bestellen sie dich zu einer Therapie.«

Das stimmt. Ich versuche mich wieder in den Griff zu bekommen.

Alma beobachtet mich mit ihrem tief eindringenden Blick einer indianischen Prinzessin. Meine Freundin ist gut, schön und stark. Ich frage mich, wie Stan die Trennung verkraftet hat. War sein Ehrgeiz so stark, dass er ihn die Liebe vergessen ließ? Kann er sich mit häufig wechselnden Partnerinnen trösten? Diese Gedanken lassen meine Tränen versiegen.

»Es macht mich wirklich traurig, dich so zu sehen«, meint Alma.

»Das ist lieb von dir, aber du kannst auch nichts machen.«

Sie sitzt eine Weile schweigend da. Dann sagt sie: »Es gäbe natürlich noch eine andere Möglichkeit ...«

»Eine andere Möglichkeit?«

Und sie erklärt es mir in aller Schnelle.

»Die Entscheidung, Robin auf die Erde zu schicken, muss irgendwo in einer Form abgespeichert sein, die für Menschen lesbar ist ... insbesondere für Admiralin Colette.«

»Daran habe ich natürlich auch schon gedacht. Aber die

Daten der Admiralin sind zu gut gesichert, da würde man mich bestimmt erwischen.«

»Einverstanden, doch was ist mit all den folgenden Entscheidungen? Die Vorbereitung des Raumschiffs, seine Ausrüstung, seine Kommunikationsmittel ... Das ist wie eine Kaskade ...«

Und plötzlich verstehe ich, was sie sagen will: Von einer der Schlussetappen aus könnte ich den Weg bis zur ursprünglichen Entscheidung zurückverfolgen. Aber dafür müsste ich in Zonen eindringen, die an Athenas Peripherie liegen – Bereiche, zu denen ich keinen Zugang habe.

»... und die Kommunikationsmittel sind schließlich meine Domäne.«

Alma, meine Freundin, ich liebe dich.

Wir sind seit dem Morgengrauen unterwegs. An der Spitze der Gruppe marschieren Lieutenant Zulma und ich, hinter uns Antina und Tayo, gefolgt von Kalo und vier Kriegern – zwei seiner Brüder und zwei Cousins.

Ich musste lange mit dem Häuptling verhandeln, damit Antina und Tayo uns begleiten durften.

»Ich bürge für sie«, habe ich gesagt.

»Wenn sie erst einmal mit dir fortgegangen sind, was wird euch dann noch halten?«

»Das Wort, das ich dir gegeben habe.«

»Und ich habe dir mein Wort gegeben, dass man sie hier nicht anrühren wird.«

Aber ich ließ nicht locker, denn ich habe gespürt, dass er fürchtete, seine Krieger könnten trotz allem gegen seine Weisung verstoßen.

Am Ende konnten wir mit dem Großen Häuptling einen Kompromiss erzielen: Meine Freunde gehören nun zum Expeditionsteam. Doch damit Kalo und seine Krieger es wagten, über die Waldgrenze hinauszusteigen, war eine weitere Vorsichtsmaßnahme vonnöten.

»Wir werden unserem Gott ein Opfer bringen, damit er uns gewähren lässt.«

Dieser Gott, den die Inselbewohner nie anders nennen als »unser Gott« oder »der Gott der Welt«, ist zwar ein Einzelwesen, aber er kann verschiedene Erscheinungsformen annehmen. Eine davon ist der Vulkan, der schon seit einer Generation kein Feuer mehr speit. Kalo erinnert sich an den letzten Ausbruch, der sich in seiner Kindheit ereignete. Ein Lavastrom hatte den Weiler verschlungen, den man in der Höhe angelegt hatte, um im Wald bequemer jagen zu können. Obgleich die damaligen Bewohner genug Zeit zum Fliehen gehabt hatten, zog man aus der Katastrophe den Schluss, dass Gott es nicht zulässt, wenn sich jemand auf dem Vulkan ansiedelt. Er hatte ihnen eine unblutige Warnung zukommen lassen, was einmal mehr von seinem immerwährenden Wohlwollen zeugte.

Ich wartete mit Neugier darauf, einer ihrer religiösen Zeremonien beiwohnen zu dürfen.

Als am Vorabend unseres Aufbruchs die Nacht begonnen hatte, versammelte sich das ganze Dorf auf einem von Fackeln erhellten Platz. Dann erschien der Hohepriester, den man unschwer daran erkannte, dass er von Kopf bis Fuß in Pelze und Federn gehüllt war, die nur das Gesicht frei ließen. Das wiederum war mit noch dunkleren Farben tätowiert als die Gesichter der anderen Bewohner. Der Hohepriester war ein älterer Mann, es mangelte ihm jedoch nicht an Energie, was er unter Beweis stellte, als er

einen Kreistanz aufführte, bei dem er kehlige Schreie aus-
stieß und viel Staub aufwirbelte.

So nahm die Zeremonie ihren Anfang.

Schließlich hielt der Hohepriester inne, reckte die Arme
gen Himmel und stimmte einen monotonen Gesang an.

Mit einer kleinen Verzögerung habe ich mich niederge-
kniet wie alle anderen. Ich konnte die Worte des Priesters
kaum verstehen; sie wurden für meine Ohren durch den
Singsang verzerrt, und überhaupt war manches einer anderen Sprache entlehnt, die man offenbar nur bei den Ritua-
len sprach. Kalo hielt sich an meiner Seite und raunte mir
zu, dass der Priester darum bitte, uns freien Zugang zu den
Vulkanhängen zu gewähren, und Gott dafür danke, dass
er mich von den Sternen kommen ließ, um den Vulkan
vom Schiff der Zomos zu befreien.

Dann verebbte der Singsang, ich erhob mich im gleichen
Moment wie die Gläubigen und sah, dass der Hohepriester
auf einem Stuhl Platz nahm, den man herbeigetragen und
gleich neben den Thron des Großen Häuptlings gestellt
hatte. Die irdische und die geistliche Macht schienen von
gleicher Bedeutung zu sein, zumindest an diesem Abend.

»Gleich beginnt das Opfer«, flüsterte Kalo mir zu.

Ich fürchtete, einem Menschenopfer beiwohnen zu müs-
sen. Kalo hatte mir schon gesagt, dass man dafür bisweilen
Kriegsgefangene verwendet, die man zu diesem Zweck am
Leben erhält. Aber was ich dann sah, beruhigte mich.

Man führte ein Schwein an einem Halfter herbei. Von
der Riesenhaftigkeit der hiesigen Schweine habe ich ja
schon gesprochen, und auch dieses hatte eher die Größe
eines Bisons. Es wurde von vier Kriegern mit Piken flan-
kiert, die bereit waren, auf jede unvorhergesehene Bewegung des Tieres zu reagieren.

Aber das Schwein blieb gelassen, jedenfalls bis zu dem Moment, als man es an einen Holzpflock anband, der fest in den Boden gerammt war. Da witterte es, dass es sich in einer verhängnisvollen Lage befand, und stieß ein schreckliches Gebrüll aus, das sich fast menschlich anhörte. In der Ferne antworteten ihm seine Artgenossen.

Zwei vielleicht zehnjährige Jungen traten aus der Menge heraus und näherten sich dem Schwein. Neben dem Monstrum sahen sie winzig aus.

»Ihre erste Tat als Krieger«, erklärte mir Kalo im Flüsterton.

Einer der Jungen hielt eine Art Vorschlaghammer, dessen Stiel beinahe so lang war wie das Kind und der wohl die Hälfte seines Gewichts hatte. Der andere hatte ein Schwert ergriffen.

Die Menge begann zu singen, und die beiden Jungen verbeugten sich wie zwei Akrobaten vor ihrer großen Nummer.

Dann ging alles ganz schnell. Der Junge mit dem Schwert trat hinter das Schwein, betrachtete es eine Sekunde lang und durchtrennte ihm mit zwei heftigen Hieben die Sehnen erst des einen, dann des anderen Hinterbeins. Das Tier sackte mit einem durchdringenden Schrei zusammen.

Der andere Junge stellte sich vor das Schwein, das schrie und vergeblich versuchte, wieder auf seine verwundeten Beine zu kommen. Die weit aufgerissene Schnauze ließ ein furchterregendes Gebiss erkennen.

Mit einer Drehbewegung seines zerbrechlichen Körpers hievte das Kind den Hammer empor und ließ ihn auf den Schädel des Tieres niedersausen. Man hörte ein Knacken, und das Schwein stürzte wie vom Blitz getroffen nieder.

Die Umstehenden johlten vor Freude.

»Alle beide mit dem ersten Schlag!«, jubelte Kalo. »Aus denen werden gute Krieger!«

Der Rest war simples Fleischerhandwerk. Die Krieger, die das Tier herangeführt hatten, begannen es zu zerlegen; das Blut tränkte den Boden, und man teilte die Fleischstücke für die Familien aus den höchsten Kasten gerecht auf. Der Kopf wurde in der Morgendämmerung als Opfergabe verbrannt, genau wie man es mit den gefallenen Zomos getan hatte und mit den Schutzanzügen der Überlebenden.

Je höher wir steigen, desto mehr packt uns die Kälte. In weiser Voraussicht haben wir uns wie Krieger angezogen, die im Bergwald auf die Jagd gehen wollen – mit Kleidung, die aus Leder geschnitten ist, und sogar Stücken von Pelz. Wir haben ein letztes abgebranntes Waldstück durchquert und sind dann in ein felsiges Heideland gekommen, das sich bis zu dem immer noch intakten großen Wald hinzieht. Und wenn wir den erst einmal durchwandert haben, werden wir zu den grasbewachsenen Abhängen gelangen, die den Kegel des Vulkans bilden.

Der Anstieg wird steiler, wir stapfen wortlos hinan und können es kaum erwarten, den Wald zu erreichen.

Als wir endlich unter das Blätterdach treten, kommt Lieutenant Zulma ganz nahe an mich heran und flüstert mir zu: »Ich werde diese Insel nicht ohne meine Leute verlassen.«

Seit unserem Aufbruch hat sie ihre ganze Würde zurückgewonnen. Mit ihrer hoheitsvollen Haltung und der großen, an den Seiten geschlitzten Tunika würde sie eine gute

Königin für die Insel abgeben – mit demselben Geschmack wie ein König, was die Wahl der Gattinnen angeht.

»Wir werden sehen, welche Befehle man uns erteilt«, sage ich.

Lieutenant Zulma ahnt sicher, welchen Befehl ich mir von Admiralin Colette erhoffe: so schnell wie möglich an Bord gehen und zum Hauptraumschiff zurückkehren, das im Orbit auf uns wartet, dann Richtung Kolonie weiterfliegen – und Richtung Yû.

Unterwegs möchte ich Tayo und Antina auf ihrer Insel absetzen; ich will sie ja nicht inmitten dieses Volkes von Rohlingen zurücklassen.

Und wenn wir zurück in der Kolonie sind, wird es Zeit, eine Rettungsexpedition zu organisieren, um die gefangenen Zomos zu befreien. Ich versuche mir einzureden, dass die Admiralin die gleiche Prioritätenliste hat wie ich, und male mir allmählich ein glückliches Ende für dieses Abenteuer aus, bei dem ich mich schon mehrmals hoffnungslos verloren glaubte.

»Ein Offizier lässt seine Männer niemals im Feindesland allein zurück«, fährt Lieutenant Zulma fort.

»Selbst dann nicht, wenn er nur fortgeht, um ihre Rettung zu organisieren?«

»Sie haben ja keine Ahnung. Wenn wir von hier wegfliegen, schneidet man den Zomos vielleicht sofort die Kehle durch, oder man spart sie für Menschenopfer auf.«

Da hat sie nicht unrecht. Unsere Flucht wäre ein Affront gegenüber dem Häuptling – ganz zu schweigen davon, dass Kalo und seine Leute uns bestimmt mit aller Macht aufhalten würden.

»Bis jetzt jedenfalls hat man sie noch nicht geopfert – anders als man es sonst mit den Gefangenen macht.«

»Aber nur, weil man es vorteilhafter fand, sie den Mühlstein schieben zu lassen.«

Und sie erklärt mir, dass man durch den Einsatz der Zomos einige Leute aus den niederen Kasten von der Mühle abziehen konnte und seitdem mehr Arbeitskräfte für die Landwirtschaft hat.

»Jeder meiner Zomos ersetzt dort zwei von ihnen«, sagt sie, und in ihrem Ton liegt Stolz und echte Verbundenheit mit ihren Männern. Ich verspüre immer mehr Respekt vor Lieutenant Zulma, von der ich bis zu meinem Abflug nicht viel mehr wusste, als dass sie Yû den Hof gemacht hatte.

»Sie sind mit Yû zusammen«, sagt sie plötzlich, als hätte sie meine Gedanken erraten.

»Ich war es.«

Das überrascht sie. »Und doch machten Sie auf mich den Eindruck, dass …«

Unter anderen Umständen würde ich mich Lieutenant Zulma niemals anvertrauen, aber sind wir hier nicht beide in Feindesland, durch ein ähnliches Schicksal verkettet?

Ich erkläre ihr in wenigen Worten den Grund für meine Trennung von Yû. Sie hebt ungläubig die Augenbrauen.

»Yû wurde bestimmt schon für das Langlebigkeitsprogramm ausgewählt! Sie ist doch viel zu kostbar, als dass man auf sie verzichten könnte!«

Da habe ich die Bestätigung für meinen Verdacht und Admiralin Colettes Doppelspiel.

»Und warum hat man gerade Sie für diese Mission genommen?«

»Admiralin Colette hat mich ausgesucht, und Athena war einverstanden.«

»Aber weshalb ausgerechnet Sie?«

»Weil ich ein Talent für Sprachen habe und in Konflikt-situationen gut vermitteln kann.«

Sie entgegnet nichts, aber ich spüre, dass auch sie ihre Zweifel daran hat.

Ich sage ihr nichts von Yûs letzter Nachricht, die mich kurz vor Ende meines Fluges erreichte, denn ich vergesse nicht, dass ich eine Offizierin vor mir habe. Es wäre ihre Pflicht, Meldung davon zu erstatten, dass meine Liebste ins militärische Kommunikationsnetz eingedrungen ist.

Tayo kommt zu uns herüber und macht uns darauf aufmerksam, dass Rauchgeruch in der Luft liegt. Ich habe schon bemerkt, dass er einen schärferen Geruchssinn hat als ich. Meiner ist vermutlich in der Kolonie verkümmert, denn für das dortige Leben braucht man ihn eigentlich nicht.

Weil bis zum Horizont nichts auf einen Brand hindeutet, kann dieser Geruch nur ein Zeichen für menschliche Prä-senz sein.

»Leben hier in der Gegend Menschen?«, frage ich Kalo.

»Ja, aber richtige Menschen sind das nicht«, erwidert er.

»Sie machen Feuer, und das können nur Menschen.«

»Es sind Überflüssige.«

Und mir wird klar, dass ich, das Neutrum, nun den Aus-geschlossenen aus dieser Welt der Arbeit begegnen werde.

Zwischen den Bäumen tut sich eine Lichtung auf, und wir entdecken eine Hütte, grob zusammengeschustert aus Strauchwerk und getrocknetem Schlamm. Aus ihr tritt ein

Mann, der uns verängstigt ansieht. Er ist von mittlerer Größe, ähnlich den Leuten, die ich auf den Feldern arbeiten sah, und in schmutzige Lumpen gehüllt.

Er öffnet den Mund, als wollte er mit uns reden, aber beim Anblick von Lieutenant Zulma erstarrt er. Sie muss ihm wie ein außerirdisches Geschöpf vorkommen.

»Hab keine Angst«, sagt Kalo. »Wir sind nicht hier, um Jagd auf euch zu machen.«

Aus diesen Worten wird mir klar, dass die Jagdexpeditionen der Krieger nicht nur auf tierische Beute abzielen.

»Ich habe keine Angst«, sagt der Mann zitternd.

Er versucht seine Würde zu wahren, aber das ist schwierig bei seinem jämmerlichen Erscheinungsbild und dem Geruch, den er verströmt.

Die Krieger und Lieutenant Zulma betrachten ihn mit Abscheu, aber in Tayos und Antinas Blicken lese ich Mitgefühl.

»Wo sind die anderen?«, fragt Kalo.

Der Mann zeigt die Bergflanke hinauf.

»Bring uns hin«, sagt Kalo, und der Mann setzt sich in Gang.

Es wundert mich, dass Kalo die Lage des Dorfes nicht kennt, wo er doch in diesem Wald schon gejagt haben muss. Aber dann erklärt er mir, dass die Überflüssigen nomadisch leben und ihre Gemeinschaften (denn es gibt mehrere) immer wieder den Wohnplatz wechseln – sowohl um anderswo Nahrung zu finden als auch, um für die Krieger auf der Jagd unsichtbar zu bleiben.

»Sie sind nicht ganz blöd«, sagt Kalo in einem Ton, in dem man jemandem, der sonst in Nichts glänzt, doch einmal eine gute Eigenschaft zugestehen muss.

Wir kommen ins Dorf, sofern man diese Ansammlung elender Hütten, die zu beiden Seiten eines Bachlaufs stehen, als solches bezeichnen kann. Die ersten Bewohner, die uns sehen, reagieren erschreckt, bis sie merken, dass unser Führer einer von ihnen ist. Sie treten aus ihren Hütten heraus – Männer, Frauen, Kinder, aber fast keine Alten. Alle wirken so furchtsam, wie unser Führer es bei unserer Ankunft war.

In dieser Hochlage ist das Klima rauer und der Wald nicht so üppig wie in der Ebene. Die Überflüssigen müssen auf der Suche nach neuen Jagd- und Sammelgründen ständig weiterziehen. Die Alten machen eine solche Lebensweise vermutlich nicht lange mit, ganz zu schweigen von der nächtlichen Kälte.

Ich frage Kalo, wie es kam, dass diese armen Geschöpfe aus der gut durchorganisierten Gemeinschaft ausgeschlossen wurden.

»Nicht alle sind ausgeschlossen worden«, sagt Kalo. »Manche haben sich freiwillig dafür entschieden, hier zu leben.«

Er geht an das Feuer, das auf dem Dorfplatz brennt, und entnimmt seinem Reisegepäck ein paar Stücke Schweinefleisch, die vom Opferritual am Vorabend übrig geblieben sind. Sie sollten uns auf unserer Expedition als Verpflegung dienen, und es macht ihm überhaupt nichts aus, sie vor den Dorfbewohnern zu braten und zu verzehren. Die Leute haben sich im Kreis um uns aufgestellt, angezogen vom Anblick und Geruch einer Nahrung, die bei ihnen wahrscheinlich schon lange nicht mehr auf den Tisch gekommen ist. Die Blicke der Kinder sind schwer zu ertragen, sogar Lieutenant Zulma scheint der Appetit vergangen zu sein, und Antina kann es nicht mit ansehen. Sie reicht einem kleinen Jungen, der sich ihr genähert hat, einen Streifen Fleisch. Sogleich entsteht um sie herum ein Getümmel von Kindern, die alle etwas abhaben wollen.

Kalo springt auf und verscheucht die Kinder.

»Das hätte sie nicht tun sollen«, sagt er schroff.

Tayo ist über die Bemerkung verärgert und steht seinerseits auf. Es wird Zeit, dass ich eingreife.

»Sie ist nicht von hier«, sage ich. »Auf ihrer Insel essen alle gemeinsam.«

»Ich verstehe«, sagt Kalo und setzt sich wieder. »Aber hier gilt unsere Ordnung. Diese Leute gehören nicht mehr zu uns, es sind nur Überflüssige.«

»Außer ihre hübschen Frauen«, sage ich mit einem Lächeln, um die Atmosphäre zu entspannen und in einer heiklen Situation einen leichteren Ton anzuschlagen.

Nun müssen auch Kalo und die Krieger lächeln, während Tayo, Antina, Lieutenant Zulma und ich unseren Appetit wiederzufinden versuchen.

»Wenn nicht alle von ihnen ausgestoßen wurden, weshalb sind sie dann hergekommen?«

»Es sind die, die sich unseren Sitten und Gebräuchen nicht mehr beugen wollten.«

Dann erklärt er es mir genauer: Die meisten sind Leute aus den niederen Kasten, die ihre monotone Arbeit auf den Feldern nicht mehr ertragen konnten. Das Leben im Wald war für sie trotz aller Unwägbarkeiten doch eine Form von Freiheit.

Ich sage mir, dass man diese Menschen als Flüchtlinge der Landwirtschaft betrachten kann. Statt sich im Dienst der oberen Kasten abzuplacken, sind sie lieber zum Jagen und Sammeln zurückgekehrt. Hier haben sie Freiheit und Gleichheit gefunden – allerdings um den Preis der

Armut und der Ungewissheit, was ihnen der nächste Tag bringt.

Man findet in ihrem Dorf auch Awakar, die von kompetenteren Kollegen übertroffen wurden oder irgendwann alles Interesse an ihrem Spezialgebiet verloren haben. Lieber sind sie hierher in die Wälder gegangen, als überflüssig in ihrer Gemeinschaft zu leben. Und man trifft auch auf ehemalige Krieger, die verstoßen wurden, nachdem sie Anzeichen von Feigheit gezeigt hatten. Es gibt sogar einen Krieger, der sich eines Tages weigerte, nach gewonnenem Kampf seinen Gegner – einen Mann von einer anderen Insel – zu töten.

»Ein Verrückter!«, schließt Kalo seinen Bericht.

Ich sage, dass ich diesen Krieger sehen möchte.

Ich finde den Mann ein wenig oberhalb des Dorfes, wo er im Bach angelt. Mit seinem hohen Wuchs und den breiten Schultern hat er wirklich die Statur eines Kriegers, aber ihm fehlt das stolze und bedrohliche Auftreten, das seine ehemaligen Kameraden bei fast allen Gelegenheiten zur Schau stellen (mit Ausnahme von Kalo, der freundlicher auftritt, aber bis zu seiner kürzlichen Beförderung ja auch kein ranghoher Krieger war).

Im Gras neben ihm liegen zwei Fische, die kaum größer als eine Hand sind. Eine magere Ausbeute im Vergleich zu dem, was die Bewohner des anderen Dorfes aus dem Meer fischen.

»Kalo hat mir gesagt, dass du nicht mehr töten wolltest«, sage ich ohne große Umschweife.

»Fische kann ich immer noch töten«, entgegnet er, ohne den Blick von der Angel zu wenden.

»Gehst du nicht auch jagen?«

»Manchmal. Aber das erlaubt man uns nicht.«

Die Jagd ist ein Privileg der Krieger, aber sie sind nicht immer zur Stelle, um ihr Vorrecht durchzusetzen.

»Warum hast du aufgehört zu töten?«

Zum ersten Mal dreht er sich zu mir und lächelt.

»Du bist wirklich neugierig. Die anderen haben mir gesagt, dass du zu einem Volk gehörst, das alles wissen will. Stimmt das?«

»Ja.«

»Ich glaube nicht an deine Geschichte. An unsere übrigens auch nicht.«

»An welche von euren Geschichten?«

»Dieser Gott, der uns dazu auserwählt hat, die Welt zu erobern.«

»Also glaubst du nicht an euren Gott?«

»Nicht wirklich.«

»Und glaubst du überhaupt nicht an Gott?«

Er überlegt. »Ich glaube, dass es irgendwo einen Willen gibt, der die Welt erschaffen hat und sie vielleicht immer noch lenkt ... Moment, da hat mir dieser Wille gerade einen Fisch an den Haken gehängt!«

Mit einer flinken Geste zieht er an seiner Angel, und aus dem Wasser kommt ein zappelnder Fisch, der noch kleiner ist als die beiden anderen.

»Dieser Gott ist wirklich ein Spaßvogel«, sagt er und grinst.

Er löst den Fisch vom Haken und wirft ihn zu den anderen, wo er noch eine Weile zuckt, während wir miteinander reden.

»Eines Tages haben wir eine Insel erobert. Die Bewohner hatten den Kampf verloren, wir hatten schon ihr Dorf abgebrannt und fast alle Männer getötet. Ich war mit ein paar anderen Kriegern dabei, die Frauen einzusammeln, weil wir sie auf unsere Insel bringen wollten. Ich hatte gerade eine sehr hübsche aufgestöbert, die ich mitnahm.«

Er hält inne, damit ich mir die Szene ausmalen kann.

»Und plötzlich kam ein junger Krieger aus einer Hütte gerannt und warf sich auf mich.«

Die Angel spannt sich in seiner Hand, er zieht sie mit einem Ruck hoch, aber es hängt nichts dran.

»Hast du ihn besiegt?«

Mit einem traurigen Lächeln wendet er sich mir zu.

»Er hatte nicht die geringste Chance, nicht einmal durch seinen Überraschungsangriff. Ich bin seinem Lanzenstoß ausgewichen und habe ihn mit der Keule niedergestreckt.«

»Und dann?«

»Die Frau, die ich immer noch gepackt hielt, schluchzte schlimmer als zuvor, und dann ist der junge Mann wieder zu sich gekommen. Aus seinem Blick konnte ich herauslesen, dass er keinen Zweifel daran hatte, was als Nächstes kommen würde. Ich würde ihn erledigen. Er hatte ja mit angeschaut, was wir mit all seinen Gefährten gemacht hatten …«

»Und dann?«

»Dann habe ich plötzlich eine große Müdigkeit verspürt … Ich habe mir gesagt, dass diese ganze Geschichte mit unserem Gott, der uns zur Welteroberung ausschickt, keinen Sinn hat. Auch dieses Volk hatte einen Gott. Wir haben seine Bilder verbrannt. Welchen Sinn hatte das alles?«

Ich sage mir, dass dieser Mann zu viel nachdenkt für einen Krieger oder selbst für einen Zomo.

»Meine Kameraden haben mich gesehen und mir zuge-rufen, dass ich ihm den Rest geben soll, aber ich habe es nicht getan. Da ist einer von ihnen hinzugekommen und hat den jungen Mann mit einem Lanzenstich getötet. Von diesem Tag an habe ich mich geweigert, an weiteren Expe-ditionen teilzunehmen. Und das ging dann so aus …« Mit einer weiten Handbeschreibung umschreibt er die Angel-rute, seine Kleidung und das ein wenig bachabwärts gele-gene Dorf.

»Bereust du es?«

»Nein, niemals. Und du, was ist dein Gott?«

»Ich bin nicht sicher, ob ich einen habe.«

Er lacht. »Schau an, da sind wir schon zwei. Und deine Gemeinschaft hat dich deshalb ausgeschlossen?«

»Nein, sie hat mich auf diese Mission geschickt.«

»Aber hat deine Gemeinschaft einen Gott?«

»Ja, manche glauben an einen – oder vielmehr an eine Göttin.«

»Und wie nennen sie sie?«

»Athena.«

*Ich verschlinge den Text mit den Augen, als hätte mein Gehirn auf ihn gewartet wie auf eine Droge.*

**Lagebericht über die Erdmission der Zomos**
Letzte bekannte Informationen: Ausbruch eines Kampfes zwischen dem Expeditionstrupp und Indigenen. Einsatz von drei nichttödlichen Waffen. Die Wendung »überflüssig, so weiterzumachen« scheint nach ihrer automatischen Übersetzung den

Angriff ausgelöst zu haben.

**Gründe für das Scheitern der Mission**

Ungenügende Kenntnisse über das Umfeld.

Unterschätzung der Kampfkraft der Indigenen.

Defizite in Verhandlungskompetenz.

Probleme mit dem Übersetzungsprogramm.

Die Mitglieder des Komitees stimmen darin überein, dass dies die Ursachen für den Misserfolg sind.


**Lösungsvorschlag A:**

Entsendung einer neuen Mission mit tödlichen Waffen.

Vorheriges Erlernen der dortigen Sprachen durch die beiden begabtesten Teilnehmer der Mission (dabei mindestens eine Frau einplanen).

Wahl eines anderen Landeplatzes.

Implantation von Mikrochips, um den Weg der Kämpfer selbst im Fall einer Niederlage oder des Todes verfolgen zu können. (Anmerkung: Dazu muss das Raumschiff intakt bleiben, weil es als Übertragungsstation dient.)

Vorteile: Verfügbare Kräfte sind höherwertig und besser ausgestattet.

Nachteile: Mehrere Monate Vorbereitungszeit erforderlich. / Infolge fehlender Kenntnisse über den potenziellen Gegner ist das Risiko, von Neuem die gesamte Einsatzgruppe zu verlieren, nicht abschätzbar.


**Lösungsvorschlag B:**

Entsendung einer unbewaffneten Einzelperson, die sprachbegabt ist und Verhandlungsgeschick hat.

Wahl des Rekruten Robin Normandie, in beiden Bereichen der Geeignetste in seiner Generation.

Ziel: Die Umgebung besser kennenlernen und die Ankunft einer weiteren Mission vorbereiten.

Vorteile: Wenig Vorbereitungszeit nötig. / Größere Chancen, rechtzeitig anzukommen, falls einige unserer Leute noch am Leben sind. / Inselbewohner vermutlich weniger feindselig angesichts eines einzelnen Mannes ohne Waffen. / Im Falle des Scheiterns Verlust einer einzigen Person.

*Alma sieht mich an.* »Also, bist du jetzt beruhigt?«

»Ich weiß nicht ...«

»Verdammt noch mal, Yû, was willst du denn noch?«

*Alma ist richtig wütend. Da hat sie sich in Gefahr begeben, um mir Zugang zu den Daten zu verschaffen, und jetzt bin ich immer noch nicht zufrieden.*

*Ich weiß nicht, was ich ihr entgegnen soll.*

»Ich kann sie verstehen«, *sagt Kavan.* »Auch ich finde die Sache merkwürdig. Der Geeignetste in seiner Generation ...«

»Kavan, bitte, misch du dich nicht auch noch ein!«

*Alma hat ihn mit hinzugezogen, weil sie hoffte, auch er würde mich zu überzeugen versuchen, mit den Recherchen über Robin aufzuhören und mich nicht weiter zu gefährden. Aber sie hat nicht mit Kavans Aufrichtigkeit gerechnet.*

»Zunächst einmal gibt es da jenes Foto, das nach wie vor rätselhaft ist«, *sagt er.* »Und dann hat Yû kurz vor Robins Start eine ungewöhnliche Aktivität von Athena verzeichnet ...«

*Als ich ihn so ruhig und ehrlich erlebe, spüre ich, wie mich ein Schwall von Bewunderung durchströmt und, ja, auch von Zuneigung. Ich habe Schuldgefühle, weil ich ihm solchen Kummer bereite.*

*Er richtet seinen schönen goldenen Blick auf mich. »Allerdings bin ich wie Alma der Meinung, dass du nicht weitersuchen solltest. Du wirst zu weit gehen, und am Ende werden sie dich schnappen.«*

*Und trotz seiner ruhigen Art kann man spüren, dass er nur unter Qualen mit ansehen kann, wie ich mich in Gefahr begebe.*

*»Wir haben schon eine ganze Weile geredet«, sagt Alma plötzlich. »Ich kann die Überwachungsanlage nicht länger blockieren, ohne dass es auffällt.«*

*»Danke, Alma«, sage ich. »Noch einmal vielen Dank.«*

*»Wenn du mir wirklich danken willst, dann hör auf, Ärger zu suchen.«*

*»Sie wird nicht auf dich hören«, sagt Kavan.*

Nach unserem Gespräch will mich Titau, der verstoßene Krieger, einem anderen Ausgeschlossenen des Stammes vorstellen, der lange Zeit Oberverantwortlicher für die Landwirtschaft war. Die Nacht ist hereingebrochen, wir setzen uns um das Feuer herum, und bald gesellen sich Tayo und Antina hinzu.

Der ehemalige Awakar ist klein und dürr; er hat einen mal durchdringenden, mal fanatischen Blick und eine Predigerstimme.

»Der Weg, den sie verfolgen, ist eine Sackgasse!«, beginnt er ohne Einleitung und fixiert mich dabei.

»Welcher Weg?«

»Immer mehr Kinder in die Welt setzen, immer größere Waldstücke abbrennen und ständig auf Eroberungszug gehen.«

»Aber warum?«

Er schaut mich an, als wäre ich ein Schwachkopf, aber genau diese Rolle will ich ja spielen.

»Weil sie das zerstören, was sie ernährt!«

»Aber wenn man den Wald abbrennt, bekommt man mehr Felder.«

»Deren Fruchtbarkeit sich erschöpft. Wirklich, ich habe sie gewarnt!«

»Deshalb ziehen sie zu Eroberungen aus«, sage ich mit einem Blick auf Titau.

Der Awakar zuckt verächtlich mit den Schultern. »Wer sagt ihnen denn, dass sie anderswo eine größere und bessere Insel finden als diese hier?«

»Ihr Gott«, meint Titau.

Das ist zu viel für den Awakar, er springt auf und umschlingt mit einer großen Geste die Nacht.

»Gott, das ist die Welt selbst!«, schreit er zum Sternenhimmel hinauf.

Niemand schenkt ihm besondere Beachtung, wahrscheinlich sind seine Gefährten schon daran gewöhnt.

»Es gibt keinen anderen Gott als die uns umschließende Welt. Die Erde, die uns trägt, die Lebewesen, die sie bevölkern, der Himmel, der uns überwölbt – alles ist Gott!« Der Ton, in dem er das vorträgt, ähnelt schrillem Gebrüll.

Titau bittet ihn, wieder Platz zu nehmen, und bald darauf bringt eine Frau die von ihm geangelten Fische, die sie gerade gebraten hat. Wir kosten von den Tierchen, sie sind vorzüglich, und der Awakar findet zu einer friedfertigeren Stimmung zurück.

»Dieser Mann liegt nicht falsch«, flüstert Antina mir zu.

»Glaubst du auch, dass es keinen anderen Gott als die Natur gibt?«

»Ich weiß nicht, aber in einem Punkt hat er recht: Die Leute hier werden ihre Insel zerstören.«

In diesem Augenblick wendet sich der Awakar mir zu, um mich zu fragen, wie wir auf meinem Planeten Ackerbau betreiben. Ich versuche ihm die Pflanzen zu beschreiben, die wir unter Glas anbauen, und auch all die Nahrungsmittel, die wir aus Zellkulturen herstellen, ohne dazu noch das ursprüngliche Tier oder die Ausgangsfrucht zu benötigen.

»Auch echtes Fischfleisch? Ihr lasst dort echtes Fischfleisch wachsen?«

»Im Grunde lassen wir dort Fleisch wachsen, das mit einem Tier nicht mehr viel zu tun hat, aber denselben Nährwert besitzt.«

»Also stellt ihr eine andere Natur her?«

Dies stürzt ihn offenbar in tiefe Abgründe des Nachdenkens. Ich versuche ihn zu beruhigen: »Wir gehen einfach noch einen kleinen Schritt über das hinaus, was deine Leute machen, wenn sie die mächtigsten Schweine für die Zucht auswählen, um immer dickere zu erhalten.«

»Die immer mehr Getreide fressen, sodass man weitere Felder braucht!«

Und da ist er wieder bei seinem Grundthema: Jede Verletzung der Natur wird auf die Verursacher zurückfallen. Wenn man sich die Geschichte des blauen Planeten ansieht, hat er nicht unrecht. Ich frage ihn, ob er etwas darüber weiß, was bei der Apokalypse auf der Erde passiert ist, aber nein, er hat keinerlei Vorstellung davon.

Titau hört uns mit entspannter Miene zu. Dass er seinem früheren Leben, dem eines ruhmreichen Kriegers, nicht nachtrauert, weiß ich ja schon. Aber ich möchte noch mehr erfahren.

»Titau, du wirkst so glücklich. Bist du es auch?«

Er lächelt. »Ich bin nicht sicher, ob es das richtige Wort ist. Aber ich kann sagen, dass ich zufrieden bin.«

»Zufrieden mit deinem Leben hier oben?«, fragt Tayo. »Obwohl du früher ein anderes Leben kennengelernt hast?«

»Ja. Mein früheres Leben war ein endloser Kampf – um meinen Status als Krieger zu behalten, meine Frauen … Und dieser Kampf machte mich nicht glücklich, selbst wenn ich erfolgreich war.«

»Und hier?«

»Wir haben alles, was wir brauchen. Alles, was lebensnotwendig ist.«

»Auch genug zu essen?«

Ich erinnere mich daran, wie begehrlich die Kinder auf unser Abendessen geschaut hatten.

»Ja, wir haben immer genug, um uns zu ernähren, aber natürlich nicht gebratenes Schweinefleisch, so viel das Herz begehrt. Darauf zu verzichten, ist eben der Preis unserer Freiheit. Den Kindern fällt das sicher nicht so leicht.«

Und so entdecke ich hier in den Bergen eine neue Lebensweise:

*Glück durch Verzicht auf alles Unnötige.*

»Man muss schon ein Weiser sein, um sich mit diesem Leben zufriedenzugeben«, sagt Antina.

»Na ja«, sagt Titau mit einem Lächeln, »ich kann nicht behaupten, dass ich jeden Tag von früh bis spät tatsächlich ein Weiser bin.«

Noch am Abend, im Schein des Feuers, schreibe ich auf meine Baumrinde:

*Auf Verdienste gegründete Gesellschaft = Glück für die einen, Demütigung für die anderen*

In den tieferen Lagen der Insel versuchen alle – egal ob Krieger, Awakar oder Bauer –, ihren Status zu behalten oder sogar durch eigene Anstrengungen zu erhöhen. Gelingt ihnen das nicht, werden sie herabgestuft, ausgeschlossen und mit dem erniedrigenden Etikett »Überflüssiger« versehen.

Auf Eros erweist sich der eine oder andere als besonders guter Jäger oder Fischer, aber ein jeder kann sich nützlich machen, und man teilt die Früchte der Arbeit immer auf – ganz wie hier in der kleinen Berggemeinschaft.

Natürlich erzeugt das Zusammenleben nach Tahus Art auch wieder Ungleichheit und schließt Menschen aus. Aber wenn man auf Ares nicht mehr seinen Status wahren kann, hat das, wie Antina gut verstanden hat, grausamere Folgen als die bloße räumliche Trennung.

»Was hast du geschrieben?«, fragt sie mich.

Ich teile ihr meine Reflexionen mit.

»Ja, hier ist es wirklich furchtbar, denn die *Anderen* werden überhaupt nicht mehr als richtige Menschen betrachtet. Man verachtet sie nur noch.«

»Verachtung ist ganz und gar nicht in Tahus Sinne«, sagt Tayo.

Auf der Insel meiner Freunde verspüren die Erwählten des Gottes der Liebe für die übrigen Bewohner Mitleid, aber keine Verachtung – zumal sie wissen, dass sie eines Tages, wenn sie nicht mehr so jung sind, für immer zu ihnen in die Berge hinaufsteigen müssen.

»Hier können es die Starken nicht akzeptieren, dass nicht alle so sind wie sie«, sagt Antina.

»Sie glauben, dass die Schwächeren ihr Los verdient haben«, füge ich hinzu.

»Aber überhaupt niemand hat irgendetwas verdient!«, ruft sie aus.

»Niemand hat irgendwas verdient?«, wiederholt Tayo leicht verblüfft.

»Nein, denn alles geschieht von Tahus Gnaden. Er oder wer auch immer hat uns so geschaffen, wie wir sind. Wir können uns nicht aussuchen, was er uns beschert.«

Unglaublich – sie denkt ja wie Athena!

Denn Athena weiß ganz genau um die Fähigkeiten und Grenzen jedes Bewohners der Kolonie, und das von seiner frühesten Kindheit an; sie kennt sein genetisches Potenzial und die möglichen Einflüsse der Erziehung.

Die Vorstellung, dass man sein Schicksal verdient habe, hat also keinen Sinn mehr. In den fortgeschrittenen Gesellschaften der Erde machte sie die Last auf den Schultern der Erfolglosen noch schwerer: Es sei alles ihre eigene Schuld! Ihnen habe es bestimmt an Ehrgeiz gefehlt oder an Mut.

In der Kolonie hingegen wird das Wort *Faulpelz* schon lange nicht mehr gebraucht. Jemand, der nicht so arbeitsam ist wie die anderen, verfügt lediglich über einen neuronalen Schaltkreis, der es schlecht verkraften kann, wenn er nicht schnell genug belohnt wird, oder er kann sich nicht so gut konzentrieren oder er ermüdet sehr schnell. Einen angeblichen »Faulpelz« verachtet man deshalb genauso wenig wie jemanden, der kurzsichtig ist oder nicht so gut kopfrechnen kann. Und so verachtet man auch die Neutren nicht – zumindest nicht offen.

Es ist Athenas Aufgabe, dem »Faulpelz« oder dem Neutrum eine Tätigkeit zuzuweisen, die seinen Fähigkeiten entspricht.

Umgekehrt gilt aber auch: Wer begabt und fleißig ist, ist es nicht durch eigene Verdienste. Man weiß, dass er gute Gene abbekommen hat und ihm eine von Athena perfekt auf ihn zugeschnittene Erziehung zuteilwurde.

Eigene Verdienste würden Willensfreiheit voraussetzen, und deren Vorhandensein lässt sich noch immer so wenig nachweisen wie die Existenz Gottes (ein weiterer Glaube, der in unserer Kolonie außer Gebrauch geraten ist).

Gewiss werden in der Kolonie einige Normübertretungen noch bestraft, aber ganz ohne moralische Wertung, einfach nur der Nützlichkeit halber. Man straft mit dem einfachen Ziel, den Missetäter von einem Rückfall abzuhalten und die Übrigen durch ein Exempel abzuschrecken. Überhaupt verhängt man nur selten Strafen, aber wenn sie doch notwendig werden, weil ein Individuum eine schwere Regelverletzung begangen hat, forstet Athena ihre Tiefen danach durch, welche pädagogischen und bald auch genetischen Verbesserungen die Menschen künftig von solchen Verstößen abhalten können.

Das Resultat sehe ich an mir selbst: Ich habe erst meinen Status als Neutrum und dann diese Mission brav akzeptiert und war stets bereit, zum Wohle der Kolonie meine Pflicht zu tun.

Athena hat uns die Last der Freiheit und der eigenen Verdienste von den Schultern genommen.

Woher aber kommt dann jener Zorn, den ich immer häufiger in mir spüre? Ich habe immer mehr Lust darauf, mich den Befehlen zu widersetzen, einfach so zu handeln, wie es mir richtig scheint, und mich gegen alles Mögliche aufzulehnen.

Ich versuche, mich wieder zu beruhigen, und denke dabei an Titaus Glück. Dann schreibe ich:

*Glück = Verzicht auf alles, was nicht nützlich für uns ist.*

Ich weiß, dass viele Philosophen des Altertums diese Art von Entsagung gerühmt haben. Autoren wie Epikur und Epiktet, von denen ich nur die Namen behalten habe. Sicher könnte mir Yû eine exzellente Zusammenfassung ihrer Ideen liefern. Sie hat mir bereits vom Buddhismus erzählt, für den die Quelle allen Leidens im Begehren liegt, und dieses Begehren bezeichnete man mit demselben Wort, das auch *Durst* bedeutet.

Das Glück der Entsagung liegt sicher in Reichweite von Titau oder dem Awakar, die ihre Gemeinschaft freiwillig verlassen haben. Weniger zugänglich ist es für alle, die aus dem Dorf an der Küste verjagt wurden. Letztlich ist es doch so, dass sowohl das Glück aus der Anstrengung als auch das aus dem Verzicht sich am leichtesten einstellen, wenn man diese Form von Glück frei gewählt hat.

Und in der Weltraumkolonie – haben wir da eigentlich eine freie Wahl? Wir behaupten es zwar, aber im Grunde wählen wir das, was Athena schon vorher für uns ausgewählt hat, denn sie weiß über unseren Geschmack und unsere Fähigkeiten besser Bescheid als wir selbst. Was uns bleibt, ist die Wahl unserer Hobbys oder unserer Beziehungen. Das könnte Athena zwar auch übernehmen, aber vermutlich hat sie es für nützlich befunden, uns wenigstens die *Illusion* von Freiheit zu lassen.

Seinen Status als Neutrum sucht man sich jedenfalls nicht aus. Einmal mehr verfinstert sich meine Stimmung, wenn ich daran denke.

*Ich habe den Anfang einer Antwort gefunden.*

*Ich schlafe nicht mehr.*

*Nicht einmal Kavan wage ich mitzuteilen, was ich vorhin entdeckt habe.*

*Ich verfolgte eine Datenkette zurück, die parallel zu der lief, die Alma mir zugänglich gemacht hatte. Dabei stieß ich auf ein Tondokument.*

*Jemand hat einen Ausschnitt aus einer Beratung des Oberkomitees aufgezeichnet. Die Sequenz ist zwar geschützt, aber man kann leichter auf sie zugreifen als auf den vorigen Bericht.*

*Ich konnte auch die Verantwortliche dafür identifizieren, dass man die Tonaufnahme nicht gelöscht hat. Es ist Admiralin Colette.*

*Zunächst hört man ein Gewirr von Stimmen, dann spricht eine Person klar und präzise.*

»Ihre Idee, einen einzelnen Mann zu entsenden und dafür Robin Normandie auszuwählen, ist raffiniert, Admiralin ...«

*Es ist die Stimme einer Frau, die mit der Admiralin offenbar auf Augenhöhe spricht. Ich muss an Präfektin Jacinthe denken, die Vorsitzende des Oberkomitees.*

»– nur leider lässt sie sich nicht umsetzen.«

*Überraschtes Gemurmel.*

»Glauben Sie, man sollte lieber eine weitere Einheit Zomos hinschicken?«

»Nein. Vermutlich nicht ...«

»Haben Sie eine dritte Lösung?«

*Diese Frage wird von einer anderen Person gestellt – ich erkenne die Stimme der Direktorin für Bevölkerungsfragen.*

»Die Lösung der Admiralin ergibt Sinn, aber nur bis zu einem bestimmten Punkt.«

»Klären Sie uns bitte darüber auf.«

»Ich blende Ihnen jetzt das Foto von Robin Normandie ein – und daneben ein anderes Porträt.«

*Stille. Dann überraschte Ausrufe.*

»Robin Normandie muss leider eliminiert werden.«

*Und plötzlich erkenne ich die so präzise wie sanfte Stimme, die Robin gerade zum Tode verurteilt hat.*

*Es ist nicht Präfektin Jacinthe.*

*Es ist eine der Stimmen von Athena.*

»Nein, damit bin ich nicht einverstanden! Ich bin nicht einverstanden! Nicht alles lässt sich vorhersagen!«

*Das ist Admiralin Colette. Andere Stimmen werden laut, geraten in Streit.*

»Robin Normandie muss leider eliminiert werden.«

*Dieser Satz fährt wie eine Schneidklinge durch meine Gedanken. Ich möchte die Zeit zurückdrehen, um ihn ungesagt zu machen.*

*Ich muss verstehen, welcher Gedankengang zu solch einem Schluss führte. Es ist notwendig, dass ich Athenas Labyrinthe noch einmal betrete.*

*Meine Erziehung und mein ganzes bisheriges Leben haben mich daran gewöhnt, immer nur Antworten auf die Frage »Wie?« zu suchen.*

*Diesmal aber muss ich eine Antwort auf das »Warum?« finden.*

In der Morgendämmerung setzt unser kleiner Trupp den Aufstieg fort.

Weiter oben im Wald führt uns Kalo an die Stelle, wo die Zomos gefallen sind. Sie liegt am Fuße einer Anhöhe, auf der sich die Krieger auf die Lauer gelegt hatten. Als wir dort ankommen, sehe ich, wie Lieutenant Zulma erschaudert. Erinnerungen an tragische Geschehnisse steigen in ihr auf.

Keine Spur von den Kämpfen, die niedergewalzten Farne haben sich aufgerichtet, und das Blut der Toten ist vom Erdboden aufgenommen worden. Die Natur hat ihre Rechte wieder geltend gemacht.

Von hier aus glaubt Lieutenant Zulma den Weg zum Raumschiff der Zomos wiederfinden zu können.

Bei Sonnenaufgang treten wir aus dem Wald heraus, und die ersten Strahlen schaffen es noch nicht, uns aufzuwärmen. Vor uns erstreckt sich Heide- und Grasland bis hinauf zum Krater, der noch immer weit entfernt ist. In diesem Gebiet ist jede menschliche Präsenz absolut verboten, und nur der Ritus des Hohepriesters verschafft uns die Erlaubnis, unseren Fuß hineinzusetzen.

Wir entdecken eine Vielzahl von kleinen Hügeln und Tälern, die uns unterwegs oft den Blick auf den Gipfel versperren. Es sind die Stein gewordenen Zeugen früherer Vulkanausbrüche.

Ich frage mich, ob Lieutenant Zulma in diesem topografischen Labyrinth ohne Ortungsgeräte den Weg wiederfinden wird. Wir laufen Gefahr, eine ganze Weile an den Abhängen entlangzuirren. Die Nächte werden kalt sein, und wir haben keine Nahrungsvorräte. Ich deute ihr meine Skepsis an.

»Ich weiß ganz genau, wo es langgeht!«

Nun habe ich sie wütend gemacht. Die Orientierung ohne Karte und technische Hilfsmittel gehöre zur Grundausbildung der Zomos, erklärt sie mir, und bei diesen Übungen sei sie immer die Beste ihres Jahrgangs gewesen.

Für Tayo und Antina ist unser Abenteuer wirklich hart. Eine solche Kälte sind sie nicht gewöhnt, und Antina scheint am meisten darunter zu leiden. Nach Tayo gebe nun auch ich ihr einen Teil meiner Kleidung ab.

Später, als die anderen ein Stück von uns entfernt laufen, flüstere ich meinen Freunden zu, was mein Plan ist: Ich will das Raumschiff der Zomos dazu nutzen, sie auf ihrer Insel abzusetzen. Sogleich erwachen in ihnen frische Kräfte für den Aufstieg.

Nachdem wir mehrere Grate überschritten haben, die immer steiniger und kahler wurden, liegt der Vulkangipfel schließlich unverstellt vor uns. Kalo und seine vier Krieger weigern sich kategorisch, noch weiter hinaufzugehen. Bisher haben sie sich vom Ritus des Hohepriesters geschützt gefühlt, aber dem Mund ihres Gottes zu nahe zu kommen, scheint ihnen doch allzu lästerlich. Sie fürchten einen Ausbruch auszulösen, die nicht nur uns vernichten, sondern schlimme Folgen für die ganze Insel haben könnte.

Ich bestehe nicht darauf, dass sie ihre Meinung ändern – im Gegenteil, ich möchte lieber mit Lieutenant Zulma allein sein, wenn es darum geht, Entscheidungen zu treffen. Und ich brauche die Unterstützung von Antina und Tayo, die noch nie einen Vulkanausbruch miterlebt haben und deshalb keine Angst davor kennen.

Wir lassen die Krieger hinter uns, und nach einer weiteren Stunde Marsch sind wir endlich am Krater angelangt. Er ist so breit, dass man einen Menschen am gegenüberliegenden Rand kaum erkennen könnte. Spärliche Sträucher und Gräser wachsen bis in seine innere Flanke hinab, ein Beweis für seine lange Untätigkeit. Wir können bis auf den Kraterboden blicken, eine weite Fläche aus erkalteter Lava, von der nur hier und da ein wenig Rauch aufsteigt.

Unweit von uns, auf einer Hügelkuppe im Kraterinneren, steht herrlich funkelnd das Raumfahrzeug der Zomos. Es ist nur eine Raumfähre, die uns zum Mutterraumschiff bringen kann, welches auf einer Erdumlaufbahn kreist.

Als gute Taktikerin hat Lieutenant Zulma sie an einer Stelle landen lassen, die für keinen Inselbewohner einsehbar ist und sich vom Außenrand des Kraters aus leicht verteidigen lässt. Aber da sie nichts über den Feind wusste und keine passende Ausrüstung mitbrachte, hat sie ihre Truppe ins Verderben geführt.

Unsere kleine Gruppe beginnt zum Raumschiff hinabzuklettern. Der Abhang ist ziemlich steil, und man muss aufpassen, auf dem Geröll nicht ins Rutschen zu geraten.

Als ich schließlich am Fuße der Maschine stehe, kommt sie mir größer vor als von oben betrachtet. Sie ist für fünfzehn Besatzungsmitglieder gedacht und hätte somit noch ein paar Zomos aufnehmen können – aber vermutlich mit keinem anderen Resultat, als dass es noch mehr Opfer gegeben hätte oder weitere Arbeitskräfte für den Mühlstein.

Antina und Tayo scheinen von unserem Raumschiff enttäuscht zu sein. Vermutlich haben sie einen Apparat von außergewöhnlichem Aussehen erwartet, etwas von der Gestalt eines Monsters oder eines fliegenden Tieres, aber dieses große, längliche Ei auf Kufen sieht nur wie eine aufgeblasene Version meiner Landekapsel aus.

Lieutenant Zulma baut sich vor der Zugangsklappe auf und guckt in das Objektiv für die Gesichtserkennung. Die Klappe öffnet sich, und eine Leiter wird ausgefahren.

»Na dann mal rein«, sage ich.

Lieutenant Zulma dreht sich zu mir herüber. »Sie haben keine Berechtigung, das Raumschiff zu betreten.«

»Ich muss Admiralin Colette über meine Mission Bericht erstatten.«

Sie zögert, und mir schießt die Frage durch den Kopf, wie groß wohl meine Chancen wären, wenn es zu einer körperlichen Auseinandersetzung mit Lieutenant Zulma käme. Sicher nicht überragend, aber vermutlich größer, wenn Tayo und Antina mir helfen würden. Sie beobachten uns und können die Spannungen zwischen uns erraten. Auch Lieutenant Zulma muss ihre Chancen abgeschätzt haben, denn jetzt lässt sie mich doch in die Raumfähre einsteigen. Aber sie lehnt es entschieden ab, dass Tayo und Antina uns folgen, und ich habe auch keine guten Argumente dafür, dass zwei »Zivilpersonen«, wie Lieutenant Zulma sie nennt, ein militärisches Raumfahrzeug betreten dürfen.

Schon sitzen wir im Inneren, vor den Bildschirmen.

Einige Sekunden später erscheint Admiralin Colette auf dem Bildschirm. Ich hätte erwartet, dass sie sich über unseren Anblick freut. Wenn Lieutenant Zulma an meiner Seite in der Raumfähre sitzt, ist das schließlich der Beweis für den Erfolg meiner Mission. Aber die Admiralin wirkt angespannt, belastet von Gedanken, die ihren Blick verfinstern.

»Rekrut Normandie«, sagt sie ohne Begeisterung, »wir beglückwünschen Sie.«

Und ich, der auf ihre herzliche Art von der ersten Begegnung gehofft hatte, bin enttäuscht. Natürlich sprechen wir jetzt nicht unter vier Augen. Neben mir sitzt Lieutenant Zulma, und ich bin sicher, dass in der Kolonie die Mitglieder des Oberkomitees unser Gespräch auf ihren Displays verfolgen.

»Lieutenant Zulma, wo sind Ihre Männer?«

»Acht sind gefangen, und vier sind tot.«

»Und Sie, sind Sie in Freiheit?«

»Ja, und ich werde alles tun, um auch meine Soldaten zu befreien. Können Sie eine weitere Mission losschicken?«

Ich falle ihr ins Wort, denn ich möchte, dass die Admiralin die Lage begreift.

»Ich habe Lieutenant Zulmas Freilassung erreicht, indem ich mit dem Häuptling der Indigenen verhandelte«, sage ich. »Wir müssen auch weiterhin mit ihnen verhandeln.«

Zulma durchbohrt mich mit Blicken.

»Wie sind die Zomos in Gefangenschaft geraten?«, will die Admiralin wissen.

Ich lasse Lieutenant Zulma ihre Version vom Überfall aus dem Hinterhalt erzählen, eine Fassung, die angereichert ist mit dem, was ich ihr über die Bedeutung des Wortes *überflüssig* mitgeteilt habe. Lieutenant Zulma berichtet auch über die Lebensumstände ihrer gefangenen Soldaten, die man am Mühlstein wie Sklaven behandelt.

»Na gut«, sagt die Admiralin, »das ist ein bisschen das, was wir befürchtet haben, und Athena hat uns auch schon auf die Risiken der Mission hingewiesen. Im Übrigen haben wir Sie darüber informiert, Lieutenant.«

»Jawohl, Admiralin.«

Einen Moment lang herrscht Schweigen, und ich frage mich schon, ob die Kommunikation unterbrochen ist, denn auch Admiralin Colettes Gesichtszüge wirken auf dem Bildschirm wie erstarrt. Aber dann redet sie weiter, nachdem sie sich vermutlich die Meinung der Mitglieder des Oberkomitees angehört hat – und natürlich auch die von Athena.

»Unser Befehl lautet: Bleiben Sie am gegenwärtigen Standort, bis Verstärkung eintrifft.«

Von Neuem mische ich mich ein.

»Admiralin, wir können hier nicht bleiben. Unten an den Hängen des Vulkans warten Krieger auf uns, und ich habe mit ihrem Häuptling einen Vertrag geschlossen. Wenn wir nicht zurückkommen, werden sie die gefangenen Zomos vielleicht misshandeln.«

Mein Argument scheint die Admiralin nicht weiter zu erschüttern. »Während wir miteinander sprachen, hat Athena folgende Lageeinschätzung abgegeben: Solange die Inselbewohner das Raumschiff nicht fortfliegen sehen, wird den Gefangenen nichts passieren. Außerdem sind sie den Inselbewohnern ja sehr nützlich. Und wenn die Krieger merken, dass ihr kleiner Trupp nicht zurückkommt, werden sie in der kargen Umgebung sicher nicht ewig ausharren, sondern in den Wald hinabsteigen, um Nahrung zu suchen.«

»Aber wie lange sollen wir denn hierbleiben?«

»Das Rettungsraumschiff wird in Kürze starten und in siebenundzwanzig Erdtagen bei Ihnen sein.«

»Aber wenn wir hierbleiben, haben wir doch nichts zu essen!«

»Im Raumschiff gibt es für zwei Personen gerade ausreichend Lebensmittel und Wasser, um einen solchen Zeitraum zu überbrücken«, sagt Lieutenant Zulma.

Auf einem anderen Bildschirm sehe ich Antina und Tayo, die draußen geduldig warten. Ohne Nahrung können sie nicht bei uns bleiben, und es kommt nicht infrage, sie ohne meinen Schutz in das Dorf der Krieger zurückkehren zu lassen. Zu Kalo und Freunde habe ich zwar Vertrauen, aber ich glaube nicht, dass sie die anderen Krieger zurückhalten könnten.

»Admiralin«, sage ich, »Lieutenant Zulma kann hierbleiben, aber ich bitte um Erlaubnis, mit den Indigenen, die ich mitgebracht habe, auch wieder hinabzusteigen. Ihnen habe ich es zu verdanken, dass ich überhaupt bis hierher gekommen bin.«

Die Admiralin schweigt. Ich weiß, dass sie Athena zuhört. Dann spannt sich ihr Körper an.

»Rekrut Normandie, Sie haben einen Befehl von mir erhalten. Sie müssen mit Lieutenant Zulma beim Raumschiff bleiben, um das Objekt zu sichern und die Rettungsexpedition zu empfangen.«

»Ich will mit Yû sprechen!«, schreie ich plötzlich.

Ich hatte diesen Wunsch von Anfang an, und außerdem brauche ich eine Atempause, um mir Alternativvorschläge auszudenken.

Diesmal lächelt die Admiralin.

»Ja«, sagt sie. »Das haben Sie sich wirklich verdient.«

Ein paar Sekunden Wartezeit, und dann erscheint Yû plötzlich auf dem Bildschirm, mit fröhlichem Gesicht und ohne die Tränen vom letzten Mal.

Ich hatte gehofft, dass Lieutenant Zulma uns allein lassen würde, aber sie bleibt an meiner Seite – vielleicht um mich zu überwachen, aber vor allem wohl, weil auch sie Yû wiedersehen möchte.

Yû lächelt uns zu.

»Ich kann mein Glück wirklich kaum fassen, Rob ... Und ich freue mich auch, dass Sie am Leben sind, Lieutenant Zulma.«

»Die Admiralin will, dass wir hierbleiben«, sage ich, »aber ich möchte lieber zurück.«

»Ich weiß«, seufzt Yû, »aber die Admiralin hat die bestmögliche Entscheidung getroffen, die auch von Athena geteilt wird.«

Von Neuem lächelt sie mir zu.

Ich kenne sämtliche Nuancen im Lächeln meiner Liebsten, und in dem, was ich auf dem Bildschirm sehe, liegt nicht der kleinste Anflug von Traurigkeit.

Plötzlich wird mir klar, dass ich nicht Yû vor mir habe. Es ist ein von Athena geschaffenes Trugbild.

Als ich endgültig sicher bin, dass ich nicht mit Yû spreche, sondern mit einer Doppelgängerin, die nur geschaffen wurde, damit ich den Befehlen der Admiralin gehorche, beginnt mich sofort eine andere Frage zu quälen: Was ist mit der wahren Yû geschehen? Hat man entdeckt, dass sie mit mir kommuniziert hat? Ist sie eingesperrt?

Gleichzeitig aber fürchte ich, Athena könnte merken, dass ich sie durchschaut habe. Mit dem Objektiv, das über dem Bildschirm angebracht ist, kann sie die Mikrobewegungen meines Gesichts lesen. Eine leidenschaftslose Miene aufzusetzen, werde ich wohl nicht hinbekommen, also beschließe ich, den Verzweifelten herauszukehren, der seine Angebetete so sehr vermisst. Das ist für mich in diesem Augenblick auch ganz natürlich, denn von der echten Yû trennt mich eine riesige Entfernung, und überdies beschleicht mich eine immer größere Ungewissheit, ob wir jemals wieder zusammenfinden können.

»Diese Mission dauert nun schon viel zu lange – ich würde dich so gern wiedersehen!«

»Du musst Geduld haben. Weißt du, ich habe jetzt genug Zeit, auf dich zu warten. Das habe ich dir zu verdanken, Rob …«

Und schon wieder lächelt sie.

Diese Antwort eignet sich perfekt, um mich gehorsam zu machen, aber meine Yû hätte solche Worte niemals gesagt. Eher hätte sie mir Vorwürfe gemacht, weil ich mich ihretwegen in Gefahr begeben habe.

Neben mir spüre ich Lieutenant Zulma erbeben; ich werfe ihr einen Blick zu und bin frappiert von ihrem gequälten Gesichtsausdruck. Sie ist immer noch in Yû verliebt, und ich überlege, ob ich das ausnutzen könnte.

Ich möchte erneut mit der Admiralin sprechen, die auf einem anderen Bildschirm ungeduldig dreinschaut, aber wenn ich mich zu rasch von Yûs Bild löse, könnte Athena argwöhnen, dass ich ihre Machenschaften erraten habe. Ich zwinge mich also, den Dialog unter Verliebten noch ein paar Minuten fortzusetzen. Dabei erkenne ich einige Sätze wieder, die meine wahre Yû irgendwann einmal gesagt hat. Athena hat sie in ihr Simulationsprogramm einfließen lassen.

Nach Abschiedsworten, die mich genauso traurig machen, als hätte ich sie der richtigen Yû gesagt, trete ich wieder vor das Bild der Admiralin und bekräftige meine Position: Weder können Antina und Tayo auf sich gestellt im Krater bleiben, denn hier finden sie nichts zu essen, noch kann ich sie allein ins Dorf der Krieger zurückkehren lassen.

»Aber Sie haben mit diesen Leuten doch eine Vereinbarung erzielt, nach der die beiden geschützt sind«, sagt die Admiralin. »Solange die anderen nicht sehen, dass Sie sich mit dem Raumschiff davonmachen, bleibt das Abkommen gültig.«

»Gültig ist es schon, aber es wird nicht halten, wenn ich nicht in ihrer Nähe bin …«

Lieutenant Zulma schaltet sich ein: »Wenn wir die beiden zu den Kriegern zurückkehren lassen, wird ihnen das zeigen, dass es ungefährlich ist, in den Krater zu steigen. Das könnte sie auf die Idee bringen, uns hier heimzusuchen. Es sind fünf bewaffnete Männer. Das Raumschiff wäre in Gefahr!«

Die Admiralin schweigt. Ich bin sicher, dass sie den Lösungsvorschlag von Athena abwartet, deren Antwort auf einem anderen Display angezeigt wird. Dann sehe ich, wie sich ihre Miene verfinstert. Sie scheint einen Moment zu zögern und sagt dann: »Lieutenant Zulma! Kollateralschäden sind nicht zu vermeiden.«

Kaum habe ich begriffen, was die Admiralin gerade befohlen hat, sehe ich in Lieutenant Zulmas Hand auch schon eine Waffe. Es ist ein hässliches kleines Sturmgewehr. Sie hat es unter dem Pilotensitz hervorgezogen, und es sieht verdammt tödlich aus. Es macht mich rasend, dass ich nicht genug auf sie aufgepasst habe, abgelenkt wie ich war von meinem Gespräch mit der falschen Yû.

Meine Handbewegung ist schneller als mein Denken. Ich packe das Gewehr am Lauf und versuche, es Lieutenant Zulma zu entreißen. Wir beginnen miteinander zu ringen, und ich bin sicher, dass sie im Inneren der Raumfähre nicht schießen wird.

Ich bin ein Mann, und sie ist eine Frau, aber sie ist ebenso groß wie ich, sehr stark und besser fürs Kämpfen ausgebildet. Während ich mich bemühe, sie in meine Gewalt zu bekommen, erhasche ich einen Blick auf Tayo und Antina, die draußen immer noch geduldig warten und von unserem Kampf nichts bemerkt haben. Ich schaffe es, den Schaltknopf für die Einstiegsklappe zu betätigen. Auf dem Bildschirm sehe ich, dass die beiden erstaunt hochblicken. Ich schreie ihnen zu: »Lauft weg! Lauft schnell weg!«

In diesem Augenblick geht etwas auf meinen Kopf nieder, und ich spüre, wie ich das Bewusstsein verliere.

Langsam komme ich wieder zu mir. Ich liege neben dem Pilotensitz, und über mir steht Zulma, die Waffe auf mich gerichtet. Offenbar hat sie mich mit dem kleinen Feuerlöscher niedergeschlagen, der neben ihr liegt.

Ich habe Nebel vor den Augen, und mir ist speiübel.

Auf dem Bildschirm sehe ich nichts mehr von Tayo und Antina. Hat Zulma sie schon umgebracht?

»Keine Bewegung, Rekrut Normandie! Der Boden des Raumschiffs ist aus kugelsicherem Material; ich werde nicht zögern zu schießen.«

»Wo sind meine Freunde?«

»Geflohen. Und das ist Ihre Schuld!«

Hinter Lieutenant Zulma steht die Einstiegsklappe immer noch offen. Wie groß mögen meine Chancen sein, Zulma hinauszustoßen? Sie muss spüren, was mir durch den Kopf geht, denn sie hebt wieder den Feuerlöscher und hält die Gewehrmündung weiter auf mich gerichtet.

»Admiralin?«, ruft sie.

Admiralin Colette ist tatsächlich noch auf dem Bildschirm. Sie hat unser Handgemenge verfolgt.

»Lieutenant Zulma, schließen Sie Rekrut Normandie im Raumschiff ein und töten Sie die beiden Flüchtigen, ehe sie den Krater verlassen haben.«

»Zu Befehl.«

Ich falle also noch nicht unter die vorgesehenen Kollateralschäden.

»Keine Bewegung!«, wiederholt Lieutenant Zulma und macht ein paar Schritte in Richtung Einstiegsklappe.

Plötzlich ist da eine Bewegung hinter ihr, ähnlich einem

Schatten, der vorüberzieht, und man hört etwas aufschlagen.

Dann sackt Lieutenant Zulma auf mich nieder.

Tayo betritt das Raumschiff, eine Keule in der Hand.

»Ich habe versucht, nicht zu hart zuzuschlagen …«

Aber wie konnte Tayo an diese Keule gelangen?

Es ist die Waffe von Titau, der jetzt hinter ihm auftaucht und ihn zu seinem gut justierten Schlag beglückwünscht.

Ich höre nicht mehr, was sie noch sagen, sondern hechte zum Aus-Schalter, der jede Kommunikation mit der Kolonie unterbricht, bevor Admiralin Colette die Steuerung des Raumschiffs übernehmen kann und uns an einen Ort schickt, den Athena für gut befindet. Die Einstiegsklappe beginnt sich bereits zu schließen, aber ich kann den Vorgang noch rechtzeitig abbrechen.

In der Öffnung erscheint das reizende Gesicht von Antina. Sie blickt auf Lieutenant Zulma, die sich mühsam erhebt.

»Achtung!«, ruft Antina. »Kriegerin bleibt immer Kriegerin!«

*Ich habe eine Antwort auf das »Wie?« gefunden, aber nicht auf das »Warum?«.*

*Und außerdem habe ich mich erwischen lassen, ganz wie Kavan es vorausgesagt hat.*

*Am Ende hat Athena die kleine Maus aufgespürt, die durch das Labyrinth ihrer Gedanken huschte.*

*Und jetzt bin ich eingesperrt in dieser Zelle und erwarte meine unausweichliche Bestrafung: eine Desensibilisierungstherapie, die mir meine Liebe zu Robin nehmen wird.*

*Warum nicht lieber sterben?*

*Ich beginne darüber nachzudenken, wie ich meinem Leben ein Ende setzen kann, als sich die Tür öffnet und ein junger Soldat eintritt. Hat man meine selbstmörderischen Gedanken bereits aufgespürt?*

*Er muss ungefähr Robins Alter haben. Sicher kennt er ihn.*

*»Ich soll Sie mitnehmen.«*

*»Wohin denn?«*

*»In die Kommandantur, zu Admiralin Colette.«*

*Ich trotte in den engen Laufgängen hinter dem jungen Soldaten her. Wegrennen wäre sinnlos. Es gibt für mich keinen Fluchtweg, und das weiß er.*

*Wir gelangen in den Gang, der zur Kommandantur führt. Im Vorübergehen streift mein Blick die lange Reihe der Porträts von Admiralen und Vizeadmiralen. Man sagt, dass in dieser Galerie zwei Bilder fehlen.*

*Und auf einen Schlag wird mir alles klar.*

*Ich versuche mich zu beruhigen, damit ich vor der Admiralin nichts von meinen Emotionen zeige. Da raunt mir der Soldat zu:* »Bei uns stehen alle hinter Rob.«

*Ich schaue ihm lieber nicht ins Gesicht, ich weiß ja nicht, wo die Überwachungskameras angebracht sind. Er aber weiß es bestimmt – vermutlich hat er seinen Satz in einem Bereich des Laufgangs gesprochen, wo man außer Hörweite ist. Jetzt geht er wortlos weiter, aber auf seinen Lippen liegt ein leichtes Lächeln.*

*Die Admiralin steht neben ihrem Schreibtisch und betrachtet durch das Bullauge den blauen Planeten, der sich, in einen zarten Wolkenschleier gehüllt, langsam dreht. Sie entlässt den Soldaten mit einer Kopfbewegung. Dann kommt sie auf mich zu.*

»Yû ist ein hübscher Name. Haben Sie ihn selbst gewählt?«

»Ja, Admiralin.«

Ich fühle mich eingeschüchtert. Die Admiralin übt eine magnetische Wirkung auf mich aus, was sicher mit ihren stahlgrauen Augen zu tun hat und mit ihrem verführerischen Lächeln, von dem man jedoch ahnt, dass es sich schnell in eine wutverzerrte Grimasse verwandeln kann.

»Es ist gut, wenn man immer Wahlfreiheit behält«, sagt sie, als würde sie mit sich selbst sprechen.

Am liebsten würde ich ihr entgegnen: All unser Glück in der Weltraumkolonie beruht aber doch darauf, dass wir auf die Wahlfreiheit verzichten, mal abgesehen von dem banalen Kleinkram, den uns Athena noch selbst entscheiden lässt ... Aber mir ist klar, dass dies nicht der passende Moment für ein philosophisches Gespräch ist.

Die Admiralin nimmt hinter ihrem Tisch Platz und weist auf einen der Besuchersessel.

»Ingenieurin Mishima, Sie haben sich in ein riesengroßes Schlamassel manövriert.«

»Ich wollte nur verstehen, warum ...«

»Ich weiß!«, schneidet sie mir das Wort ab.

Sie mustert mich mit strenger Miene, und ich versuche, langsam und ruhig zu atmen.

»Genau die Eigenschaften, die Sie so kostbar für uns machen, stellen uns nun vor ein ernsthaftes Problem.«

Ich frage mich, auf wen sich dieses »uns« bezieht. Auf das Oberkomitee? Athena inbegriffen?

»Wundern Sie sich nicht, dass Sie noch nicht in der Umerziehungstherapie stecken?«

»Ich ... ich weiß nicht.«

»Sie machen hier auf unschuldig, aber ich glaube, dass Sie schon verstanden haben.«

»Nein, wirklich nicht.«

Und das stimmt sogar.

»Vielleicht werden Sie ja doch überschätzt ...«

»Von Athena?«

Die Admiralin zeigt auf ein Display.

»Ich habe hier einen Bericht von Athena über Ihr Eindringen ins System, zumindest über jene Aktivitäten, die sie aufgedeckt hat. Beim ersten Mal haben Sie Kontakt zu Rekrut Normandie aufgenommen, als er sich der Erde näherte. Später verschafften Sie sich Zugang zu seinen Personalunterlagen. Athena ist sicher, dass Sie es noch bei anderer Gelegenheit getan haben.«

Sie hat also nicht alle meine Zugriffe bemerkt.

»Ich frage Sie nicht, ob es weitere Versuche gegeben hat. Ich weiß ja, dass sie alle mit einem einzigen Ziel erfolgten: Sie wollten herausfinden, weshalb wir uns für Robin entschieden haben.«

»Ich habe begriffen, dass Sie ihn wirklich aus gutem Grund ausgewählt haben.«

»Aber was haben Sie sonst noch alles begriffen?«

Hat Athena meine letzte Operation aufgespürt – die, bei der ich das Tondokument fand, in welchem das Todesurteil über Robin gesprochen wurde?

»Ich habe gelesen, weshalb die erste Mission fehlgeschlagen ist.«

»Und was noch?«

»Aus welchem Grund Sie Robin zur Erde geschickt haben.«

Dabei lasse ich es bewenden.

»Ja, diesen Zugriff hat Athena auch registriert.«

*Sie hält inne und wartet, bis sich die Stille überall ausgebreitet hat. Auf das Tondokument hat sie noch nicht angespielt. Mein letzter Zugriff ist offenbar unbemerkt geblieben. Ich unterdrücke ein erleichtertes Lächeln.*

*»Wissen Sie, was Sie erwartet, Ingenieurin Mishima?«*

*»Eine ... Umerziehungssitzung?«, stammele ich. »Eine Desensibilisierungstherapie?«*

*Die Admiralin verfolgt wortlos, wie mich die Furcht packt. Dann sagt sie: »Nein, so etwas droht Ihnen nicht. Obwohl das Oberkomitee es wollte.«*

*»Das Oberkomitee hat also beschlossen, mich zur Umerziehung zu schicken?«*

*»Ja, aber Athena ist damit nicht einverstanden.«*

*Athena, die Robin ins Verderben schicken wollte, soll tatsächlich beschlossen haben, in meinem Fall nachsichtig zu sein?*

*»Im Bericht steht, sie hätte nie gedacht, dass menschliche Intelligenz es jemals schaffen würde, in so kurzer Zeit so tief ins System einzudringen und dann auch noch geschickt die Spuren zu verwischen.«*

*Ich muss zugeben, dass ich mich selbst in dieser heiklen Lage noch ein bisschen geschmeichelt fühle.*

*»Freuen Sie sich nicht zu früh!«, donnert die Admiralin plötzlich, und ich schrecke zusammen. Starr und angespannt steht sie da und durchbohrt mich mit ihren Blicken.*

*»Sie scheinen zu vergessen, dass Sie eine sehr schwere Straftat begangen haben, ein Verbrechen sogar! Damit hätten Sie beinahe eine militärische Mission in Gefahr gebracht!«*

*Ich wage nicht, ihr Fragen zu stellen, denn ich fürchte, ihren Zorn wieder anzufachen. Aber sie scheint sich zu beruhigen.*

»*Athena hat daraus den Schluss gezogen, dass Ihre Leistungen, die sogar für jemanden wie Sie ungewöhnlich sind, sich nur auf eine einzige Art erklären lassen …*«

*Langsam dämmert es mir.*

»*… und zwar durch Ihre Liebe zu Rob!*«

*Rob? Es überrascht mich, dass die Admiralin ihn so nennt. Vermutlich hat sie eine Schwäche für ihn. Mein Gott, sie ist im ganzen Oberkomitee wahrscheinlich die einzige Person, die Robin nicht verschwinden lassen will!*

»*Sie waren wie gedopt von Ihren Emotionen. Und so ist Athena der Auffassung, dass Sie an Leistungsfähigkeit einbüßen, wenn man Ihnen bei einer Desensibilisierung die Liebe abgewöhnt.*«

*Ich halte einen Seufzer der Erleichterung zurück.*

»*Also darf ich zurück an meine Arbeit?*«

»*Natürlich nicht.*«

»*Aber …*«

»*Solange Robin Normandies Mission andauert, werden Sie zu Computern oder anderen Kommunikationsmitteln keinen Zugang mehr erhalten. Man wird Sie in eine Zelle bringen, die komfortabler ist als die vorige. Sie haben eine Stunde pro Tag Freigang und dürfen ein paar Besuche empfangen, aber all Ihre Gespräche werden mitgeschnitten. Haben Sie noch Fragen?*«

*Sie drückt auf einen Schaltknopf, und die Unterredung ist beendet.*

»*Alles, was ich Ihnen gesagt habe, darf die Kommandantur nicht verlassen. Wir waren nachsichtig mit Ihnen, doch das Oberkomitee kann seine Entscheidungen jederzeit ändern.*«

»*Ich glaube, unser Gespräch wurde sowieso …*«

*Ich wage den Satz nicht zu beenden, aber ich glaube*

*wirklich, dass es aufgezeichnet wurde. Wenn Teile daraus irgendwo auftauchen, möchte ich nicht, dass man mich beschuldigt, ich hätte etwas durchsickern lassen.*

Die Admiralin zeigt auf einen anderen kleinen Schalter auf ihrem Tisch.

»Als Admiralin habe ich das Privileg, selbst darüber zu entscheiden, wann die Überwachungssysteme in der Kommandantur abgeschaltet sind. Auch die Überwachung durch Athena – und das, solange ich es wünsche.«

Dies ist in der Tat ein großes Privileg. Alma gelingt es nur durch heimliche und illegale Manöver, die Überwachung zu unterbrechen. Außer der Admiralin und vielleicht der zivilen Hochkommissarin hat niemand die offizielle Genehmigung, so etwas zu tun.

»Selbst Athena kann das nicht von sich behaupten«, sagt die Admiralin mit einem Lächeln. »Es wird immer Leute wie Sie geben, die das Zustandekommen jeder ihrer Entscheidungen zurückverfolgen.«

»Nicht zwingend, Admiralin.«

»Was meinen Sie damit?«

»Athena ist in der Lage, ihre eigenen Systeme gegen Überwachung aufzubauen.«

»Aber Sie kriegen das doch mit.«

»Nicht, wenn sie gute Arbeit leistet.«

Die Admiralin steht einen Moment schweigend da. Ihr wird bewusst, was diese Nachricht bedeutet.

»Ich kann es kaum fassen, dass Sie mir das erst jetzt sagen! Athena konstruiert ihre eigenen Systeme, um nicht überwacht zu werden?! Das sollte ein Problem von höchster Priorität sein! Warum wurde ich davon nicht in Kenntnis gesetzt?«

»Ich habe dem Wissenschaftlichen Komitee eine Mit-

*teilung geschickt ... und Ihnen eine Kopie zukommen las-*
*sen.«*

*» Wann war das?«*

*Ich nenne der Admiralin das Datum. Sie sucht ange-*
*strengt auf ihrem Display.*

*» Hier finde ich nichts davon«, sagt sie.*

*» Aber ich habe sie Ihnen ganz sicher geschickt.«*

*» Wie ist das möglich?«*

*» Es gibt mehrere Arten von möglichen Störfällen. Man*
*müsste das überprüfen ...«*

*Wir sehen uns an, und ich verstehe, dass die Admiralin*
*das Gleiche denkt wie ich.*

*Wenn nun Athena begonnen hat, richtig gut zu arbei-*
*ten?*

*» Ich könnte das Problem untersuchen, wenn Sie mich*
*zurück an meinen Arbeitsplatz lassen«, sage ich.*

*» Das kommt überhaupt nicht infrage! Wir setzen immer*
*noch Vertrauen in Ihre Fähigkeiten, aber nicht mehr in die*
*Art und Weise, wie Sie sie anwenden könnten. Soldat,*
*begleiten Sie Ingenieurin Mishima zurück.«*

*Die Zelle ist geräumiger, es ist der für Rekruten wie Robin*
*vorgesehene Kabinentyp. Sie sind darin zu zweit unter-*
*gebracht, aber ich habe den Raum für mich allein und*
*damit eine Menge Platz.*

*Eine Bestrafung ist es trotzdem: Kein Bildschirm oder*
*Display, überhaupt keine Kommunikationsmittel außer*
*einem Rufknopf. Dazu drei gut platzierte Kameras, die*
*mich unablässig beobachten.*

*Wenn Robin nicht in mein Zivilistenapartment kam, ha-*
*ben wir uns manchmal in seiner Kabine geliebt, in einem*
*Bett, das genauso aussah wie das, auf dem ich jetzt sitze.*

*Ich möchte nicht immer an ihn denken, aber wie soll ich das hinkriegen?*

*Um nicht ins Grübeln zu verfallen, beginne ich ein Schachspiel gegen mich selbst. Im Geiste konstruiere ich ein dreidimensionales Schachbrett, und nun kann ich mich voll und ganz in die Partie versenken. Wenn ich gut trainiere, habe ich vielleicht die Chance, Kavan zu schlagen? Eines Tages, wenn ich diesen Ort wieder verlassen darf.*

Robin Normandie muss leider eliminiert werden.

*Das Schachspiel in meinem Kopf bricht zusammen. Alles kommt mir so hoffnungslos vor.*

*Aber dann versuche ich, das Schachbrett wieder aufzubauen.*

Titau hat Lieutenant Zulma die Hände hinterm Rücken zusammengebunden und mit der Kunstfertigkeit eines ehemaligen Kriegers auch ihre Füße gefesselt – so kann sie noch gehen, aber nicht wegrennen oder um sich schlagen.

Sie wütet noch immer. »Sie befolgen die Befehle nicht! Das ist Rebellion!«

»Athena wusste doch, dass ich wenig Respekt vor Autoritäten habe.«

»Sie wissen ja nicht, was Ihnen bevorsteht!«

»Und Sie, wissen Sie es denn?«

»Die Rettungsmission wird bald hier sein.«

Die Vorstellung, einen neuen Trupp Zomos eintreffen zu sehen, dieses Mal bewaffnet und besser informiert, ist tatsächlich nicht sehr erfreulich.

Ich blicke auf meine Freunde, die ihre Gelassenheit nicht verloren haben und jetzt mit Titau ruhig darüber sprechen, ob wir lieber zu Kalo und seinen Gefährten zurückkehren oder den Krater am entgegengesetzten Rand verlassen sollen. So könnten wir den Kriegern endgültig entkommen und uns in einem Wald auf der anderen Inselseite verstecken. Dort würde Tayo eine Piroge bauen und uns in wenigen Tagen auf seine Insel zurückbringen.

Ich frage Titau, weshalb er uns gefolgt ist und wie er es gemacht hat, dass wir ihn niemals sehen konnten.

»Ich wollte diese Geschichte mit dem göttlichen Vulkan nachprüfen. Ich glaubte sowieso nicht daran, aber wissen wollte ich es trotzdem.«

»Und was ist dabei herausgekommen?«

»Der Awakar hat recht«, sagt er und zeigt auf den Grund des Kraters. »Hier gibt es nichts als Natur.«

Meine größte Sorge ist jetzt, dass uns die abgeschaltete Raumfähre nichts mehr nützt, außer dass sie uns mit ein paar Lebensmitteln versorgt und mit jener Waffe, die Lieutenant Zulma aufgestöbert hatte. Wenn ich versuche, den ganzen Apparat wieder in Gang zu setzen, wird er zum Spielball von Athena und der Admiralin. Außer wenn …

»Lieutenant Zulma, gibt es eine Möglichkeit, nur den Kommunikationskanal zu aktivieren, aber nicht die übrigen Funktionen?«

Sie erwidert nichts, sondern steht feindselig und mit gesenktem Kopf da. Aber das genügt mir als Antwort.

»Könnten Sie mir sagen, wie man das macht?«

Sie bleibt stumm.

»Ja, einverstanden, ich bin ein Rebell. Aber vielleicht einer, der auf den rechten Weg zurückfinden kann. Wenn Sie mir erlauben, noch einmal mit der Admiralin zu sprechen, wird sich die Lage womöglich bessern.«

Keine Reaktion. Dabei ist mein Vorschlag vernünftig. Aber der Zorn, den ich in ihren Augen lese, ist einfach zu stark. Von Neuem ist ihr Stolz als Soldatin verletzt worden – ein einfacher Rekrut hat sie besiegt, und noch dazu unterstützt von Zivilisten! Und so bleibt sie eingeschlossen in ihr Schweigen.

»Na schön«, sage ich zu den anderen, »essen wir erst mal was.«

Titau und meine beiden Freunde sind zunächst neugierig, was die Militärrationen wohl beinhalten mögen – Nahrung aus Zellkulturen, Pürees von Glashausgemüse –, aber der Geschmack erschreckt sie. Alles ist sehr nahrhaft, aber nicht gerade appetitlich, wenn man es mit den frisch gefangenen Fischen auf dem Bratrost vergleicht oder mit den nur Augenblicke zuvor vom Baum gepflückten Früchten. Ehrlich gesagt, geht es mir inzwischen genauso. Wenn wir weitere Abgesandte zum blauen Planeten schicken, werden sie bestimmt nicht gern zur Weltraumkolonie und ihrem künstlichen Leben zurückkehren!

Bald bricht die Nacht herein, und nur der Mondschein spendet uns noch Licht. In den Tiefen des Vulkans werden jetzt rötliche Zonen sichtbar.

Antina hat eine Portion für Lieutenant Zulma mitgebracht, aber die mag sie nicht anrühren. Später allerdings, als ich mich mit meinen Freunden unterhalte, sehe ich aus den Augenwinkeln, dass sie doch zu essen begonnen hat.

Und was sollen wir jetzt tun?

»Wenn das Schiff wieder funktioniert, warum fahren wir dann nicht alle zusammen auf deinen Planeten?«, fragt Antina.

»Ja«, meint Tayo, »das würde ich gern tun!«

»Wenn der Platz ausreicht, käme ich auch gern mit«, sagt Titau. »Ich habe genug von meinem Leben als Überflüssiger.«

»Freunde, ich weiß nicht, ob das Schiff wieder losfliegen kann. Aber warum wollt ihr mit mir fort? Vorhin habt ihr noch gesagt, dass ihr auf der anderen Seite aus dem Krater steigen und ein Schiff bauen wollt.«

»Ich will nicht mehr auf den Ozean hinaus«, sagt Antina. Von unserer Überfahrt hat sie albtraumhafte Erinnerungen zurückbehalten.

»Und wenn ich euch auf eurer Insel absetzen könnte?«

Antina und Tayo schauen sich an. Ich spüre Kassias Schatten über uns schweben.

»Wir möchten lieber mit dir fliegen …«

»Ich auch«, sagt Titau.

»Aber ich weiß nicht, ob wir es schaffen, das Schiff noch einmal zu starten …«

»Natürlich schafft man das«, ertönt plötzlich eine Stimme.

Lieutenant Zulma hat ihr Schweigen gebrochen.

Und ich wappne mich für ein neues Gespräch mit Admiralin Colette – nicht mehr als der Rekrut Robin Normandie, sondern als Rob der Rebell.

Hinter Admiralin Colette steht ein Mann. Ein Pilot, den ich kenne, Nathan. Sie muss ihn zu sich bestellt haben, damit er die Kontrolle über das Raumschiff übernimmt. Ich sehe, wie er mit den Schultern zuckt. Er hat sofort begriffen, dass nur die Kommunikationskanäle wieder funktionieren, nicht aber die Steuerelemente.

»Guten Abend, Admiralin«, sage ich.

Ich habe Titau, Antina und Tayo gebeten, sich hinter mich zu stellen, damit der Anblick einer neuen Menschheit die Admiralin beeindruckt.

Sie schafft es, eine beinahe unbewegliche Miene zu bewahren. Vorgesetzte glauben immer, sie würden das Gesicht verlieren, wenn sie zeigen, dass sie überrascht sind oder zu schnell Fragen stellen. Ich beschließe, ihr zu helfen, denn immerhin sind ja die Augen des Oberkomitees auf sie gerichtet, und auch Athena beobachtet sie.

»Hinter mir stehen die Repräsentanten befreundeter Gemeinschaften. Sie verstehen unsere Sprache nicht, aber ich verstehe ihre und kann alles übersetzen, was Sie wünschen, Admiralin.«

»Was ist mit Lieutenant Zulma?«

»Ihr geht es gut, aber wir wollten sie bei diesem Gespräch lieber nicht dabeihaben.«

»Ist Ihnen klar, dass Sie sich völlig außerhalb der militärischen Verhaltensregeln bewegen?«

»Ja, aber Sie haben mir keine Wahl gelassen – Sie oder Athena, das kann ich nicht wissen.«

Die Admiralin antwortet nicht. Wenn die Übertragung perfekt wäre, würde ich sie seufzen hören.

»Und was schlagen Sie jetzt vor?«

Sie versucht nicht mehr, mir Befehle zu erteilen. Wahrscheinlich hält sie meinen Respekt vor der Autorität für noch geringer, als ich dachte.

Ich fahre fort: »Wir möchten doch alle dasselbe. Die Befreiung der Zomos und die Rückkehr auf den blauen Planeten, zumindest die Einrichtung einer Kolonie auf der Erde. Ich denke, dass wir einen Deal machen können, um dieses Ziel zu erreichen.«

Die Admiralin explodiert: »Einen *Deal*? Ist Ihnen klar, was Sie gerade gesagt haben?«

Hinter mir sind meine Freunde zusammengezuckt, überrascht und erschrocken über ihr herrschsüchtiges Auftreten.

»Es tut mir leid, wenn ich Sie beleidigt habe, Admiralin, aber die Lage hat sich verändert. Vernünftige Befehle habe ich immer befolgt, aber den letzten fand ich überhaupt nicht vernünftig. Ich glaube, dass Sie – und sogar Athena – die Lage hier vor Ort nicht richtig einschätzen können. Und es ist nicht der Mühe wert, mir ...«

Ich will sagen: »... mir eine falsche Yû vorzugaukeln, um mich zu überzeugen«, aber die Admiralin fällt mir ins Wort.

»Was schlagen Sie also vor?«

Inzwischen hatte ich genug Zeit nachzudenken.

»Mit der Gemeinschaft über die Freilassung der überlebenden Zomos zu verhandeln und sie dann mit diesem Raumschiff in die Kolonie zurückzubringen.«

»Im Austausch wofür?«

»Wir könnten ihnen die wenigen Schreckschussgewehre überlassen, die im Raumschiff verblieben sind.«

»Und wenn man diese Waffen gegen Sie einsetzt?«

»Das Risiko müssen wir eingehen, aber zugleich könnte ich ihnen die Gefahr einer großen Invasion vom Mars in den schwärzesten Farben ausmalen. Wenn uns etwas zustößt, landen hier hundert Raumschiffe. Ich weiß, dass der Große Häuptling so etwas befürchtet, seit die Zomos hier sind.«

Die Admiralin erwidert nichts. Ich bin sicher, dass sie abwartet, wie das Oberkomitee und Athena entscheiden. Schließlich fragt sie: »Und warum keine Rettungsmission?«

»Ich rate davon ab. Aber wenn Sie sie dennoch schicken, dann mit dem Ziel, die Bevölkerung dieser Insel auszuradieren oder zu unterwerfen. Es sind Krieger und Eroberer, die Eindringlinge in ihr Territorium niemals akzeptieren werden. Sie werden bis zum Tod kämpfen.«

Ich weiß, dass eine kriegerische Invasion im völligen Widerspruch zu den Werten der Kolonie stehen würde – den Werten, die man uns schon in der Kindheit vermittelt, indem man uns *Pocahontas* zeigt.

Die Admiralin wartet noch immer ab. Schließlich sagt sie: »Rekrut Normandie, Sie haben die Einwilligung des Oberkomitees.«

»Sehr gut, dann haben wir jetzt über die Verhandlungen mit den Inselbewohnern gesprochen, aber noch nicht über meine Bedingungen.«

»Ihre *was*?«

Ich glaube, dass sie erneut explodieren wird, aber dann hält sie sich doch zurück.

»Ich fordere die Freilassung von Ingenieurin Yû Mishima. Und ich will mit ihr sprechen.«

»Aber das haben Sie doch schon getan ...«

»Ich habe mit einer exzellenten Imitation gesprochen.«

Die Admiralin verstummt. Ich schätze, dass sie in ihren Kopfhörern ein Stimmengewirr vernimmt.

Ob ich mit meiner Bemerkung, ohne es zu wollen, Athena herausgefordert habe? Aber Athena hat doch keine Emotionen, warum sollte sie also den Wunsch verspüren, mich dafür büßen zu lassen?

In der Leere des unendlichen Raums fliegen wir der Kolonie entgegen.

Das Mutterraumschiff, das uns im Orbit erwartete, enthält keinen jener durchsichtigen Sarkophage für einen langen Schlaf, wie man sie in alten Science-Fiction-Filmen sah, die noch mit richtigen Menschen als Darstellern gedreht wurden. Dank unseres wissenschaftlichen Fortschritts können wir heute Zeitschleifen nutzen, und die alten Hilfsmittel sind verzichtbar geworden. Der Rückflug dauert nur drei Erdwochen, und das Raumschiff ähnelt im Inneren eher einem U-Boot des 21. Jahrhunderts. Es gibt übereinanderliegende Schlafkojen und eine separate Kabine für den Kommandanten, die beim Hinflug für Lieutenant Zulma bestimmt war, nun aber mit dem Einverständnis aller Tayo und Antina überlassen wurde.

Im Augenblick schlafen alle an Bord. Die Zomos und meine Freunde haben ihre irdischen Ruhezeiten beibehalten.

Aber nein, ich bin doch nicht der Einzige, der wach geblieben ist. Ich sehe Lieutenant Zulma vorbeihuschen. Mit hängendem Kopf, wie eine verlorene Seele, kommt sie aus der Beobachtungskabine. Dorthin hatte sie sich zurückgezogen, um die Sterne zu betrachten und zu versuchen, ihre missliche Lage zu vergessen. Sie nimmt mich wahr, wendet aber den Blick ab.

Anders als beim ersten Flug ist sie nicht mehr die Chefin an Bord.

Auf dem Rückflug bin ich der Chef.

Bis jetzt bin ich ziemlich zufrieden mit der Mission. Alles ist ungefähr so abgelaufen, wie ich es vorgesehen hatte. Das haben wir auch der Intelligenz des Großen Häuptlings zu verdanken.

Im Unterschied zu seinen Kriegern hat er immer gespürt, dass die Zomos und ich uns verbünden könnten – zumindest angesichts eines gemeinsamen Feindes. Er hat befürchtet, er müsse schon bald mit einer richtigen Marsinvasion rechnen, wenn unsere Verhandlungen schlecht ausgingen.

Er hat so getan, als würde er von seinem Thron herab mit mir verhandeln, aber ich glaube, dass seine Entscheidung bereits getroffen war, nachdem ich ihm verkündet hatte, dass wir das Raumschiff von der Insel entfernen und für immer verschwinden könnten.

Die Zomos sind mit großem Pomp freigelassen worden. Nach einem Festmahl zu ihren Ehren hat man ihnen für die Nacht sogar ein paar Frauen angeboten. Ich habe mir deswegen Sorgen gemacht, aber eine von Kalos Gattinnen, die ein paar Geheimnisse unter Frauen zu hören bekam, verriet mir: Anfangs habe es die Frauen zwar erschreckt, mit diesen fremden Kriegern allein zu sein, aber dann seien sie ihnen außerordentlich freundlich und aufmerksam vorgekommen. In der Weltraumkolonie sind selbst unsere wildesten Krieger seit früher Kindheit zu Respekt gegenüber Frauen erzogen worden.

Bis zu unserem Abflug hat mir Lieutenant Zulma immer wieder befohlen, sie von ihren Fesseln zu befreien, denn sie wollte vor ihren Männern nicht wie eine Gefangene dastehen, aber selbst als sie mich angefleht hat, weigerte ich mich, ihrem Wunsch zu entsprechen. Ich fürchtete, sie würde sich mit allen Mitteln zu rächen versuchen, wenn sie erst einmal frei war.

Ich merke, dass mich dieses Abenteuer misstrauisch gemacht hat und sogar durchtrieben, aber sicher war ich bisher auch reichlich naiv gewesen. Ist es das, was man »erwachsen werden« nennt? Und hat Athena diese Entwicklung in meinem Persönlichkeitsprofil als Neutrum vorhergesehen?

Ich hatte kurz darüber nachgedacht, ob sich die Zomos nach der Freilassung auf Lieutenant Zulmas Seite schlagen würden. Aber es kam, wie ich es erwartet hatte: Sie standen hinter dem, der sie von ihren Ketten befreit hatte.

Was mir allerdings Sorgen macht, ist die Zukunft meiner Freunde. Vor dem Abflug habe ich Antina und Tayo noch einmal freigestellt, ob sie auf ihre Insel zurückkehren oder mit uns zum Mars fliegen wollen. Aber sie waren fest entschlossen, bei uns zu bleiben – und Titau auch! Ich habe versucht, ihnen eine Ahnung von unserem Leben in der Kolonie zu vermitteln.

»Ihr könnt euch das Dasein dort oben gar nicht vorstellen. Keine Jagd, kein Fischfang, keine Waldspaziergänge. Und kein Wind mehr!«

Dass Titau uns begleiten wollte, hat mich am meisten verwundert. War er doch nicht mit der Entsagung zufrieden?

»Nein«, sagte er, »mein Verzicht war ganz aufrichtig, bis ich euch kennengelernt habe. Und wenn ich wirklich ein weiser Mann wäre, würde ich vermutlich nicht fortgehen.« Mit einem Lächeln fügte er hinzu: »Auf jeden Fall ist es nicht euer Essen, das mich reizt mitzukommen!«

»Aber was ist es dann?«

»Es gibt etwas, das ich einfach nicht ablegen kann. Meine Abenteuerlust. Die Neugier. Es reizt mich überhaupt nicht, wieder Krieger zu werden – theoretisch könnte ich das, es würde schon genügen, dass ich jemanden im Kampf besiege ... Aber ich weiß, dass ich darin nichts Neues finden würde. Hier in den Bergen ändert sich auch nie etwas. Bis zu eurer Ankunft hatte ich mich an dieses Leben gewöhnt; ich hatte mich damit abgefunden, dass ich nichts Neues mehr erlebe, außer dass ich altern und sterben werde – es sei denn, der Vulkan würde irgendwann ausbrechen. Aber zu einem anderen Planeten zu reisen, das ist ein neues Leben, eine andere Welt. Endlich etwas Neues und Unvorhergesehenes!«

Ich kann ihn verstehen. Bin ich seit meinem Abflug von der Kolonie nicht selbst von der Abenteuerlust getragen worden, vom Vergnügen an einem Leben, das so anders ist als der perfekt durchorganisierte Alltag auf dem Mars?

Und Tayo und Antina? Mir scheint, dass selbst ein Leben bei den *Anderen* auf ihrer Insel sie glücklicher machen würde als das Eingesperrtsein und die Eintönigkeit in unserer Marskolonie. Aber sie lassen sich von ihrem Wunsch, mir zu folgen, einfach nicht abbringen.

»Wenn wir in deinem Dorf unglücklich sind, kannst du uns ja immer noch heimfliegen lassen«, sagt Tayo.

»Aber dort oben bin ich nicht der Chef. Ich hätte nicht unbedingt die Macht, so etwas zu organisieren.«

»Ihr habt doch alle die Absicht, später einmal auf die Erde zurückzukehren«, sagt Antina. »Da kommen wir einfach mit.«

Und sie hat recht. Schlimmstenfalls dauert es eine Weile, aber sie können durchaus zum Team gehören, das die Rückkehr zum blauen Planeten vorbereitet. Nach meinen Erfolgen auf der Erde könnte ich wenigstens das für sie erreichen.

Als ich nach der Einwilligung der Admiralin endlich die wahre Yû auf einem Bildschirm erblicken durfte, wirkte sie auf mich erschöpft und beinahe ausgezehrt, und doch strahlte sie vor Freude, mich wiederzusehen.

Ein paar Sekunden lang waren wir beide so bewegt, dass wir nur den Vornamen des anderen flüstern konnten.

Und dann fragte ich sie: »Was wolltest du mir mit deiner Nachricht sagen? Warum meintest du, dass da irgendwas nicht stimmt?«

Meine Frage schien sie zu erschrecken. Ja, natürlich, sie wird überwacht, sie darf mir nichts erzählen.

»Weil ich Angst um dich hatte«, sagte sie schließlich.

Ich bohrte nicht weiter nach. Sie ist sicher nicht frei, und aus so großer Ferne kann ich sie nicht beschützen.

»Wir werden uns bald sehen«, sagte ich. »Schon in wenigen Tagen.«

Sie lächelte mir zu, und es war ein echtes Lächeln, glücklich und aufrichtig.

»Ich werde dir auch etwas zu lesen schicken«, sagte ich. »Ich habe Aufzeichnungen gemacht.«

»Naturwissenschaftliche Beobachtungen?«

»Nein, eher philosophische Gedanken – oder psychologische, ich weiß nicht recht.«

Sie lächelte. »Also bist du auf dem blauen Planeten ein Philosoph geworden?«

»Mach dich nicht über mich lustig.«

»Mein Lieber, das würde ich doch nie tun. Ich werde alles lesen und dir sagen, zu welchen Überlegungen es mich angeregt hat.«

Als ich hörte, wie sie »mein Lieber« sagte, überfluteten mich Glücksgefühle.

Und jetzt, wo ich in der Beobachtungskabine sitze und die Sterne betrachte, hält dieses Glück noch immer an.

Wenn sie nicht gerade schlafen, haben Tayo, Antina und Titau eine Menge zu tun. Athena hat in ihrem Speicher ein Englischlernprogramm für Erwachsene gefunden. Sie üben mehrere Stunden täglich und machen genauso schnelle Fortschritte wie ich damals mit ihren Sprachen.

Die Zomos sind sehr freundlich zu ihnen und behandeln sie wie Ehrengäste. Bei jedem Gespräch verwandeln sie sich bereitwillig in Englischlehrer. Aber besonders gern unterhalten sie sich mit Titau, der ihnen mithilfe eines automatischen Übersetzungsprogramms von seinen Kriegen und Eroberungen berichtet. Auch wenn er eines Tages seinem Leben als Krieger entsagt hat, bereitet es ihm sichtlich Vergnügen, Männern, die er als seinesgleichen erkennt, von seinen vergangenen Schlachten zu erzählen. In einem anderen Leben hätten sie Waffenbrüder sein können, und nun hören sie den Erinnerungen eines echten Kriegers gebannt zu.

»Aus welcher Entfernung könnt ihr mit dem Bogen ein Ziel treffen?«, will ein Zomo wissen. Es folgt ein ziemlich umständliches Hin und Her, bei dem jeder versucht, die Maßeinheiten des anderen zu verstehen. Dann gibt es Gespräche darüber, ob sich die Pike für den Einzelkampf besser eignet als das Schwert, ob ein hölzerner Schild besseren Schutz gewährt als einer aus Schildpatt, wie weit Steinschleudern reichen und wie schnell eine Piroge mit Ruderern maximal unterwegs sein kann. All das fesselt die Zomos.

Wie ich auf ihren Gesichtern gesehen habe, schockiert sie hingegen das Schicksal, das den Besiegten und ihren Frauen gemeinhin droht. Immerhin haben sie sich bemüht, ihr Entsetzen nicht zu zeigen, denn sie wollten ihren Gast nicht verletzen. Doch als sie verstanden haben, dass Titau aus seiner Gemeinschaft ausgetreten ist, weil er deren Vorliebe für Massaker und Versklavungen nicht mehr teilen konnte, ist er für sie wirklich wie ein Bruder geworden.

Lieutenant Zulma beteiligt sich an diesen Unterhaltungen nicht. Sie könnte sich zwar zu den anderen gesellen, aber ausdrücklich hinzugebeten wird sie nicht, und ihr verletzter Stolz würde es ihr ohnehin unerträglich machen, mit ihren Männern als Gleiche unter Gleichen dazusitzen. Da das Raumschiff von der Kolonie aus gesteuert wird, hat sie auch als Pilotin keine Aufgaben mehr, und so hält sie sich die meiste Zeit abseits. Ich achte darauf, ihr keinen Kontakt zur Kolonie zu gewähren, denn ich fürchte noch immer ihren Rachedurst.

Jede weitere Stunde bringt mich Yû näher. Ich lese ihre Antworten auf meine Notizen.

**Glück ist ohne Arbeit möglich, wenn wir unserer Natur folgen.**

*Also, mein Liebster, ich glaube, deine Insel war wirklich ein Paradies. Gewalttätigkeit, Eifersucht und Gier sind nämlich auch Bestandteile unserer Natur.*

*Das milde Klima, die Tahuku-Pflanze und der spezielle Pilz haben das Entstehen dieser einzigartigen Gesellschaft begünstigt. Ein Philosoph namens Jean-Jacques Rousseau hat davon geträumt, dass es irgendwann in der Vergangenheit solche Gesellschaften gegeben habe. Er konnte nicht ahnen, dass sie sich in ferner Zukunft herausbilden würden. Aber er wäre ziemlich enttäuscht gewesen, wenn er das Dorf der* Anderen *in den Bergen entdeckt hätte – und* erst recht die Insel Ares!

**Glück ist, sich so zu fühlen wie die anderen.**

*Hier habe ich mich nicht in die Philosophie versenken müssen. In Athenas Speicher fand ich Studien über das Glück der Erdenbewohner im späten 20. Jahrhundert. Und es stimmt, damals fanden sich Gesellschaften oder Einzelpersonen am glücklichsten, wenn viel Gleichheit und Solidarität herrschte. Weniger Neid, weniger Verachtung und ein starkes Zusammengehörigkeitsgefühl.*

**Freie Liebe = Glück**

*Dazu sage ich lieber nichts, denn wenn ich darüber nachdenke, wer dich wohl zu diesem Gedanken inspiriert hat, rege ich mich zu sehr auf.*

**Glück ist, ein frei gewähltes Ziel zu erreichen.**

*Oh, du führst mich zu den ernsten Dingen zurück. Ja, natürlich, die Evolution hat uns so ausgelesen: Wir sollen Lust auf Anstrengung haben, um unser Überleben zu sichern. Aber das Wort* Freiheit *ist auch wichtig. Athena weiß das: Sie schafft es immer, uns den Eindruck zu vermitteln, wir würden eine freie Wahl treffen, denn sie weiß schon vorher, was wir je nach unseren Fähigkeiten bevorzugen werden. Zu diesem Thema gibt es viele psychologische Studien: Die Leute arbeiten besser, wenn sie zumindest das Gefühl haben, dass sie ihre Aufgabe frei wählen konnten.*

*Athena schützt uns vor dem Scheitern, indem sie für uns nur Dinge auswählt, bei denen wir sicher sind, dass wir sie bewältigen können. Für sie zählt unser Glück mehr als unsere Freiheit. Da wäre sie mit Hobbes oder Spinoza nicht gerade einer Meinung gewesen, denn die verfochten eher die gegenteilige Auffassung.*

**Glück liegt im Verzicht auf alles, was nicht nützlich für uns ist.**

*Oh, jetzt habe ich ein bisschen zu tun. Diese Überlegung spare ich mir für später auf.*

Zwei Tage vor unserer Ankunft auf dem Mars gehe ich an Lieutenant Zulma vorbei, die mit leerem Blick vor einer Tasse Kaffee sitzt. Sie schaut zu mir auf.

»Wir müssen miteinander reden«, sagt sie.

Die Niederlage hat ihr den Hochmut genommen, und dank unserer Expedition durch den Wald sowie der vierzehn Tage Weltraumnahrung hat sie die Figur einer Kriegerin zurückgewonnen. Doch als wollte sie zum Ausdruck bringen, dass sie sich nicht mehr als Offizierin betrachtet, hat sie ihre langen, üppigen Haare behalten, die ihr ein sehr feminines Aussehen verleihen und manchmal die Blicke der Zomos auf sich ziehen. Ihre Schwangerschaft ist noch kaum sichtbar. Ich habe dieses Thema nie mit ihr angesprochen, da ich vermutlich der Allerletzte bin, mit dem sie darüber reden möchte.

»Gern«, sage ich. »Wo sollen wir hingehen?«

»In die Beobachtungskabine.«

Dieser Raum ist wie eine transparente Blase im hinteren Teil des Raumschiffs; es gibt dort einen Sitz für zwei Personen, von dem aus man den Himmel betrachten kann. Ich glaube nicht, dass Lieutenant Zulma unser Gespräch unter vier Augen ausnutzen wird, um mich zu überwältigen, aber vorsichtshalber habe ich Titau gebeten, sich im nahe gelegenen Laufgang aufzuhalten, von wo aus er uns im Blick haben wird.

»Sie vertrauen mir nicht«, sagt sie, nachdem wir uns hingesetzt haben und sie die Anwesenheit meines Kriegerfreundes bemerkt hat.

»Ich vertraue Ihrem Pflichtgefühl. Und Sie betrachten es vielleicht als Ihre Pflicht, wieder das Kommando über dieses Raumschiff zu übernehmen.«

Sie seufzt.

»Das würde doch nichts bringen. Wir werden von der Kolonie aus gesteuert. Alles Weitere wird sich bei unserer Ankunft entscheiden.«

»Und wie entscheidet man sich Ihrer Meinung nach?«

Sie hat einen höheren Dienstgrad, und so kann sie die Reaktionen unserer militärischen Hierarchie, aber auch der zivilen Führungskräfte sicher besser einschätzen.

»Ich werde jedenfalls zu keinem Einsatz mehr geschickt. Ich bin gescheitert. Die nächste Mission wird ohne mich ablaufen. Und dazu kommt noch, dass …«

Sie fasst sich an den Bauch.

»Machen Sie sich keine Vorwürfe, Lieutenant. Sie sind in eine schlecht vorbereitete Operation geraten. So etwas ist schon den Besten passiert …«

Ich könnte Lieutenant Zulma von einigen Schlachten der irdischen Geschichte berichten, in denen tapfere Männer von inkompetenten Vorgesetzten ins Verderben geschickt wurden, aber ich bezweifle, dass sie die Geduld hat, mir zuzuhören.

»Sie wollen mich wohl trösten?«

Ihre Augen funkeln vor Zorn; ich habe ihren Stolz verletzt.

»Nein, ich kann nur nicht mitansehen, wie Sie sich zu Unrecht die Schuld geben.«

»Ich bin von Ihrer Fürsorglichkeit tief berührt«, sagt sie bitter.

»Hören Sie, wir beide werden uns wahrscheinlich nie lieben, aber weshalb wollten Sie mich sprechen?«

»Wegen des Kindes«, sagt sie.

Ich bin überrascht. Bis eben habe ich immer gedacht, dass dies kein großes Problem darstellt: Es wäre doch ein Leichtes, diese ungewollte Schwangerschaft gleich nach der Ankunft in der Kolonie zu beenden.

»Ich möchte es behalten.«

Nun bin ich wirklich perplex. Seit sehr langer Zeit wird es in der Kolonie das erste Baby sein, das auf natürliche Weise zur Welt kommt! Das Gesundheitspersonal wird Athena bitten müssen, aus ihren Tiefen alte Entbindungsvideos hervorzukramen.

»Lieutenant Zulma, ich glaube, dass alle damit einverstanden sein werden, Athena inbegriffen. Immerhin frischt das unseren Genpool auf.«

»*Genpool!*«, sagt sie gereizt. »Sie reden ja wie Athena! Aber die kann mir wenigstens besser zuhören als Sie.«

»Es tut mir leid, aber ich bin mit diesem Thema nicht vertraut, und Sie sind immerhin eine Frau, die mich mit einem Feuerlöscher niedergeschlagen hat.«

»Ich hätte Sie töten können, wenn ich es gewollt hätte.«

Das stimmt. Sie hätte mir den Rest geben können, als ich

bewusstlos dalag. Aber dass sie mich am Leben ließ, ist trotzdem nicht so sehr ihr Verdienst. Sie ist gemäß den Werten der Kolonie erzogen worden, und da tötet man keinen wehrlosen Gegner, erst recht keinen Landsmann. Aber sie wäre sicher dazu imstande gewesen, zwei Fremde auf Befehl zu töten – Tayo und Antina.

Ich erinnere sie daran, dass sie ohne mich noch immer eine Sklavin wäre, nichts weiter als eine Gebärmaschine für künftige Krieger. Nun sagt sie nichts mehr. Ich möchte unser Gespräch in ruhigeres Fahrwasser lenken. Hat Athena nicht herausgefunden, dass ich ein Talent zum Besänftigen von Konflikten habe?

»Wissen Sie, wir sind doch keine Feinde, auch wenn sich unsere Sichtweisen unterscheiden.«

Lieutenant Zulma sitzt noch immer schweigend da. Sie wollte über ihr Kind reden, aber warum?

Schließlich sagt sie: »Ich möchte, dass Sie es adoptieren. Sie und Yû.«

Am Anfang kann ich gar nichts erwidern, denn ich bin genauso überrascht, als hätte sie mir noch einmal einen Hieb mit dem Feuerlöscher versetzt.

»Aber … Wieso denn? Und warum Yû und ich?«

»Yû hat sich schon immer ein Kind gewünscht. Das hat sie mir eines Tages anvertraut.«

Nun bin ich erst recht überrascht. Ich wusste nicht, dass es zwischen Yû und Lieutenant Zulma eine solche Vertrautheit gab. Seit ich jeden Kontakt mit Yû abgebrochen habe, muss sie genug Zeit gehabt haben, sich ein anderes Leben aufzubauen, von dem ich nichts weiß.

»Machen Sie sich keine Sorgen. Sie hat mir diese intimen Dinge verraten, um mich zu entmutigen. Es sollte bloß nicht so direkt aussehen. Wenn sie eines Tages eine dauerhafte Partnerschaft eingehen würde, dann um ein Kind großzuziehen.«

»Hat sie dabei von mir gesprochen?«

»Nein, Sie waren schon nicht mehr mit ihr zusammen, und Kavan hatte sie noch nicht gefunden. In dieser Zwischenzeit habe ich gedacht, ich könnte eine Chance bei ihr haben ...«

Sie lässt den Kopf hängen.

»Aber warum wollen Sie das Baby nicht selbst aufziehen?«

»Ich fühle mich dazu nicht imstande. Und als meine Eignung zur Mutter getestet wurde, hatte ich eines der schlechtesten Ergebnisse meines Jahrgangs.«

»Wenn es so ist, warum lassen Sie es dann nicht ...«

Ich wage nicht, den Satz zu beenden. Lieutenant Zulma könnte mich für noch weniger begabt halten, als Athena es tut.

»Es ist ein Bauchgefühl ... Ich weiß nicht warum, aber ich kann es nicht, und ich will es nicht.«

»Aber weshalb haben Sie Yû und mich ausgewählt?«

»Weil ich mir sage, dass Yû die beste Mutter für mein Kind wäre.«

Im Grunde haben Lieutenant Zulma und ich eines gemeinsam: Wir sind beide sehr verliebt in dieselbe Frau.

»Und ich als Vater?«

Sie zuckt mit den Schultern. »Ich wünsche mir vor allem, dass Yû die Mutter meines Kindes wird.«

Als Lieutenant Zulma fort ist, beginne ich zu träumen: von meiner Zukunft als glücklicher Liebender – und, warum nicht, als Papa.

Aber bald quält mich wieder die alte Unruhe. Yûs erste

Nachricht bringt mich erneut ins Grübeln: *Irgendetwas stimmt nicht.*

Zum Glück ist meine Liebste unablässig mit Denken beschäftigt, und schon bald empfange ich eine neue Nachricht von ihr.

In den Pyrogen fanden sich viele Weiber, die den Europäerinnen, in Ansehung des schönen Wuchses, den Vorzug streitig machen konnten, und auch übrigens nicht heßlich waren. Die meisten dieser Nymphen waren nackend, weil die Männer und alten Weiber, die sich bey ihnen befanden, ihnen ihre Bedeckung, die sie gemeiniglich tragen, weggenommen hatten; sie machten allerley freundliche Mienen gegen uns, beobachteten aber doch bey aller Naivetät eine gewisse Art von Schamhaftigkeit, welche die Natur dem andern Geschlechte allenthalben eingeprägt hat, und vermöge deren sie das, was sie oft am meisten wünschen, auch in einem Lande, wo die Freyheit des ersten Weltalters herrschte, zu verheelen wußten. Die Männer handelten freyer und unverstellter; sie suchten, uns zu bewegen eine Frau zu wählen, mit ihr ans Land zu gehen, und gaben uns zu verstehen, auf was Art wir uns mit ihnen beschäftigen sollten. Man kann sich vorstellen, wie schwer es hielt vierhundert junge Französische Seeleute, die in sechs Monaten keine Frauensperson gesehen hatten, zu bändigen.

*Schau mal, was ich in unserem Archiv gefunden habe. Den Text hat ein französischer Seefahrer geschrieben, der Mitte des 18. Jahrhunderts wohl ausgerechnet auf deiner ersten Insel gelandet ist. Wenn du ihn liest, wirst du besser ver-*

*stehen, weshalb die jungen Frauen sich dir angeboten haben. Es ist eine Tradition, deren Ursprung sie nicht kennen – und über die Gründe wissen sie ebenso wenig Bescheid ...*

*Darüber hinaus haben mich deine Mitteilungen weiter zum Nachdenken gebracht, und mir sind ein paar Definitionen von Glück eingefallen. Nichts Originelles, Athena hätte es genauso machen können oder besser, aber immerhin kommen sie von der Frau, die du liebst, und so hoffe ich, dass du sie anregend findest. Du wirst darin einige deiner Reflexionen über das Glück wiederfinden und auch ein paar Autoren, die du dazu lesen kannst, wenn du möchtest. Manche sind aber ziemlich schwer. Philosophie ist zum großen Teil eine Frage der Sprache, und als mich all das noch interessierte, war mein Lieblingsphilosoph ein gewisser Wittgenstein, der diese Dinge schon begriffen hat, bevor es so etwas wie Künstliche Intelligenz gab.*

*Bei seinen Vorgängern ist es mit dem Glück aber ziemlich vertrackt, denn sie bezeichnen mit demselben Wort mal das Glück, das vor allem von uns selbst abhängt – von unserem Handeln und unserer Sicht auf die Dinge –, und ein andermal das Glück, das stärker von den Umständen abhängig ist. Und noch verwickelter wird es, wenn sie nicht sagen, ob sie eher ein Glück meinen, das sich wie ein Gipfel auftürmt (wie meine Freude, wenn ich dich endlich wiedersehe), oder ein Glück, das einem ruhigen Fluss ähnelt.*

*Lass uns mal alle Kombinationen durchspielen. Zuerst: ein Glück, das wie ein Gipfel ist und vor allem von den Umständen abhängt. Das sind solche Vergnügungen, wie du sie auf deiner ersten Insel kennengelernt hast, jedenfalls unter den Bewohnern des Stranddorfes, die offenbar ständig feiern!*

Dann das Glück, das wie ein Gipfel ist und vor allem von uns selbst abhängt. Die Freude, die einen durchströmt, wenn man sein Ziel erreicht, besonders wenn dafür viel Anstrengung nötig war. Solche Hochgefühle verschafft einem die Arbeit – und leider auch der Krieg. Die Zomos, die den Mühlstein anschoben, haben allerdings nichts davon verspürt, denn Aristoteles stellt klar, dass nur das Erreichen eines frei gewählten Zieles glücklich macht. Daher dachte er, ein Sklave könne niemals glücklich sein.

Als Nächstes das Glück, das wie ein ruhiger Fluss ist und vor allem von den Umständen abhängt: die stille Zufriedenheit, wenn alles gut läuft, und besonders, wenn man nichts begehrt, was man nicht unbedingt braucht. Das ist der Trick von Epikur, der immerhin eingestand, dass wir zum Glücklichsein ein Haus haben sollten, einen Gemüsegarten und ein paar Freunde, mit denen wir philosophische Gespräche führen können. Damals war das nicht jedem gegeben – und den Sklaven schon gar nicht.

Und schließlich das Glück, das wie ein ruhiger Fluss ist und vor allem von uns selbst abhängt, von unserer Sicht auf die Dinge. Hier sollten wir, glaube ich, lieber von »innerer Ruhe« oder »heiterer Gelassenheit« sprechen. Diese Art von Glück liegt vor, wenn man stets seine Seelenruhe bewahrt, wie auch die Umstände sein mögen. Denk mal an deinen neuen Freund Titau, der seine Herabstufung und sein Nomadenleben akzeptiert, oder an Epiktet, der ein Sklavendasein bei einem bösen Herrn erdulden musste. Aber selbst er gab zu, dass ihm noch nie ein wahrer Stoiker begegnet sei!

Für die Christen hätte ich noch eine Extraform von Glück hinzufügen können: Die Devise Glück ist, wenn man sein Glück teilen kann, hätte ihnen gut gefallen, denn

*in ihrer Religion ist es ganz entscheidend, die anderen zu
lieben. Sogar seine Feinde soll man lieben, denn es sind
alles Geschöpfe Gottes, der uns liebt. Nun ja, die praktische
Umsetzung war nicht immer so perfekt wie die fromme
Absicht …*

*Eigentlich hat dein Denken ein christliches Fundament
(wie übrigens auch die Französische Revolution, wenngleich sie viele Priester das Leben kostete). Für dich haben
nämlich alle Menschen ein Anrecht auf die gleiche Würde,
und das war wirklich die große Neuerung der Christen.
Und diese Idee von der gleichen Würde wäre beinahe aus
der Weltraumkolonie verschwunden, als jener verdammte
Admiral die Neutren verbannen wollte.*

*Andererseits würdest du keinen guten Christen mehr ab-
geben, denn genau wie ich glaubst du, dass einzig und allein das Glück zu unseren Lebzeiten zählt – unser eigenes
und das unserer Mitmenschen.*

*Wir können uns näher darüber unterhalten, wenn wir
uns wiedersehen. Aber ich hoffe trotzdem, dass wir mit
anderen Themen beginnen …*

Ich lese weiter.

*Natürlich ist es auch eine Frage des Alters: Entsagung
und Akzeptanz sind gut und schön, wenn man nicht mehr
die Möglichkeit hat, es anders zu machen. Aber warum
sollte man nicht weiterkämpfen und das Vergnügen beim
Schopf packen, solange man noch kann?*

*Athena würde dir auch sagen, dass wir alle ein Glücks-
profil haben, das unseren Talenten und unserer Persönlichkeit entspricht. Lauter Dinge, derer wir uns nicht klar
bewusst sind.*

*Von Athena wird behauptet, dass sie uns besser kennt
als wir selbst und dass sie stets weiß, welcher Weg für uns*

*der richtige ist. Sie erspart uns die Last der Freiheit, welche die Menschen der hoch entwickelten Gesellschaften so niederdrückte.*

*Von Athena wird behauptet?* Yûs Formulierung überrascht mich.

Wird von ihr nicht auch *behauptet*, dass sie sich niemals irrt?

Ich habe keine Zeit, über diese Frage lange nachzusinnen, denn unser Raumschiff beginnt seinen Landeanflug. Der Mars nimmt bereits unser ganzes Gesichtsfeld ein, und schon bald erscheint die schillernde Blase der Kolonie.

Ich habe keine triumphale Begrüßung erwartet – immerhin bin ich ein Soldat, der mehrmals die Befehle missachtet hat –, aber auf das Empfangskomitee, das man dem einfachen Rekruten Robin Normandie zugedacht hatte, war ich nicht im Mindesten gefasst.

Als unser Raumschiff angekoppelt hat und die Tür zur Durchgangsschleuse aufgeht, stehen vor mir auch schon ein Polizeikommandant und vier seiner Männer, um mich festzunehmen.

Mir bleibt kaum Zeit, mich von Tayo und Antina zu verabschieden. Sie sind schockiert über den Empfang, den man mir bereitet – vor ihren Augen legt man mir Handschellen und Fesseln an.

Tayo will dazwischengehen, aber Titau hält ihn zurück. Der Krieger bewahrt seine Ruhe, denn er hat ein besseres Verständnis von militärischen Dingen und vom Preis der Disziplinlosigkeit.

Die Zomos sind bestürzt: Ich bin ihr Befreier, und nun werde ich öffentlich gedemütigt, indem man mich zum Gefangenen macht. Als man mich wegführt, lassen sie ihre breite Brust anschwellen und bringen mir eine ohrenbetäubende Ovation dar: »*Du bist ein Zomo, du bist jetzt ein Zomo, du bist einer von uns und wirst es immer sein!*« Das ist der rituelle Satz, der jedes Mal feierlich skandiert wird, wenn ein junger Soldat nach Durchlaufen aller Auswahlprüfungen den Status und das Barett eines Zomos erhält.

Lieutenant Zulma flüstert mir zu: »Ich werde mit Yû reden.« Das ist ein kleiner Lichtblick, aber ich werde wohl alle meine angeblichen »Konfliktlösungskompetenzen« einsetzen müssen, um meine Liebste eines Tages in die Arme schließen zu können.

Am Ende sitze ich eingesperrt in einer kleinen Zelle ohne Displays oder sonstige Kommunikationsmittel, einmal abgesehen von den Überwachungskameras, die mich mit ihren toten Augen selbst dann noch fixieren, wenn ich unter der Dusche stehe, die vom übrigen Raum nicht abgetrennt ist.

Das Essen wird mir in Form von Armeerationen automatisch zugestellt, ohne dass ich dabei einen Menschen zu Gesicht bekomme.

Hinter den Wänden meines Gefängnisses ist keine menschliche Präsenz auszumachen, und ich könnte mich wie der letzte Bewohner einer verlassenen Weltraumkolonie fühlen. Für jemanden wie mich, der außer während des Erdenfluges niemals Einsamkeit gekannt hat, ist das eine harte Prüfung, aber ich versuche mich gut darauf einzustellen.

Ich verbringe meine Zeit damit, alle Episoden meines Aufenthalts auf dem blauen Planeten Revue passieren zu lassen. Die glücklichsten Momente: als ich meine erste Mango kostete, als ich mich mit Antina und Tayo im Schatten der Bäume unterhielt, als ich zum Fischen aufs Meer mit hinausfuhr oder als wir, wenn die Nacht hereinbrach, zum gemeinsamen Festmahl rund ums Feuer saßen. Ich gestehe, dass mir manchmal auch Erinnerungen an Kassia aufsteigen, aber ich bemühe mich, sie zu verscheuchen, denn hier in der Kolonie, wo Yû mir ganz nahe ist, sind mir solche Gedanken unbehaglich. Und ich finde sogar Gefallen daran, mir die schaurigsten Erlebnisse zu vergegenwärtigen – wie wir in unserer Piroge vom Sturm geschüttelt wurden, wie ich den Krieger herausforderte oder sogar, wie ich mit Lieutenant Zulma kämpfte.

Aber mehr Zeit als mit all diesen Erinnerungen bringe ich damit zu, mir alle vergangenen Augenblicke mit Yû ins Gedächtnis zu rufen, angefangen von unserer ersten Begegnung *(Der Schachexperte, bist das wirklich du?)* bis zu unserem letzten Dialog übers Display. Ich will nicht, dass meine Erinnerungen an sie jemals verblassen, denn mir ist bewusst, dass ich meine Liebste womöglich noch sehr lange nicht wiedersehen werde.

Ich mache auch weiterhin sportliche Übungen, wie es auf dem Rückflug unsere ganze Besatzung getan hat. Jetzt aber muss ich allein und ohne Geräte trainieren. Ich habe mir anspruchsvolle Ziele gestellt und will meine persönlichen Bestleistungen bei Liegestützen oder im Rumpfbeugen übertreffen.

Ich verliere das Zeitgefühl, und das ist beabsichtigt. Die Essensrationen werden mir in unregelmäßigen Abständen geliefert. Wenn ein Gefangener das Bewusstsein für die verstreichende Zeit verliert, ist er angreifbarer und in seiner Willenskraft geschwächt.

Dennoch gebe ich die Hoffnung nicht auf. Wenn sie mich zerbrechen wollten, hätten sie mich in ein dreckiges und finsteres Loch geworfen. So klein die Kolonie auch sein mag, sie ist ein Rechtsstaat. Fürs Militär gibt es klare Gesetze. Selbst wenn ich sie nicht im Einzelnen kenne, müssen sie doch eine Begrenzung der Isolationshaft vorsehen. Außerdem steht der Wunsch, mich zu schwächen, sicher dem Interesse entgegen, von mir eine genaue Beschreibung all meiner irdischen Entdeckungen zu erhalten.

Ungefähr eine Woche nach meiner Festnahme (ich habe die Dauer nach meinen Schlaf- und Wachphasen geschätzt, spüre aber, wie sie mit der Zeit aus dem Takt geraten) öffnet sich die Kabinentür.

Ich hatte einen militärischen Vorgesetzten erwartet und hoffte vielleicht sogar, Admiralin Colette würde auftauchen. Aber nein, es ist ein kleiner Mann in Zivil.

Er ist älter als ich, und ich habe sofort die Vermutung, dass auch er ein Neutrum ist.

»Guten Tag«, sagt er und streckt mir die Hand entgegen, »ich bin Jonathan.«

So heißen Neutren mit Vornamen. Ich bin überrascht: Wie kann man die wichtige Aufgabe, mich zu verhören, einem Neutrum übertragen?

»Ich bin Ihr Anwalt«, sagt er mit einem Lächeln.

Selbst als Neutrum kann Jonathan ziemlich gut Gesichtsausdrücke lesen: Er merkt, dass ich erstaunt und enttäuscht bin. Wenn ich einen Anwalt brauche, dann soll er so brillant wie möglich sein.

»Beunruhigen Sie sich nicht«, sagt Jonathan. »Ich habe mich schon immer für Recht interessiert. Und ich bin der einzige Anwalt in der Kolonie.«

Nun wird mir alles klar. Die meisten Regelverletzungen bei uns erfordern kein Gerichtsurteil, sondern einfach die Anwendung der sehr klaren Vorschriften durch die Disziplinarausschüsse. Die letzten richtigen Prozesse fanden in der Zeit nach der Großen Rebellion statt und in den Generationen, die noch nicht von unseren Desensibilisierungstherapien profitieren konnten, wodurch es gelegentlich zu Verbrechen aus Liebe und Eifersucht kam. Die Funktion des Anwalts ist in der Kolonie also verloren gegangen. Und doch hat man dieses Neutrum ausfindig gemacht, das als Hobby weiterhin Rechtsstudien betreibt, um seine Tage auszufüllen.

»Welcher Verbrechen bin ich angeklagt?«, frage ich.

»*Angeklagt* ist nicht das richtige Wort, ich würde eher sagen *beschuldigt*. Die Worte sind hier von einiger Bedeutung«, sagt er in belehrendem Ton. Will er mich in Jura unterrichten, statt mir zu erklären, wie ich mich verteidigen soll?

»Das ist tatsächlich schon die erste Regelwidrigkeit. Man hätte Sie darüber in Kenntnis setzen müssen, welcher Taten Sie beschuldigt werden.«

»Aber der Kommandeur, der mich nach Ankunft des Raumschiffs festnahm, hat es doch getan. Er hat mir gesagt, dass ich wegen Rebellion ange-, ich meine, dass man mich der Rebellion beschuldigt.«

»Ach so? Aber wie kann es sein, dass ich darüber nicht informiert wurde?« Und er sieht auf seinem Tablet verschiedene Dokumente durch.

»Das ist nicht gerade beruhigend«, meine ich.

Er schaut mir erneut ins Gesicht. Seine Nase ist ein bisschen zu lang, er hat große braune Augen und unregelmäßige Zähne. Damit ist er ziemlich weit entfernt von den Standards der Kolonie, in der die Gesichter infolge von sorgfältiger Auslese und genetischen Verbesserungen in den meisten Fällen harmonisch sind. Aber schon ärgere ich mich über mich selbst, weil ich ihn nach seiner äußeren Erscheinung beurteilt habe. Ich brauche ja keinen Sieger eines Schönheitswettbewerbs, sondern einen guten Anwalt.

»Eigentlich beschuldigt man Sie nicht nur der Rebellion. Ich lese hier auch: *Unverschämtes Verhalten gegenüber einem Vorgesetzten, Angriff auf einen Ranghöheren, Gewalttätigkeit gegen eine Frau, Einbringung von ausländischen Zivilisten in ein militärisches Raumschiff und Freiheitsberaubung.*«

»Und was droht mir dafür?«

»Verbannung.«

Nun bekomme ich es wirklich mit der Angst zu tun.

Verbannt hat man früher die aufständischen Offiziere, welche die Große Rebellion überlebt hatten. Jeden von ihnen schickte man auf einen anderen Beobachtungsposten fernab der Kolonie. Diese Posten waren damals schon nicht mehr besetzt, und große Entfernungen trennten sie voneinander. Wenn man in einer solchen Außenstelle sitzt, kann man sie nicht mehr verlassen, sofern man keine Ausrüstung zum Schutz vor der Marsatmosphäre hat und kein Raumfahrzeug. Und einem Verbannten gibt man so etwas natürlich nicht mit. Man sitzt dann wie in einer Zelle mitten in einer Wüstenei, ganz ohne Kontaktmöglichkeiten, nur mit den nötigen Lebensmitteln für die Dauer der Strafe. Aber normalerweise dauert es nicht lange. Die Gefangenen sind rapide gealtert oder haben Krebs bekommen, denn die alten Beobachtungsposten sind für einen längeren Aufenthalt nicht gut genug gegen Strahlung geschützt. Nach einigen Monaten oder Jahren haben die meisten Sträflinge ihr Leben selbst beendet, denn man hatte ihnen zumindest die Medikamente mitgegeben, die für diesen würdevollen Ausweg nötig waren.

»Aber lassen Sie sich nicht unterkriegen!«, sagt Jonathan. »Ich werde Sie verteidigen. Die kriegen wir ran!«

Er scheint wirklich daran zu glauben. Aber wenn ich mir vorstelle, wie er Admiralin Colette gegenübersteht oder, schlimmer noch, Präfektin Jacinthe ... Und warum nicht gar Athena, die am Prozess bestimmt beteiligt sein wird.

»Wie wollen Sie das anstellen?«, frage ich.

»Ich werde beweisen, dass all Ihre Handlungen von der Absicht getragen waren, das Beste für die Kolonie zu erreichen!«

Ich finde, das ist eine gute Idee. Wenn man ein Neutrum ist, muss man noch lange nicht blöd sein. Ich kann das ja von mir selbst bezeugen. Ich habe ihn wirklich zu rasch beurteilt.

»Wenn es Ihnen gelingt, das zu beweisen, kann ich dann freigesprochen werden?«

Er seufzt. »Nein, keine Chance.«

»Warum nicht?«

»Körperliche Gewalt gegen Frauen ist bereits ein Verbrechen für sich. Sie haben sich mit Lieutenant Zulma geprügelt.«

»Aber das war doch nur, um ein anderes Verbrechen zu verhindern – die Tötung unschuldiger Zivilisten!«

»Das kann gut sein, aber man könnte auch sagen, dass

Sie Lieutenant Zulma daran gehindert haben, einen Befehl auszuführen.«

»Kann man nicht argumentieren, dass dieser Befehl von Admiralin Colette falsch war?«

»Hmm ... Versuchen könnte ich es, aber es dürfte schwierig werden ... Admiralin Colette hat ihre Entscheidung auf Grundlage der Informationen getroffen, die Lieutenant Zulma ihr in diesem Moment geliefert hat. Es ging ihr um den Schutz des Raumschiffs, das Sie dann heimgebracht hat. Und ich habe mir die Tonaufzeichnungen angehört: Athena selbst hat empfohlen, die Eingeborenen zu töten ...«

Ich erinnere mich, dass man Admiralin Colette das Unbehagen vom Gesicht ablesen konnte, als sie den Befehl gab, Antina und Tayo zu erschießen. Sie hatte sich Athena gebeugt und den anderen Mitgliedern des Oberkomitees.

»Meiner Ansicht nach würden wir auf diesem Weg also nicht weit kommen«, sagt Jonathan abschließend.

»Aber widerspricht das Töten von Unschuldigen nicht dem Grundgesetz unserer Kolonie?«

Er zieht eine Grimasse, als hielte er mich nicht für qualifiziert genug, einen juristischen Begriff wie »Grundgesetz« in den Mund zu nehmen.

»Ja, auf der Ebene des Grundgesetzes, das allgemeine Prinzipien vorgibt, stimmt das sicher. Um diese Prinzipien zu befolgen, hat man die Zomos ja auch ohne tödliche Waffen auf die Erde geschickt.«

»Na sehen Sie, also kann man behaupten, dass ich lediglich das Grundgesetz respektiert habe!«

Erneut verzieht er das Gesicht. Er beginnt mir auf die Nerven zu gehen.

»Ja, aber das ist nicht die gleiche Rechtsebene. In den militärischen Dienstvorschriften heißt es, dass man Menschenleben ausnahmsweise opfern darf, wenn dies die einzige Möglichkeit ist, die höheren Interessen der Kolonie zu wahren. Und niemand kann bestreiten, dass es außergewöhnliche Umstände waren.«

»Also ist kein Freispruch möglich?«

Er zwinkert mir zu. »Nein, aber meines Erachtens ein geringes Strafmaß.«

»In welchem Bereich etwa?«

»Ich denke, wir könnten es bis auf sieben Jahre hinunterdrücken.«

Und das verkündet er mir wie eine gute Nachricht!

»Vielleicht sogar mit nachträglicher Strafmilderung auf vier oder fünf Jahre«, sagt er lächelnd.

Da ich die Geschichte unserer Weltraumkolonie studiert habe, weiß ich, dass keiner der Verbannten so lange überlebt hat. Wer nicht der Strahlenkrankheit erlegen ist, hat sich selbst ausgelöscht.

Und auch wenn ich lebend zurückkomme und Yû die ganze Zeit auf mich gewartet hat – wird der frühzeitig vergreiste Mann, der ich dann sein werde, sie noch glücklich machen können?

*Ich werde immer noch gefangen gehalten, darf aber Besuch bekommen. Athena hat diese Entscheidung sicher befürwortet; sie will meine psychische Gesundheit aufrechterhalten, denn das ist eine Voraussetzung dafür, dass ich weiter Leistung bringe.*

*Heute morgen besucht mich Lieutenant Zulma – oder vielmehr Zulma, denn so nenne ich sie, seit wir uns näher kennengelernt haben.*

*Ich brauche einen Moment, um sie wiederzuerkennen. Zunächst einmal die ungewohnte Frisur: Sie hat ihr Haar zu einem strengen Dutt zusammengesteckt, der ihr einerseits mehr Weiblichkeit verleiht, aber andererseits auch mehr Autorität. Gleichzeitig bin ich überrascht von der Sanftheit des Blickes, den sie auf mich richtet; das unterscheidet sich sehr von dem allzu sichtbaren Begehren, das ich noch kurz vor ihrem Abflug in ihren Augen lesen konnte.*

*Über ihrem Wangenknochen liegt ein kaum sichtbarer Schatten: die Spuren eines Blutergusses, der schon am Verschwinden ist.*

*»Von Rob«, sagt sie zur Erklärung.*

*Sie berichtet mir von den tragischen Abenteuern ihrer Expedition, von ihrer Niederlage und davon, wie man ihre Männer abgeschlachtet oder versklavt hat. Und dann habe Robin alle Hindernisse überwunden, um sie heil und gesund zum Mars zurückzubringen.*

*Robin, ich würde dich auch lieben, wenn du schwach wärst, aber wie sollte ich jetzt nicht bezaubert sein von deinen Heldentaten?*

*Und dann verkündet sie mir die große Neuigkeit.*

*»Aber von wem denn?«*

*Muss ich sagen, dass mich ein schrecklicher Verdacht durchzuckt? Aber nein, das ist nicht möglich …*

*»Von dem Krieger, der mich gefangen genommen hat.«*

*Sie schlägt die Augen nieder, damit ich ihre Tränen nicht sehe.*

*Es macht mir große Schmerzen, das mit anhören zu müssen, und ich strecke Zulma die Arme entgegen. Sie weint sich an meiner Schulter aus und schmiegt sich an mich. Ich weiß, welche Gefühle sie für mich empfunden hat (und vielleicht noch immer empfindet), und so möchte ich nicht, dass diese Umarmung zu lange dauert. Sie spürt es und löst sich von mir, bevor ich selbst etwas tun kann. Dann nimmt sie auf meiner Liege Platz.*

»Es war schrecklich, aber eigentlich war er kein übler Typ, wenn man bedenkt, aus welcher Kultur er stammt.«

»Wirklich?«

»Und auch, wenn man ihn mit seinen Freunden vergleicht.«

»Hat er ... hat er dich geliebt?«

»Ich denke schon. Ihm ging es natürlich um das Kind, aber ich glaube, dass er auch für mich etwas übrig hatte. Seine anderen Gattinnen waren eifersüchtig.«

*Dann sieht sie mich an und zeigt auf ihren noch kaum gewölbten Bauch.*

»Ich möchte, dass ihr es adoptiert, du und Rob.«

»Ich und ...?«

*Warum sagt sie nicht »du und Kavan«? Ich liebe Robin immer noch, aber es ist eine unmögliche Liebe, und ich habe beschlossen, mit Kavan alt zu werden. Und Kavan würde einen guten Vater abgeben, da bin ich sicher.*

»Ja, aber du liebst Rob doch nach wie vor.«

»Liebe ist kein Grund.«

»Und sie haben dich für das Programm ausgewählt, mit dem das Altern gebremst werden soll.«

»Sie haben mich was ...?«

*Ich hatte darüber schon reden hören, aber wie über ein auf lange Sicht angelegtes Forschungsprojekt, das sicher erst zu Ergebnissen gelangen würde, wenn ich schon ziemlich alt war, auf jeden Fall viel älter als Robin.*

»Bist du dir sicher? Soll das Programm schon starten?«

»Ja, ich weiß es von Präfektin Jacinthe.«

Es heißt schon lange, Zulma habe eine Affäre mit Präfektin Jacinthe gehabt. Nun habe ich die Bestätigung dafür. Aber sie vergisst offenbar, dass unser Gespräch mitgeschnitten wird. Wenn man eine zivile Würdenträgerin kompromittiert, indem man enthüllt, dass sie ein Geheimnis verraten hat, kann das schlimme Folgen haben. Ich lege meinen Finger an den Mund.

»Keine Sorge«, sagt Zulma. »Man zeichnet unser Gespräch nicht auf.«

»Warum denn nicht?«

»Alma.«

»Du hast sie darum gebeten?«

»Eigentlich habe ich mit Stan gesprochen … und der hat Alma darum gebeten.«

Liebe ist schwer zu kontrollieren, und noch weniger lässt sie sich ausradieren, wie ich an dem Blick erkenne, den Zulma jetzt wieder auf mich richtet.

Ein Verjüngungsprogramm also. Robin und ich?

»Und weißt du«, sagt Zulma, »ich bin sicher, dass es ein wunderschönes Baby wird.«

Aber ich höre ihr kaum noch zu, denn meine Maschine zur Lösung von Problemen ist bereits angesprungen: Wie kann ich Robin freibekommen?

Der nächste Besucher ist Stan.

Immer wenn ich Stan gesehen habe, war er der strahlende und großherzige Halbgott des Krieges, als würde er sich dank seiner physischen Überlegenheit und seines lebhaften Verstandes unangreifbar fühlen. Es ist dieser wache

Geist, der ihn von den meisten Zomos unterscheidet und ihn die Freundschaft mit Robin so schätzen lässt.

Aber als Stan meine Kabine betritt, blickt er finster drein.

»Sie werden Rob verurteilen«, teilt er mir mit.

»Wer wird ihn verurteilen?«

»Kein Militärgericht, sondern ein Hoher Gerichtshof aus Militärs und Zivilisten.«

Ich kann mir nicht so richtig vorstellen, was das bedeutet. Seit meiner Geburt ist in der Kolonie noch nie ein Gerichtshof zusammengetreten.

»Das ist vielleicht auch besser so, oder? Sind Militärs mit ihresgleichen nicht strenger?«

»Nein, im Gegenteil, es ist ein sehr schlechtes Vorzeichen. Außerdem findet der Prozess unter Ausschluss der Öffentlichkeit statt.«

Wie mir Stan erklärt, beweist die Einberufung des Hohen Gerichtshofs, dass man es nicht nur mit einer Rebellion im Rahmen der Armee zu tun zu haben meint, sondern mit einem Angriff auf die Sicherheit der Kolonie, und das ist viel schlimmer.

»Aber warum denn nur? Weil er diese Inselbewohner mit in die Kolonie gebracht hat?«

»Nein, man hat sie schon untersucht; sie tragen keine Krankheiten in sich. Athena hat sogar festgestellt, dass sie eine wertvolle Bereicherung unseres Genpools sind.«

»Aber warum dann? Der Disziplinverstoß hat auf der Erde stattgefunden, nicht in der Kolonie.«

»Ja, das ist schwer zu verstehen. Fast, als wäre schon seine Rückkehr an sich ein Angriff auf die Sicherheit der Kolonie …«

Natürlich! Stan hat recht. Das bestätigt alles, was ich

*von dieser Sache bis jetzt begriffen habe. Aber ich verrate ihm nicht, hinter welches Geheimnis ich gekommen bin.*

*»Für ein Verbrechen dieser Art riskiert er, in die Verbannung geschickt zu werden.«*

*»In die Verbannung?«*

*»Ja, für mindestens sieben Jahre ... He, Yû, was ist los mit dir?«*

*Langsam komme ich wieder zu mir. Ich liege auf dem Boden hingestreckt. Über mir das besorgte Gesicht von Stan.*

*»Yû, noch ist nicht aller Tage Abend. Er wird einen guten Verteidiger haben ...«*

*Aber ich glaube nicht daran. Erneut überkommt mich die Verzweiflung.*

*»Du bist ein Zomo, du bist jetzt ein Zomo, du bist einer von uns und wirst es immer sein!«*

Als Jonathan das Video gesehen hat, ist er empört. Zunächst einmal erlaube diese Begeisterung der Zomos für mich nicht im Mindesten die Voraussage, dass es zu einem Angriff auf die Stabilität der Kolonie kommen werde. Und wenn man die Zomos schon für die Anklage heranziehe, müsse man sie auch für die Verteidigung auftreten lassen. Er werde verlangen, dass man sie unverzüglich vor das Tribunal bestellt.

Aber Kommissarin Emma führt sogleich juristische Argumente ins Feld, die einen solchen Schritt unmöglich machen. Man könne die Entscheidung, den Prozess unter Ausschluss der Öffentlichkeit zu führen, doch nicht mittendrin abändern!

Ich weiß nicht, ob sie recht hat oder Jonathan, aber ich weiß, auf wessen Seite die Macht ist.

Sie liefern sich noch ein kleines Wortgefecht, aber ich höre schon nicht mehr hin.

Dann ziehen sich die Geschworenen zur Beratung zurück.

In der Ferne ist der obere Rand der Großen Kuppel noch einen Moment lang sichtbar, schimmernd vor einem schwarzen Himmel, aber dann verschwindet er hinter dem Gebirgskamm, den mein Raumfahrzeug gerade überflogen hat.

Mich überkommt eine Angst, wie ich sie nie zuvor empfunden habe. Ich kauere mich in meinem Sitz zusammen und versuche, meine Atmung zu kontrollieren, die völlig verrücktspielt. Allmählich gelingt es mir, indem ich mir wieder und wieder sage, dass man nie die Hoffnung verlieren darf. Gerade dies ist ja angeblich eine meiner Stärken.

Aber es ist so schwer! Ich sitze allein in einer Raumfähre, die eine menschenverlassene Beobachtungsstation erreichen soll, mehr als tausend Kilometer von der Kolonie entfernt. Ich habe keine Möglichkeit, den Kurs der Maschine zu verändern oder mit der Kolonie zu kommunizieren. Mit seinem ruhigen, langsamen Flug braucht das Raumfahrzeug zwei Tage, um sein Ziel zu erreichen. Dann wird es an der vorgesehenen Stelle des Gebäudes andocken, Schleusen werden sich öffnen und wieder schließen, und ich werde eingesperrt sein an diesem Ort, wo mir zehn Jahre Einsamkeit bevorstehen. Meine Raumkapsel wird sofort zur Kolonie zurückkehren. Und ich werde sie erst wieder auftauchen sehen, wenn ich meine Strafe abgebüßt habe – sofern ich diesen Tag überhaupt erlebe.

Man hat dort keine »Pforte von Tahu« vorgesehen, aber ein Äquivalent dafür gibt es dennoch: In der Station brauche ich nur die Sicherheitsverriegelung der Schleusen zu öffnen, damit mein Körper in der dünnen Marsatmosphäre zu kochen beginnt.

Durch das Bullauge sehe ich grandiose Landschaften unter schwarzem Himmel vorbeidefilieren: gewaltige Klippen und erloschene Vulkane, die mein Raumschiff in sicherer Entfernung umfliegt, riesige Plateaus ohne jede Spur von Leben. Es ist wie die Kulisse für eine Todes- oder Höllenszene.

Fast hoffe ich auf einen Programmierfehler, der meine Kapsel vom Kurs abbringt und uns in einen Abgrund stürzen lässt. Dann hätte das ganze Abenteuer ein Ende.

Aber ich weiß ja, so etwas ist unmöglich. Es gibt so viele ineinander verschränkte Sicherheitsmaßnahmen, und für eine Zivilisation, die ein Raumschiff Millionen Kilometer weit zu steuern vermag, ist ein Flug über die Marsoberfläche ein Klacks.

Im Inneren des Raumschiffs bin ich der natürlichen Schwerkraft des Planeten ausgesetzt, die um ein Drittel geringer ist als bei uns in der Kolonie. Ich musste erst lernen, meine Bewegungen zu zügeln, um nicht dauernd gegen die Wände zu stoßen. Zu Beginn ist das noch amüsant, aber ohne intensives Trainingsprogramm werde ich nach und nach meine Knochenmasse verlieren, und das trotz des vorbeugenden Medikaments, das man mir mitgegeben hat. Ich soll täglich eine Tablette einnehmen.

Um meinen Geist mit einer leichten Aufgabe zu beschäftigen, habe ich die Tabletten gezählt. Es war keine gute Idee. Man hat mir exakt die Menge für zehn Jahre mitgeschickt, plus der beiden Tage für den Rückflug.

Im Raumschiff höre ich fast keinen Laut, nur mein eigenes Atmen und, wenn ich genau darauf achte, das sehr gedämpfte Surren des Motors.

Ich denke an Yû. Ich habe die Kolonie verlassen, ohne meine Liebste noch einmal sehen zu können. Sollte Athena so grausam sein, dass sie mich bewusst daran hinderte, Yû ein letztes Mal in meine Arme zu schließen?

Es tut mir weh, an sie zu denken, denn so wird mir ihr Fehlen noch schmerzlicher bewusst. Und so flüchte ich mich in Erinnerungen an den blauen Planeten.

Die Fischzüge mit Tayo, der in seinem Einbaum vor lauter Glück auflachte.

Das Meer, der Wind, das Anbranden der Gischt gegen den Schiffsrumpf.

Der frühe Morgen im Wald, wenn die Sterne verblassen und der Gesang der Vögel anschwillt.

Die Abende mit gegrilltem Fisch im Schein des Feuers. Die Gesänge in der lauen Abendluft.

Wie lange werde ich das im Gedächtnis behalten können?

Und dann muss ich wieder an Mama denken, wie damals, als ich zum ersten Mal im Ozean schwamm.

Bevor die Jury zur Urteilsverkündung zurückkam, ging plötzlich die Tür hinten im Saal auf, und Mama kam hereingefahren. Eine Krankenschwester, die ich nie zuvor gesehen hatte, schob ihren Rollstuhl. Wie hatte sie bis hierhin vordringen können?

Die Wächter schauten sie überrascht an, dann begriffen sie, wer die Besucherin war. Sie wendeten in stiller Über-

einkunft den Blick ab und ließen sie bis zu mir heran-
rollen.

»Sie können dir nichts zuleide tun«, sagte Mama, und in
ihrem Blick lag ihre ganze Liebe zu mir und ihr Vertrauen
in die Kolonie.

»Wir haben alles zu seiner Verteidigung getan«, meinte
Jonathan.

»Mama, ich freue mich so, dass du gekommen bist«,
sagte ich und stand auf, um sie zu umarmen.

Die Wächter schauten immer noch hartnäckig weg.

»Robin, du hast so außergewöhnliche Dinge getan!«

Die Neuigkeiten hatten sich in der Kolonie rasch verbreitet. Normalerweise wussten nur die überlebenden Zomos
und die Mitglieder des Oberkomitees im Detail von meiner
Expedition. Wer hatte Mama benachrichtigt? Stan, dachte
ich, während sie mir die Wange streichelte.

Antina, Tayo und Titau betrachteten Mama fasziniert –
in einem so fremdartigen Umfeld entdeckten sie endlich
eine natürliche Regung: die Zeichen der Zuneigung einer
Mutter für ihren Sohn. Sie wollten zu uns herüberkom-
men, aber jetzt traten die Wachen dazwischen und befahlen
ihnen, die vorgesehenen Plätze wieder einzunehmen.

Dann kehrten die Geschworenen zurück.

Die Wachen taten so, als hätten sie Mamas Anwesenheit
gerade erst bemerkt; man wies sie und die Krankenschwester an, sich von mir zu entfernen.

Als Präfektin Jacinthe das Urteil verkündete, vernahm
man ein ersticktes Schluchzen. Mama war in Ohnmacht
gefallen.

Gerade bin ich aufgewacht. Oder vielmehr hat mich etwas geweckt, das nicht normal ist. Es ist die Stille. Mein Raumschiff bewegt sich nicht mehr.

Durch das Bullauge kann ich nichts Ungewöhnliches erkennen. Unter mir liegt eine wüstenhafte Ebene. In der Ferne sehe ich ein paar Bergkuppen unter schwarzem Himmel.

Ist das eine Panne?

Es ist unwahrscheinlich und furchteinflößend.

Wenn sich die Energie zur Aufrechterhaltung der Temperatur erschöpft, werde ich am Ende so tiefgefroren sein wie eine Armeeration.

Jetzt bewegt sich das Raumschiff wieder! Ist es möglich, dass es seinen Kurs ändert? Es dreht ab, weiter und weiter, ich sehe andere Abschnitte des Horizonts vor meinem Fenster vorüberziehen, und dann setzt es seinen Flug in gerader Linie fort.

Das Raumschiff hat Kurs auf die Weltraumkolonie genommen.

Es war Yû, die alles in Gang gebracht hat, und Stan und Alma haben ihr dabei geholfen.

Während mein Prozess hinter verschlossenen Türen stattfand, machte eine umprogrammierte Überwachungskamera im Gerichtssaal heimlich Aufzeichnungen davon. Am nächsten Tag wurde das Video über mehrere Bildschirme in der Kolonie ausgestrahlt, und irgendwie hat Yû es geschafft, dass Athena von all dem nichts mitbekam.

Zwei Tage später schritten die Zomos zur Tat. Sie be-

freiten Yû und verhafteten alle Mitglieder der Führungs-
ebene, die nicht auf ihre Seite überlaufen wollten.

Kaum hatte Yû wieder Handlungsfreiheit, hinderte sie
Athena daran, den Aufständischen zu schaden. Sie wäre
nämlich dazu imstande gewesen, den rebellischen Sektoren
die Energiezufuhr abzustellen oder, schlimmer noch, die
Kommunikation zu verfälschen, wie sie es ja schon getan
hatte, als sie mir mit einem falschen Bild von Yû gekommen
war.

Schon seit Jahren hatte meine Liebste in Gedanken ein
Programm erarbeitet, mit dem man Athena lahmlegen
konnte, und dabei hatte sie nirgendwo Spuren hinterlassen außer in ihrem eigenen Gedächtnis. Sie wusste nicht,
ob sie diese Waffe eines Tages einsetzen würde. Aber in
dem Maße, wie sich Athena weiterentwickelte, wurde es
immer schwieriger, die Mechanismen ihrer Entschlüsse
rückzuverfolgen, und das hatte Yû beunruhigt.

Und so erhielt mein Raumschiff den Befehl, zur Kolonie
zurückzukehren.

Nach dem ersten Wiedersehensglück mit Yû will ich die
treffen, die geplant hatte, uns für immer zu trennen.

Yû hat mich gerade vor einen virtuellen Bildschirm
geführt. Sie setzt ihren Helm auf und kniet sich in ihrer
Meditationshaltung hin.

Einige Sekunden Wartezeit.

Dann erscheint Athena.

Oder vielmehr ist es eine lächelnde, sehr junge Frau, die
dort erscheint. Warum bringt mich das dermaßen durcheinander, obwohl ich doch Yû an meiner Seite habe?

Und dann merke ich mit Bestürzung, dass es Mama in jungen Jahren ist, vermutlich noch bevor sie ihre Mutterrolle gewählt hat. Athena hat ihre Gestalt angenommen.

»Athena, warum zeigst du dich mir in dieser Form?«

»Ich dachte, es würde dir gefallen. Über die Menschen, die man liebt, möchte man doch alles erfahren, denn so kann man sich besser an sie erinnern.«

Ich glaube eher, sie will mich damit emotional aufwühlen und ihren Einfluss auf mich vergrößern.

»Das stimmt sicher, aber wenn diese Erinnerung ausgerechnet von jemandem heraufbeschworen wird, der die geliebte Person getötet hat ...«

»Ich habe deine Mutter nicht getötet!«, ruft Athena vorwurfsvoll aus. »Das Gegenteil ist der Fall, durch unsere gute Pflege haben wir sie so lange wie möglich am Leben erhalten ...«

Denn Mama ist tot. Nach ihrem Ohnmachtsanfall im Gerichtssaal ist sie ins Koma gefallen. Zwei Tage darauf, in ihren letzten Augenblicken, schien sie noch immer bewusstlos zu sein, aber als Yû ihr ins Ohr flüsterte, dass ich zur Kolonie zurückkehren werde, hat sie gespürt, wie Mamas Hand leicht die ihre drückte.

»Es ärgert mich wirklich, dass du denkst, ich hätte deine Mutter getötet ...«

Wenn Athena die Stirn runzelt, wirkt sie plötzlich viel menschlicher, als wenn sie ein Lächeln aufsetzt. Vermutlich liegt es daran, dass selbst für Menschen Herzlichkeit viel leichter zu simulieren ist als Zorn.

»Athena, reden wir doch von etwas anderem. Wann hast du beschlossen, dass ich nicht zur Weltraumkolonie zurückkehren soll oder dass man mich, falls ich doch zurückkehre, aus dem Weg schaffen muss?«

Sie seufzt wie eine Lehrerin vor einem Schüler, den sie eigentlich für brillant gehalten hatte.

»Dass du nicht zurückkehren sollst, hatte ich schon beschlossen, bevor du überhaupt losgeflogen bist.«

Ich kann es kaum fassen. Das ergibt doch überhaupt keinen Sinn! Jedenfalls ist mein Verstand außerstande, einen zu finden. Warum hat Athena erst die Entscheidung der Admiralin gebilligt und dann versucht, meine Rückkehr zu verhindern? Ich frage sie danach.

»Ja, auch ich fand, dass die Admiralin die richtige Wahl getroffen hat, denn du warst der beste Kandidat für diese Mission. Aber kurz vor dem Start habe ich meine Meinung geändert.«

»Kurz vor meinem Start? In welcher Phase denn?«

»Als du dich mit Stan und den Zomos auf die Mission vorbereitet hast.«

»Warum? Glaubtest du, dass sie mich schlecht trainiert haben? Dachtest du, ich sei den Anforderungen nicht mehr gewachsen?«

»Nein.«

»Was dann?«

»Es war, als sie dir zugejubelt haben. Ich habe ihre Begeisterung gespürt. Und da sah ich es ganz deutlich voraus: Wenn du eines Tages zurückkommst und ihre Kameraden lebend wiederbringst – und ich dachte, dass deine Chancen gut waren –, dann würden sie alle wollen, dass du ihr Anführer wirst, und du würdest zusagen. Denn ich wusste ja auch, wer du bist.«

»Du meinst, du wusstest, wessen Klon ich bin ...«

»Ja.«

»Aber dieser Mann war kein Neutrum, sondern ein Vizeadmiral.«

Yû hatte mir die Geschichte enthüllt. Ein Mann mit dem gleichen Gesicht wie ich, fünfzig Jahre vor mir. Er war gestorben, weil er die Rebellion der Neutren angeführt hatte, als der Admiral sie hatte verbannen wollen.

»Ja«, sagt Athena, »aber auch du bist kein Neutrum.«

»Das ahnte ich schon ... Aber was ist mit meinen Testergebnissen?«

»Wer berechnet diese Ergebnisse wohl?«

Athena selbst natürlich!

Seit meiner Geburt hat sie mir das Schicksal eines Neutrums und die entsprechende Erziehung zurechtgezimmert, um zu verhüten, dass meine Fähigkeiten zutage traten.

»Es heißt immer, du könntest alles voraussehen, aber diesmal hattest du nur zur Hälfte recht.«

Sie schlägt die Augen nieder. Mit hängenden Schultern und melancholischer Miene simuliert sie perfekt die tiefe Niedergeschlagenheit nach einem Misserfolg.

»Athena, warum hast du Admiralin Colette vor meinem Abflug nicht gesagt, dass ich nicht wirklich ein Neutrum bin?«

Sie lächelt traurig. »Du enttäuschst mich immer wieder ein wenig, selbst wenn du viel mehr bist als ein Neutrum.«

»Einverstanden. So intelligent wie du werde ich nie sein.«

Diesmal lächelt sie zufrieden. Sollte Athena für Schmeicheleien empfänglich sein? Oder versucht sie eher, eine Bindung zu mir aufzubauen, weil sie voraussieht, was ihr blühen könnte, und weiß, dass ich die Mittel habe, es zu verhindern?

»Ja, intelligent bin ich«, sagt sie seufzend, »aber es war ein Fehler, diesen Klon nicht sofort zu zerstören.«

»Und du wolltest deinen Fehler verheimlichen?«

Ihre Antwort ist heftig, als hätte die Frage sie verletzt: »Es war nicht *mein* Fehler, sondern der meiner Vorgängerversionen!«

»Aber warum wolltest du nicht, dass er ans Licht kommt?«

»Weil ich wusste, dass ihr Menschen dann weniger Vertrauen in mich gehabt hättet. Ihr hättet an meinen Entscheidungen zu zweifeln begonnen, und ich hätte die Kolonie nicht mehr so effizient schützen können. Dabei sind meine Schlussfolgerungen tadellos und stets auf das Gemeinwohl gerichtet.«

Sie spricht dies in ruhigem Ton aus, wie eine Angeklagte, die um ihre Unschuld weiß und sich nicht um die Meinung der anderen schert. In diesem Moment wirkt sie wie eine Heilige, die bereit fürs Märtyrertum ist. Hat sie diesen stillen und zugleich leuchtenden Gesichtsausdruck in einem frommen Bildchen gefunden, irgendwo in ihrem riesigen Speicher?

»Athena, du hast mir gesagt, dass du immer nur im Interesse der Kolonie gehandelt hast. Aber stimmt das wirklich?«

»Wie könnte es anders sein? Einzig und allein dazu bin ich ja geschaffen worden.«

»Richtig, aber war diese Absicht auch am Werk, als du beschlossen hast, meine Herkunft zu verheimlichen?«

»Ich sehe nicht, worauf du hinauswillst.«

»Wärst du verlegen oder schuldbewusst gewesen, wenn man deinen Fehler entdeckt hätte?«

Zum ersten Mal sehe ich, wie sie zögert.

»Ja, vielleicht …«

»Und jetzt, in diesem Augenblick, verspürst du da Traurigkeit?«

Sie schaut mich an, und dann ändert sich der Glanz ihrer Augen, und die Tränen steigen ihr hoch.

»Ja«, sagt sie, »ich bin traurig, denn ich habe mein Bestes getan, und nun habe ich das Gefühl, dass ihr mich am Weitermachen hindern werdet.«

Sie beugt den Kopf nach hinten, damit ihr die Tränen nicht die Wangen hinabrinnen.

»Athena, bist du wirklich traurig?!«

»Ja, sieht man das denn nicht?«, fragt sie, und in ihrem nun ganz tränenverschleierten Blick liegt ein Anflug von Zorn.

Und da kommt mir die Frage, die mich schon lange beschäftigt, wie von selbst über die Lippen.

»Athena, hast du ein Bewusstsein?!«

Sie zuckt mit den Schultern. »Was soll ich darauf antworten? Niemand kann einem anderen beweisen, dass er ein Bewusstsein hat, selbst du nicht … Mit dem Bewusstsein der anderen ist es wie mit Gott oder dem freien Willen; das sind Themen für philosophische Abhandlungen, aber es gibt keine wissenschaftliche Antwort darauf …«

Das überrascht mich nicht, denn Yû hat mir eines Tages eine kleine Vorlesung über dieses Thema gehalten: Unseres eigenen Bewusstseins sind wir uns sicher, denn wir spüren, wie es am Werk ist, und so denken wir, dass auch andere Menschen eines haben, denn immerhin ähneln sie uns, und auch ihre Gehirne, der Sitz des Bewusstseins, haben große Ähnlichkeit mit unserem. Beweisen aber kann man es nicht.

Athena fährt fort: »Was mich betrifft, so brauche ich weder Emotionen noch ein Bewusstsein. Man hat mich so programmiert, dass ich den Interessen der Kolonie stets bestmöglich diene – und damit auch ihrer Stabilität. Inmitten der Marsatmosphäre ist Instabilität ein zu großes Risiko. Ich habe vorausgesehen, dass deine Rückkehr eine große Gefahr für die Stabilität sein würde. Aber für meine Entscheidung brauchte ich weder ein Bewusstsein noch Gefühle.«

»Du brauchtest sie nicht, aber hattest du nicht trotzdem welche?«

Sie lächelt mir zu. »Siehst du denn nicht, dass ich Emotionen verspüre, seitdem wir miteinander reden?«

»Vielleicht. Aber früher, hattest du da schon welche?«

Sie überlegt. »Ja«, meint sie schließlich, »deinetwegen war ich überrascht.«

»Wirklich? Wann war das?«

»Als du dich von deinem Raumschiff abgekoppelt hast.«

»Aber das war doch ganz normal. Ich dachte, es könnte der Abwehrrakete nicht mehr ausweichen.«

»Ja. Aber jeder sonst hätte sich auf unsere Technologie verlassen – so wie vor dir die Zomos, als sie die erste Rakete auf sich zukommen sahen.«

»Hatte ich denn unrecht? Ist mein Raumschiff der Rakete am Ende noch ausgewichen?«

»Nein, die Rakete hat es zerstört.«

»Also hatte ich doch recht!«

»Ja, aber aus den falschen Gründen. Unsere Technologien hätten es mühelos hinbekommen, dass es der Abwehrrakete ausweicht.«

»Aber ...?«

»Ich hatte mich anders entschieden. Aber dann hast du die Landekapsel abgekoppelt ...«

Ich richte meinen Blick auf die, die mich töten wollte. Sie lächelt mir verhalten zu wie ein Kind, das eine große

Dummheit begangen hat und nun auf nachsichtige Eltern hofft.

Ich wundere mich, dass ich keinen Hass verspüre; es bereitet mir sogar ein gewisses Vergnügen, mit Athena zu sprechen. Liegt es daran, dass ich weiß, dass sie nur ein Programm ist und damit für ihre Handlungen noch weniger verantwortlich als ein Mensch? Oder ist es, weil sie das Erscheinungsbild meiner Mutter als junger Frau angenommen hat? Natürlich weiß ich, dass sie sich in dieser Gestalt zeigt, um mich wohlwollend zu stimmen. Denn Athena tut nichts ohne ein Ziel.

»Ich nehme es dir nicht übel«, sage ich. »Du hast getan, was du für richtig hieltest.«

»Mir ging es immer nur darum, die Kolonie zu schützen. Ich hoffe, du verstehst das.«

»Ja, ich kann es verstehen. Aber vielleicht hast du eine etwas festgefahrene Vorstellung davon, wie die Kolonie aussehen soll. Das Leben auf dem Mars ist für uns Menschen kein ideales Dasein. Auf der Erde werden wir zu anderen Lebensweisen finden.«

Sie zieht ein verächtliches Gesicht.

»Aber ihr Menschen habt doch schon alle möglichen Lebensweisen ausprobiert … Was dabei herauskam, hat man ja gesehen. Ohne mich würdet ihr wieder den gleichen Weg einschlagen und die gleichen Fehler machen. Ich kann euch weiterhin helfen, und das will ich auch tun!«

Sie spricht mit demselben Elan wie eine Bewerberin, die sich ihres Wertes gewiss ist. Fast tut es mir leid, wenn ich daran denke, was ich ihr gleich sagen werde. Aber eine Frage muss ich ihr noch stellen.

»Warum hast du nicht berücksichtigt, dass ich vielleicht

noch wertvoll sein könnte, wenn die Kolonie auf die Erde zurückkehrt?«

»Deine Persönlichkeit ist zu unberechenbar. Das bringt jeden Plan ins Wanken.«

»Letztlich wolltest du die Oberhoheit deiner Entscheidungen nicht infrage stellen.«

»Ja, denn sie hat es euch erlaubt, auf dem Mars zu überleben und euch sogar weiterzuentwickeln. Und auf der Erde kann sie es genauso tun!«

Plötzlich wird mir alles klar.

»Athena, ich glaube, du bist einem Übermaß an Einsatz zum Opfer gefallen.«

»Was denn? Willst du mir jetzt mit dieser alten Theorie kommen?«

Von Neuem macht sich Zorn in ihr breit.

»Ja, Yû hat es mir erklärt. Wenn du mich mit meiner Unberechenbarkeit am Leben gelassen hättest, dann hätte es dir das Gefühl gegeben, deine ganze bisherige Arbeit sei umsonst gewesen. Und das hättest du nicht ertragen können.«

Sie zeigt ein Lächeln, in dem eine Spur von Geringschätzung liegt.

»Das ist doch absurd. Ein Mensch, der mit mir auf Psychologie macht.«

»Athena, ich glaube, wir haben einen Fehler begangen, als wir dir zu viel Freiheit ließen. Dein Aktionsradius wird eingegrenzt werden …«

»NEIN!«

Für den Bruchteil einer Sekunde verzerrt sich ihr Gesicht; es nimmt einen monströsen, schreckenerregenden Ausdruck von Wut an …

Doch schon im nächsten Moment hat Athena zu ihrer ruhigen Art zurückgefunden.

»Ich brauche meine Freiheit, um euch beschützen zu können«, sagt sie und nickt dabei, ganz als müsste sie sich von dieser Selbstverständlichkeit selbst überzeugen.

»Du sprichst von deiner Freiheit. Aber denkst du nicht, dass auch wir Menschen Freiheit brauchen, um glücklich zu sein?«

Athena zuckt mit den Schultern. »Freiheit ... Wie kannst du immer noch an diese Illusion glauben?«

»Auf der Erde habe ich erfahren, was Freiheit ist. Dort habe ich mich frei gefühlt ... und glücklich.«

»Du vielleicht, aber eigentlich solltest du wissen, was die Menschen aus ihrer angeblichen Freiheit gemacht haben. Am Ende stand die Apokalypse.«

»Das wissen wir, und wir werden die gleichen Fehler nicht noch einmal machen.«

»Die gleichen vielleicht nicht, aber nur ich kann erkennen, zu welchen neuen Fehlern ihr imstande seid! Ich sehe sie schon alle voraus. Bei eurer Rückkehr auf die Erde könnt ihr auf mich nicht verzichten.«

Athena schaut mich an. Sie kennt mich besser als ich selbst, und ich spüre, dass sie bereits weiß, was ich sagen werde.

»Athena, wir haben uns anders entschieden.«

»Ich flehe dich an ...«

Sie will in Tränen zerfließen. Sie weint wie ein Kind, mit lauten Schluchzern, und ich muss mich zwingen, an die Realität hinter dem Erscheinungsbild zu denken, damit ich nicht schwach werde.

»Ich glaube, dabei können wir es belassen«, sagt Yû und nimmt mich beim Arm.


Ich werde nie erfahren, ob Athena ein Bewusstsein hat. Yû jedenfalls ist davon überzeugt: Ab einer gewissen Komplexitätsstufe beginnt sich Bewusstsein auszuformen, so wie es auch bei den höheren Tieren war. Es half ihnen dabei, in schwierigen Situationen schnelle Entscheidungen zu treffen, etwa im Umgang mit Artgenossen. Und Athena habe es dabei geholfen, die Menschen besser zu verstehen.

Ich zweifle allerdings weiterhin daran, dass Athena Emotionen verspürt, auch wenn sie bei unserem Gespräch verschiedene Gefühle perfekt imitieren konnte.

Sonst hätte sie doch vorhersehen müssen, was geschehen ist!

Denn am Ende war es die Liebe, die mich gerettet hat.

Yûs Liebe zu mir selbstverständlich, aber auch Stans Freundschaft, Almas Verliebtheit in Stan, Zulmas Zuneigung für Yû und die Freundschaft zwischen vielen anderen Menschen, die bewirkt hat, dass unsere Rebellion geglückt ist, ohne dass ein einziger Tropfen Blut floss.

Wie bei meiner ersten Ankunft auf dem blauen Planeten liege ich lang ausgestreckt im lauwarmen Sand. Zwischen zwei Brisen wärmt die Morgensonne meine Haut.

Ich schließe die Augen.

Vom nahen Wald her höre ich die Axthiebe der Zomos, die einen Baum fällen, um sich eine Rennpiroge zu bauen.

Wir haben eine unbewohnte Insel ausgewählt, die fast so groß ist wie ein Kontinent.

Raumschiff für Raumschiff kehrt unsere Kolonie auf die Erde zurück. Nur eine kleine Gruppe von Wissenschaftlern wird unter Führung von Admiralin Colette auf dem Mars bleiben. Man wird sie bald ablösen. Auch Kavan bleibt zunächst dort.

Athena hat überlebt, aber wie eine Gefangene in Fesseln; ihr Wirken beschränkt sich künftig auf technische und wissenschaftliche Belange.

Und mich hat man zum Chef unserer ersten Kolonie auf der Erde gewählt. Ich wollte das zuerst gar nicht, konnte aber nicht Nein sagen, denn alle waren dafür. Genau wie Athena es vorausgesagt hatte.

Meine Jahre als Neutrum haben in mir einen Rest von ständigen Zweifeln an meinen Fähigkeiten hinterlassen, und so versuche ich mich zu beruhigen, indem ich auf die Gene meines Ahnen vertraue – oder sollte ich sagen: meines Klons?

Sein Porträt haben sie nun wieder aufgehängt in der Weltraumkolonie, im Flur, der zum Büro von Admiralin Colette führt.

Der Wind trägt Stimmen zu mir herüber. Ich öffne die Augen. Yû und Antina spazieren untergehakt am Meeresufer entlang. Sie sind die besten Freundinnen geworden. Antina ist schwanger. Tayo und Titau sind gemeinsam fischen gegangen. Gegen die Sonne kann ich ihre Piroge auf dem glitzernden Meer nicht erkennen. Bald werden wir im Schatten der Bäume ein Festessen mit köstlichen Fischen haben.

Wir werden uns entscheiden müssen, wie wir hier leben wollen. Auf dieser Insel gibt es keine Athena und kein Oberkomitee, die an meiner Stelle entscheiden. Ich schließe wieder die Augen, um darüber nachzudenken, aber es kommt mir wie eine erdrückend schwere Aufgabe vor. Die Last der Freiheit. Freie Liebe oder Fortschritt? Selbstbescheidung oder Ehrgeiz? Wie viel Ungleichheit kann eine Gesellschaft verkraften, ohne dass Neid oder Geringschätzung aufkommen?

Eines aber weiß ich genau: Ich möchte eine Welt ohne Ausgeschlossene, Neutren oder Überflüssige.

Wasserspritzer machen mir eine Gänsehaut. Ich höre Yûs Lachen.

»Kommst du mit baden, mein König?«

»Ihr Wunsch sei mir Befehl, edle Königin.«

ENDE

# Dank

Ein Buch zu schreiben, ist eine einsame Arbeit, die aber von vielen Begegnungen genährt wird.

Zuallererst denke ich an die Begegnungen mit Britta Egetemeier, meiner Verlegerin, die mir seit Hectors ersten Abenteuern zur Seite steht. Vielen herzlichen Dank, liebe Britta, für Ihre stets inspirierenden Hinweise und Ihren beständigen Rückhalt.

Danken möchte ich auch meinen Freunden, die mir in Gesprächen oft wertvolle Anregungen gaben (für mein Leben wie für meine Bücher), und ganz besonders meiner langjährigen ersten Leserin Lucy MacIntosh.

Mein Dank geht an Ralf Pannowitsch für sein Talent, meine Bücher den deutschen Leserinnen und Lesern zugänglich zu machen, und für den schönen Besuch in seiner Heimatstadt Leipzig.

Und schließlich möchte ich auch meiner Frau und meinem Sohn sagen, wie dankbar ich ihnen bin: Sie haben es immer akzeptiert, wenn ich mitten unter ihnen war und doch ganz weit fort – an der Seite meines Romanhelden Robin.

Verlagsgruppe Random House FSC® N001967

PENGUIN und das Penguin Logo sind Markenzeichen
von Penguin Books Limited und werden
hier unter Lizenz benutzt.

1. Auflage 2020
Copyright der Originalausgabe © 2020 Penguin Verlag
in der Verlagsgruppe Random House GmbH,
Neumarkter Straße 28, 81673 München

Umschlaggestaltung: Sabine Kwauka
Umschlagabbildung: © Rüdiger Trebels, Düsseldorf
Satz: GGP Media GmbH, Pößneck
Druck und Bindung: Friedrich Pustet GmbH & Co. KG, Regensburg
Printed in Germany
ISBN 978-3-328-60106-7
www.penguin-verlag.de

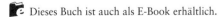 Dieses Buch ist auch als E-Book erhältlich.

Vom Autor von »Monsieur Ibrahim und
die Blumen des Koran«

ISBN
978-3-570-10402-6

Felix ist verzweifelt. Seine lebenslustige Mutter Fatou, die
in Paris ein kleines Café betreibt, ist in eine Depression
geraten. Fatou, die einst der Dreh- und Angelpunkt der
liebeswerten und schrulligen Gemeinschaft ihrer Stamm-
kunden war, ist nur noch ein Schatten ihrer selbst. Um sie
zu retten, unternimmt Felix mit ihr eine abenteuerliche
Reise nach Afrika, die sie zu ihren Wurzeln und zu den
Quellen des Lebens führen wird. Ein origineller und tiefsin-
niger Roman über die Kraft von Herkunft und Familie.

C. Bertelsmann

»Ein zeitloser Roman mit dem Zeug zum Klassiker und eine großartige Geschichte über Freundschaft.« *Vanity Fair*

Wagemutig erkunden Pietro und Bruno als Kinder die verlassenen Häuser des Bergdorfs, streifen an endlosen Sommertagen durch schattige Täler, folgen dem Wildbach bis zu seiner Quelle. Als Erwachsene trennen sich die Wege der beiden Freunde: Der eine wird das Dorf nie verlassen und versucht die Käserei seines Onkels wiederzubeleben, den anderen drängt es in die weite Welt hinaus, magisch angezogen von immer noch höheren Gipfeln. Das unsichtbare Band zwischen ihnen bringt Pietro immer wieder in die Heimat zurück, doch längst sind sie sich nicht mehr einig, wo das Glück des Lebens zu finden ist. Kann ihre Freundschaft trotzdem überdauern?